슬기로운
감옥생활2

슬기로운 감옥생활2 ③

초판 인쇄 2023년 9월 11일
초판 발행 2023년 9월 15일

지은이 JS
펴낸이 김태헌
펴낸곳 문학홀릭

주소 경기도 고양시 일산서구 대산로 53
출판등록 2021년 3월 11일 제2021-000062호
전화 031-911-3416
팩스 031-911-3417

슬기로운 감옥생활2

3

JS 장편 소설

슬기로운
감옥생활

Contents

차례

슬기로운
감옥생활

11

피에는 피, 이는 이로

동네를 빠져나와 그는 곧바로 좌회전을 하면서 밭둑길을 탔다. 그리고선 곧장 별장이 있는 데로 갔다. 빙 돌아서 가는 시간이 좀 걸렸지만 그는 액셀러레이터를 밟으면서 밭둑길을 달려갔다. 그리고는 다시 차를 세워두고는 숲속으로 걸어 들어갔다. 별장이 저만치 보였다. 그는 몸을 숙였다. 몸을 숙인 채로 살금살금 걸어가서 몸을 숨겼다.

한낮의 뜨거운 햇볕이 내리쬤다. 그는 더운 것도 잊어버린 채, 집 쪽으로 시선을 고정시켰다. 집과 주위의 풍경이 한 눈에 다 들어왔다. 그는 될 수 있는 대로 하나도 놓치지 않으려는 듯이 눈에 힘을 주었다.

마음이 쿵쾅거리며 뛰기 시작했다. 손과 발바닥에선 진땀이 고일 것처럼 뜨뜻해졌다. 그만큼 그는 숨소리조차 죽이면서 그가 나타나기를 기다렸다. 만일 그가 나타나기라도 한다면, 몇 시간이 아니라, 하루를 꼬박 기다린다고 해도 기다릴 용기가 있었다. 그의 가슴은 점점 복수심으로 불타오르고 있었다.

그는 몸을 웅크리고 있는 것 자체가 곧 치욕이라고 생각되었다. 조직 폭력의 세계에 몸을 담고 있으면서 그 어떤 일에 있어서도 이렇게 한 적은 없었던 그였다. 그는 언제나 당당히 맞서 싸웠고, 죽는 한이 있더라도 비굴하게 숨어서 상대방의 급소를 노리거나, 약점을 잡아낸 적이 없던 그였다. 그만큼 그는 당당하게 싸워서 자리를 차지했으며, 그렇게 한 것이 오히려 주먹세계에서는 최강자로 군림할 수 있었던 이유가 될 수가 있었다.

그러나 지금의 종태는 그럴 수밖에 없었다. 여긴 주먹세계가 아니라, 총칼을 쥔 군대와의 싸움이기도 했다. 상대방은 언제든지 총을 쏠 수가 있었지만, 자신은 맨주먹으로 싸워야 하는 것과도 같았다. 제아무리 날쌔고 발이 빠르다고 하더라도 총만큼 빠를 수는 없었다.

그는 지금 자신이 하고 있는 일이 절대 치욕스런 짓이 아니라는 걸 되새기고 있었다. 나는 지금 희자의 복수를 하고 있을 뿐이다, 라고 생각했다. 그리고 상대는 엄연히 총을 가진 군인이라는 것이 그 자신을 변호해주고 있었다.

그는 한참을 기다렸다. 땅에서 더운 열기가 위로 치솟아 오르면서 갈증이 났지만 참아낼 수 있었다, 그는 오로지 한 가지 생각밖엔 들지 않았다. 그것은 오로지 희자의 복수를 통쾌하게 해주는 것뿐이라고 생각했다.

그때였다. 바닷가에서 어떤 것이 나타나는 것과 동시에 그는 눈을 그쪽으로 돌렸다. 분명히 한영일이었다. 바닷가를 배회하듯이 나타난 한영일은 어깨에 총을 메고 있었다. 초소 쪽에서부터 걸어오는 것이 보였다.

'음'

종태는 속으로 낮은 신음소리를 삼켰다. 그리고는 두 눈을 똑바로 세운 채, 한영일을 주시했다. 한영일은 초소 쪽을 힐끔거리며 집 쪽으로 걸어오고 있었다. 분명히 집을 노리고 오는 게 분명하다고 생각되었다. 종태는 주먹을 말아쥐면서 더욱 몸을 숨겼다.

'개자식!'

종태의 입에서는 그런 말이 튀어나왔다. 아니나 다를까. 한영일은 집 근처에까지 다가와서는 다시 초소 쪽을 힐끔거리는 것이었다. 그리고는 집 안의 인기척을 살피고는 다시 한 번 더 주위를 두리번거렸다.

"……."

종태는 그가 마치 자신을 발견이라도 한 것처럼 순간적으로 몸을 낮추었다. 한영일은 잠시 주춤거리는 듯했다. 그러다가 홀쩍 마당 안으로 들어서는 걸 보고서는 종태는 뛰기 시작했다.

조금이라도 늦으면 잠자고 있는 지예를 덮쳐버릴지도 모른다는 생각에서였다. 잠든 지예를 덮치기 전에 그놈을 해치워야 한다는 생각이었다. 그는 곧장 백사장을 가로지르지 않고 최대한 풀숲을 이용해서 뛰었다. 나중에 혹시 자신이 그러는 걸 보고선 사건의 꼬투리가 될지도 모른다는 생각에서 그는 은폐물을 이용해서 신속하게 움직였다.

담이 있는 곳에 이르러 마당 쪽을 살펴보았다. 거실의 문이 열려 있는 게 보였다. 벌써 한영일은 거실로 들어간 게 분명했다. 그는 서두를 수밖에 없었다. 지예가 벌거벗은 채 자고 있는 안방까진 못 들어가게 할 생각이었다.

그는 신속하게 마당을 가로질러 거실 앞의 조그만 구멍 속에 넣어둔 쇠파이프를 찾아들었다. 50센티 정도의 크기의 쇠막대기였다. 그것만 있으면 종태는 총이 아니라, 그 어떤 것을 갖고 있다고 하더라도 겁날 게 없었다. 그는 거실 안을 살폈다. 한영일이 거실에서 안방의 문을 조금 열어놓은 채, 잠든 지예를 훔쳐보고 있는 게 보였다.

아마 지금쯤 지예는 정신없이 자고 있을 게 분명했다. 날씨가 더워 지예는 덮고 있는 시트를 걷어차 내고선 거의 알몸인 채로 잠들어 있을 것이라고 생각되었다. 한영일은 지예의 벌거벗은 모습을 훔쳐보면서 혼자 야릇한 생각을 키워가고 있을 것이라고 생각되었다.

한영일은 그랬다. 손바닥에서 땀이 흐를 정도로 야릇한 광경에 넋을 잃고 있었다. 이런 대낮에 젊은 여자가 벌거벗은 채로 잠을 자고 있는 것이 도저히 믿기지 않았다. 저번에 희자를 덮칠 때에는 거의 강제로 몸을 빼앗았는데도 불구하고 앙탈을 해서 주먹과 발을 써서 제압을 했었다. 그런데 지금 보는 이 여자는 더 젊고 싱싱하면서도 완전히 벗고서 잠을 자는 것이 군침을 돌게 했다.

벌써 한영일은 밑에서 뿌듯이 일어나는 걸 느꼈다. 그것은 팽팽하다 못해 앞가랑이가 찢어질 듯이 치솟아 있었다. 그는 서두를 것이 없다고 생각했다. 아까 종태가 짚차를 몰고 어디론가 나가는 것을 봤기 때문에 돌아오려면 어느 정도 시간이 걸릴 것이라고 생각하고 있었다. 그랬으므로 괜히 서둘러서 이런 좋은 생비디오를 마다하고 덮치는 데에만 열중할 필요가 없을 거라고 생각되었다.

지예의 약간 벌려진 다리사이로 검은 숲이 보였다. 문 쪽에서 대각선으로 벽면에 붙어 있는 침대에 누워 있는 지예의 모습은 하체가 고스란히 다 보일 정도로 한영일의 정면을 향하고 있었다. 저번에 희자를 강간할 때에는 엉겁결에 안방까진 못 들어오고선 거실에서 해치웠지만, 이번엔 푹신한 침대라고 생각하니 오금이 저려올 정도였다.

한영일은 점점 커지는 숨소리를 죽이면서 손바닥의 땀을 닦아냈다. 그리고 목 안에 고인 침을 조심스럽게 삼켰다. 마치 포르노 비디오를 보는 것보다도 더 애절하고도 짜릿한 모습이 눈앞에 펼쳐져 있어 그는 다리가 다 후들거릴 정도였다.

군대 생활에서 이렇도록 생생한 여자의 알몸을 본 적은 없었다. 더구나 깊은 잠에 빠져 있는 젊은 여자의 미끈한 알몸을 고스란히 들여다볼 수 있다는 것은 감히 상상할 수도 없는 일이었다.

지예의 벌린 다리사이로 앙증맞은 검은 숲이 보였고, 그 숲 밑으로 연분홍 빛깔을 띤 계곡의 좁다란 틈이 보였다. 벌어질 듯, 길게 찢어진 그곳에는 작은 샘이 보일 것처럼 아래쪽 부분에 작은 분화구가 있었다. 그는 그곳을 보자, 더 이상 참을 수가 없었다.

그리고 다리에 가려서 잘은 보이진 않았지만 젖가슴의 둥근 곡선이 매끄럽게 뻗어 있는 게 보였다. 작고 탱탱한 것이 한쪽만 겨우 보일 정도였다. 그리고 그 밑으론 쭉 뻗어내린 아랫배의 미끄러운 감촉이 손에 잡힐 듯했다. 그는 군침을 삼키면서 최대한 눈요기를 즐길 요량으로 인내심을 발휘하고 있었다.

그는 조금씩 문을 열며 마악 방 안으로 들어갈 찰나였다.

종태는 거실 안으로 성큼 들어섰다.

"······?"

한영일이 마악 방으로 들어가려다가 인기척에 놀라 섬칫 멈춰서면서 뒤돌아봤다. 한영일은 곧 종태를 알아보는 듯했다. 주춤거리며 뒤로 몇 발자국 물러서는 것이었다.

"······!"

한영일은 반사적으로 거실의 탁자 위에 놓아둔 총이 있는 쪽으로 몇 걸음 움직여갔다. 종태는 그가 총을 집으려는 것인 줄 미리 알고서 그 앞을 가로막았다. 그때까지도 종태가 등 뒤로 숨긴 쇠파이프를 보지 못한 듯했다.

"······."

한영일은 무척 당황하는 듯했다. 양양으로 나갔을 줄 알았던 종태가 기습적으로 들어온 데에 대해 놀라는 것 같았다. 그러면서 한영일은 다시 총이 있는 데로 움직여왔다.

종태가 먼저 총을 잡아쥐고서는 끌어당겼다. 그와 동시에 등 뒤에 숨겨두었던 쇠파이프를 들어 한영일의 어깻죽지를 힘껏 내리쳤다.

"윽!······."

쇠파이프를 맞은 한영일은 단숨에 고꾸라졌다. 단 일격에 급소를 내리친 종태는 한영일이 어느 정도 급소에 맞았는지를 느낌으로 알 수 있었다. 그 정도라면 숨도 제대로 못 쉴 거라는 직감이 듦과 동시에 그는 얼른 한영일의 입을 손으로 틀어막았다.

그리고는 한영일의 한쪽 팔을 뒤로 꺾어 들어올렸다. 그는 요령 있게 재빨리 해치웠다. 너무 세게 팔을 비틀면 한영일이 고통스런 나머지 신음소리를 낼 위험이 있었다.

그는 한영일의 귀에 대고 낮게 속삭였다.

"소리치면 죽어!"

그러면서 그는 한영일의 입을 막은 손에 더욱 힘을 주었다. 한영일은 고통스런 얼굴로 쳐다만 볼 뿐이었다. 종태는 재빨리 그의 어깻죽지 사이로 팔을 넣어서는 몸체를 들어 올렸다. 그리고는 질질 끌면서 옆방으로 끌고 갔다.

그는 미리 준비한 청테이프로 한영일의 입술을 봉하고는, 다시 그 위에다 천으로 묶어버렸다. 그리고 팔을 뒤로 꺾어 손목을 묶었다. 그때까지도 한영일은 순식간에 일어난 일에 대해 어찌할 바를 모르고 있었다. 종태가 하는 대로 이끌리면서 두려운 눈빛으로 쳐다만 볼 뿐이었다.

"조용해! 안 그러면 넌 죽여 버릴 거야!"

종태의 목소리는 낮았지만 어떤 결의가 있는 듯했다. 종태의 말에 한영일은 더욱 겁을 집어먹은 눈빛이었다. 살려달라고 애원하는 듯한 눈빛이었다. 손을 뒤로 묶었으므로 한영일은 두발을 시용해서 싹싹 빌고 있었다.

"너, 조용히 해. 저번에 우리 집엘 왔지?"

종태는 한영일의 턱을 날려버릴 것처럼 주먹을 쥐어 다그쳤다.

"……."

한영일은 처음엔 도리질을 쳐댔다. 그러면서 두 발은 계속 비비고 있었다. 종태는 주먹을 높이 들어 아구통을 갈겼다. 퍽, 하는 소리와 함께 한영일이 옆으로 나뒹굴어졌다. 한영일은 그래도 군인이랍시고 절도있게 일어나서는 두 무릎을 꿇는 것이었다. 그러면서 그는 머리를 앞으로 주억거리면서 살려달라는 투로 울상을 짓고 있었다.

한영일의 코와 입에서 벌건 피가 흘러나오고 있었다. 피는 곧 그의 목덜미를 흘러내리기도 하고, 방바닥으로 뚝뚝, 떨어져 내렸다. 종태는 다시 그의 머리통을 쥐어 누르면서 물었다.

"다시 한 번 묻겠어! 이번에도 거짓말하면 넌 끝장이야. 알았지?"

종태의 말에 그는 머리를 방바닥에 닿을 것처럼 몸을 흔들어대면서 울상을 지었다. 종태의 말에 사실대로 말하겠다는 표시였다.

"그래. 너, 저번에 우리 집엘 들어왔지?"

"우우……, 우우……."

한영일은 머리를 끄덕였다. 그러면서 계속 머리를 앞으로 숙여보였다.

"그래. 좋아! 그런데 희자를 어떻게 했지? 너가 그랬지? 그래서 희자가 죽은 거고! 맞아, 안 맞아!"

이번엔 종태도 화가 나는지 발로 그의 어깨를 짓눌렀다. 그러자, 한영일은 다시 도리질을 해댔다. 아니라는 뜻이었다.

"이 자식이!"

그 소리와 함께 종태의 발이 한영일의 가슴팍으로 깊숙이 가서 꽂혔다. 정통으로 걷어찬 것이 명치를 맞은 듯했다. 한영일은 뒤로 나자빠지면서 괴로운 듯, 숨을 쉬지 못하고선 헐떡거렸다. 고통스러운 표정이 얼굴에 역력했다. 한참동안 버둥거리던 그는 종태가 다시 잡아 일으키는 바람에 겨우 일어나 앉았다.

한영일은 다시 무릎을 꿇고는 머리를 푹 숙였다. 아직까지도 그는 고른 숨을 내쉬지 못하고 있었다. 가슴이 결리는지 한 번씩 얼굴을 찌푸리며 종태를 쳐다보는 것이었다.

"엄살 피지 말어! 이 자식아! 너 그런다고 모를 줄 알어! 사실대로 말해! 맞어, 안 맞어!"

이번에 종태는 커다란 주먹을 움켜쥐고는 번쩍 치켜들었다. 한영일이 입만 떼기만 하면 곧바로 내려칠 기세였다.

"우우……, 우우……."

한영일은 머리를 푹 숙이며 고개를 끄덕거렸다.

"맞지? 네가 내 여자를 건드렸지?"

18

"우우……, 우우……."

한영일은 자신이 그랬다는 표시를 해왔다. 그와 동시에 종태의 주먹이 날아갔다. 이번에도 역시 한영일의 얼굴이었다. 퍽, 하는 소리와 함께 옆으로 나뒹굴어졌고, 한영일은 꼼짝도 하지 못했다.

"으으……."

한영일은 한참 만에 겨우 숨을 쉬는 듯했다. 꿈틀거리다가 다시 잠잠해졌다. 그의 코에서 흘러나온 피가 방바닥에 고이기 시작하고 있었다. 종태는 그 방을 빠져나와 옆방으로 건너갔다. 아직까지도 지예는 세상모른 채, 깊은 잠에 빠져 있었다. 몸부림을 치느라 그랬는지 한쪽 다리가 90도로 꺾여진 채로 반쯤 엎드린 채였다.

종태는 안방에서 나와 거실의 싱크대 밑쪽을 열었다. 그 속에서 전기드릴을 꺼냈다. 그리고 기다란 전기 코드를 꺼내 드릴에다 연결시켜서는 옆방으로 들어갔다. 그때까지도 한영일은 일어나지 못하고 있었다. 방바닥에 엎드린 채로 들어오는 종태를 겨우 쳐다볼 정도였다.

그는 종태의 손에 전기드릴이 쥐어져 있는 것을 보고는 눈이 커졌다. 그렇지만 그는 달리 어떻게 할 수가 없었는지 버둥거리기만 했다. 종태는 한영일이 버둥거리는 것을 꼼짝 못하게 두 다리를 묶어버렸다. 그리고는 책상 모서리의 다리에다 두

19

팔을 묶어두었다.

한영일은 이미 기진맥진해 있었다. 얼굴은 시퍼렇게 퉁퉁 부어 있었고, 코와 입에서는 많은 양의 피가 흘러나와 얼굴 전체에다 피범벅을 이루고 있었다. 그러나 눈빛만은 여전히 살려달라고 아우성치는 것처럼 보였다.

"넌 죽여 버려야 할 놈이야. 내가 어떤 놈인지 모르겠지? 난 여러 사람을 죽였어. 너도 죽어야 해. 너 같은 놈은 이 세상에 있을 값어치조차 없는 놈이야. 알았어?"

종태의 말투는 마치 무쇠 같았다.

"으으……, 으으으…….."

한영일은 무어라 말을 했지만 알아들을 수 없었다. 보나 마나 살려달라는 소리일 것 같았다.

"이 새꺄. 남자는 남자답게 책임질 줄 알아야 돼. 너 같은 놈이 살아서 뭘 하겠냐? 넌 살아봐야 이 사회의 악만 될 뿐이야. 넌 조용히 사라져야 해."

그러면서 종태는 한영일의 목을 책상 다리 윗부분에다 묶었다. 그리고 전기드릴의 코드를 콘센트에 꽂았다. 손잡이에 달린 스위치를 잡아당기자, 끝부분의 스크류우 나사가 돌아가기 시작했다. 굉장히 빠른 속도로 돌아가는 드릴은 무엇이라도 뚫어버릴 것처럼 위험스러웠다.

"자, 이제 넌 죽어야 돼. 희자가 널 기다리고 있어. 난 이제

부터 너 같은 놈들을 하나하나 찾아내서 죽여 버릴 거다. 눈 감
어.”

“으……, 으으……, 으으으.”

한영일은 발버둥을 쳐댔다. 그러나 목과 손발이 책상 다리에
묶인 탓에 꼼짝할 수가 없었다. 단지 목만이 좌우로 약간 버둥
거릴 뿐이었다. 한영일은 자신의 눈앞에서 빠른 속도로 돌아가
고 있는 드릴을 쳐다보면서 눈자위가 하얗게 얼어붙는 듯했다.

“으으……, 으으으.”

한영일은 점점 자신의 곁으로 다가오는 전기드릴을 쳐다보
면서 있는 힘을 다해 버둥거렸다. 그 바람에 책상 다리에 묶인
목이 벌겋게 부풀어 올랐다. 그는 위험을 느껴서인지 몸부림을
멈추지 않았다.

“가만있어. 자식아. 넌 사람을 죽인 놈이야. 희자가 얼마나
고통을 받다가 죽어갔는지 알아? 그 여잔 홑몸이 아니었어. 넌
바로 두 사람을 죽인 놈이라고. 그런데도 넌 죽기가 싫다? 이
거지? 흐흐. 그게 마음대로 될까? 이미 넌 늦었어. 아직도 정
신을 차리지 못했어. 넌 또 한 여자를 덮치려고 들어왔잖아. 그
래도 넌 살려고 그래? 흐흐.”

종태는 드릴을 한영일의 짧은 머리카락 끝에까지 갖다댔다.
드릴이 돌아가면서 머리카락을 건드렸다. 단지 건드렸을 뿐이
었다. 그런데도 한영일은 마치 곧 죽는 것처럼 눈을 허옇게 까

뒤집으면서 기절할 듯했다.

종태는 머리카락에서 드릴을 떼냈다. 스위치를 끄고는 한영일의 바로 코앞에 쪼그리고 앉았다.

"어때? 죽음이라는 것이 바로 코앞에 있을 때의 기분이. 넌 바로 지옥의 문 앞에까지 갔다 왔어. 내가 맘먹기에 달렸어. 넌 좀 더 고통을 겪으면서 천천히 죽어야 돼. 비참한 죽음이 어떤 것이라는 것을 알고 죽어야지, 안 그래?"

종태는 이제 제 정신이 아닌 사람 같았다. 마치 죽음의 유희를 즐기고 있는 듯이 히죽 웃어보였다. 그러나 그는 미치지 않았다. 너무나 안타까운 희자의 죽음을 이런 식으로 단번에 화풀이하고 싶진 않았을 뿐이었다. 한영일이 죽어버린다면 바로 그 시간부터 걷잡을 수 없는 허탈감이 밀려들 것만 같았다.

한영일은 최대한 시간을 끌면서 고통을 주는 것이 최대의 복수일 것 같은 생각이 들었다. 자신의 행복을 송두리째 빼앗아가버린 그놈을 그냥 보내고 싶지 않았다. 죽음이라는 것이 무엇이고, 인간의 행복을 파괴한 죗값이 어떤 것인가를 가르쳐주고 싶었다. 피는 피, 이에는 이라는 식으로 그의 마지막 가는 길에 한 가지 교훈을 새겨두는 것만이 희자에 대한 보답일 것 같은 생각이 들었다.

종태는 전기드릴의 코드를 뽑고서는 한쪽으로 밀어놓았다. 그리고는 한영일의 코앞에 바싹 다가앉으며 그의 눈을 똑바로 쳐다보았다. 한영일은 이미 사색이 되어 있었다. 눈동자가 완전히 풀어져 있었고, 얼굴 근육은 벌써 창백하게 바래져 있었다. 그리고 공포에 질린 듯한 무서움이 얼굴 전체에 가득 퍼져 있는 게 역력하게 드러났다.

"봤지? 너도 죽음이라는 게 얼마나 무서운 건 줄 알았겠지? 행복을 파괴하는 것은 쉬운 일이지만, 그 행복을 일구려면 한찬동안의 시간이 걸려. 난 그 행복을 찾아 여기까지 왔어. 근데 네가 나를 무참히 짓밟았어. 내가 가장 아끼는 희자를 짓밟았고, 우리들의 아이까지도 무참하게 죽였어. 그런데도 넌 살아나려고 발버둥을 쳐? 그게 말이나 돼?"

그 말이 끝남과 동시에 종태의 주먹이 날아왔다. 바로 코앞에서 날아온 주먹은 한영일의 왼쪽 뺨을 정통으로 맞히고 지나갔다. 한영일의 얼굴이 오른쪽으로 휙 돌아갔다. 그의 얼굴에서 다시 검붉은 피가 쏟아져 내렸다.

"으……, 으으……."

한영일은 이제 신음소리조차 낼 수 없을 정도였다. 점점 가늘어지는 듯했다. 마치 정신이 나가버린 사람처럼 눈알이 이리저리 제멋대로 굴러다녔다. 한영일의 입을 막은 청테이프와 천 조각 사이에서도 검붉은 피가 흘러나왔다. 그 피는 먼저 흘러나온 피와 엉겨서 더덕더덕 달라붙었다.

"널 죽일려면 간단하게 죽일 수 있었어. 하지만 그것도 마음

23

에 다 안 차. 내가 직접 너를 죽여서 희자의 원수를 통쾌하게 갚고 싶었어. 그것만이 살아 있는 내가 할 수 있는 일이야. 난 죽음 같은 건 이미 잊어버린 지 오래야. 너처럼 비굴하게 죽진 않아. 넌 이쯤 되면 혀를 깨물고 죽어야 해. 그것만이 네가 할 수 있는 마지막 자결이야. 알았어?"

종태는 다시 분을 참지 못하고서 주먹을 날렸다. 이번에도 역시 왼쪽 얼굴이었다. 퍽, 하는 소리와 함께 그가 고꾸라졌고, 한영일은 약간 고개를 꺾었다가 얼굴을 들지 못했다. 목을 묶은 줄이 목살을 파고들었다. 그의 얼굴에서 다시 피가 흘러나왔다.

"오늘은 이쯤이야. 어쩌면 내일쯤 넌 죽여 버릴지도 몰라."

종태는 한영일을 그대로 둔 채, 방을 나왔다. 안방으로 들어가자, 지예는 아직도 벌거벗은 채로 곤히 잠들어 있었다.

"……."

종태는 서서 잠시 생각에 잠겼다가 다시 방을 나왔다. 자물쇠를 찾아내선 옆방에다 채우고는 다시 안방으로 들어왔다. 그는 창가로 가서 바다를 내다보았다. 마악 어두워지려는지 바깥은 땅거미가 질 시간이었다. 바다의 빛깔이 암청색으로 변해가고 있었다. 그것만 봐도 종태는 벌써 지금이 몇 시라는 걸 금방 알 수 있었다. 바다의 물빛은 시간의 흐름에 따라 변한다는 걸 그는 바다에 와서야 알았던 것이다.

그는 담배를 꺼내 피웠다. 낮게 피어오르다가 금세 흩어지고 마는 담배연기를 바라보면서 인생도 이와 같은 것이 아닐까 하는 생각이 들었다. 마치 한 개비의 담배연기와도 같이 짧은 인생을 살아가면서 남의 행복을 무너뜨리는 값어치 없는 존재에 대해 어떤 분노 같은 일어났다.

그는 앞으로의 모든 일들이 그러한 세상의 악과 싸우면서 일생을 끝마치고 싶었다. 세상의 법이 있으되, 법으로도 해결되지 않는 그런 것들을 자신이 해결하고 싶은 충동이 일어났다. 그것은 바로 주먹이었다. 그 자신이 철저하게 신뢰하고 있는 주먹으로 세상을 올바로 세우고 싶은 욕망이었다.

그는 속으로 끓어오르는 슬픔을 그런 식으로 풀어나가고 싶었다. 삐뚤어진 곳을 바로 펴고, 인간의 도리에 어긋나는 것을 철저하게 파괴하고 싶었다. 그리해서 이 세상에 따뜻한 봄날이 오기만 한다면 그는 죽어도 여한이 없을 거라고 생각했다. 그는 이제 더 이상 세상에 남아 있고 싶지 않았다. 희자가 없는 세상에서는 그 자신 혼자만 있다고 해서 살아 있는 게 아닐 성싶었다.

그는 아직 충분히 쓰고도 남을 만큼 많은 돈이 있었다. 그 돈으로 세상을 바로 펴는 일에 쓰다가 죽을 생각이었다. 돈이란 인간이 살아가는 데에 필요한 최소한의 것일 뿐이라고 생각되었다. 이제는 한낱 필요 없는 존재에 지나지 않았다. 그는 희자와의 행복이 참행복이라면, 돈이란 행복의 울타리일 뿐이라고 생각했다. 희자가 없는 세상에서 돈이란 존재도 그리 필요할 것 같지가 않았다.

그는 지예를 생각했다. 아무것도 모르고 세상모르게 잠들어 있는 그녀를 생각하면, 절로 마음이 아파왔다. 그녀가 잠든 사이 옆방에서 끔찍한 일이 일어나고 있는 것도 모른 채, 오로지 종태만을 위해 헌신할 듯이 덤벼드는 그녀가 애처롭기까지 했다.

이것도 다 운명이라는 것일까. 지예와의 만남도 필연적인 운명일 거라고 생각했다. 그리고 그 자신이 피할 수 없는 것이라면, 그녀와의 필연적인 운명을 거부하고 싶진 않았다. 운명을 순순히 받아들이고만 싶었다. 그것만이 종태 자신이 할 수 있는 일인 것처럼 느껴졌다.

언젠가는 한번은 죽는 것.

그는 그렇게 생각했다. 그런 생각을 하자, 조금은 마음이 편해졌다. 그는 침대맡으로 돌아와 지예가 잠든 모습을 물끄러미 바라보았다. 실오라기 하나 걸치지 않은 채로 깊은 잠에 빠져 있는 그녀의 모습은 마치 희자를 그대로 옮겨놓은 것처럼 순결하게 보였다. 그녀의 직업이라는 것은 먹고살기 위해서 택한 것쯤으로 생각했다. 그 영혼이 불쌍해 보였다. 어린 나이에 험악한 항구 도시를 전전한다는 것이 마음에 걸렸다.

"……."

그는 그녀의 벌려진 사타구니를 바라보았다. 마치 어린애가 잠자는 듯이 허연 살결을 다 드러내놓고 잠자는 것이 전혀 이상하지가 않았다. 순수라고나 할까. 천연덕스러움이라고나 할까. 그냥 아무 생각 없이 잠들어 있는 그녀가 더 행복해 보였다.

그는 이제 성욕이 일어나지 않았다. 긴장이 풀어져서일까. 아니면 한영일을 무참하게 짓이겼다는 만족감이 그를 성욕으로부터 해방시켜서일까. 하여튼 그는 벌거벗은 지예의 알몸을 내려다보면서도 꿈틀거리는 성욕이 일어나지 않고 있었다.

그는 조용히 침대 위로 올라가 옆자리에 누웠다.

어느 정도 마음이 편해지는 듯했다. 그러나 쉽게 잠이 올 것 같진 않았다. 그는 다시 일어나서 창가로 갔다. 담배를 꺼내 피웠다. 연기를 멀리 날려 보내기 위해 후우, 하고 내뿜었지만 그리 멀리 가지 못해서 곧 풀어져 버렸다.

그의 마음에 어떤 가벼움이랄까, 약간의 흥분기가 가시고, 다시 무거운 침묵이 자리를 잡는 듯했다. 시간이 점점 흘러가면서 굳어지기 시작한 그것은 또 다른 마음의 무거움이었다. 이제 세상을 어떻게 살 것인가 하는 두려움이기도 했다. 인간은 늘 불안한 존재라는 것을 새삼 깨달은 것이다.

그는 오래도록 창가에 서 있었다. 바다에 어둠살이 내리면서 밤이 다가오고 있었다. 갑자기 쓸쓸함이 밀려오는 것 같았다.

그것은 마치 파도를 타고 멀리서부터 이곳으로 다가오는 것이었다. 마음의 한쪽 귀퉁이가 소리 없이 허물어지고 있는 듯한 기분이었다.

그는 알 수 없는 초조함으로 자꾸만 연거푸 담배를 피워대고 있었다. 벌써 몇 개비째인가. 막상 한영일을 붙잡아 놓고서도 양이 차지 않는 것은 무엇 때문일까. 한영일을 무참하게 죽인다 해도 희자보다 가 더 소중한 것이 아니어서 그런지 모를 일이다. 그만큼 그는 희자를 사랑했었고, 죽도록 미치도록 좋아했는지도 모른다.

그의 마음속으로 점점 나약함이 스며들었다. 마음의 공허감이 빈틈을 메우며 다가들었다. 그는 술을 마시고 싶었다. 그래서 취한 상태에서 잠이 들고 싶은 생각뿐이었다. 그러나 곧 지예가 일어날 시간이 되었고, 한영일을 옆방에 가둬논 상태에선 불안하기 그지없었다. 지예한텐 옆방을 열지 말라고 단단히 일러둘 참이었다. 그래야만 될 것 같았다.

어느 정도 준비가 될 때까지 지예가 알아서는 안 되었다. 아니, 영원히 그녀가 알면 안 되는 일인 것이다. 그는 철저하게 혼자 처리할 생각이었다. 모든 알리바이를 완벽하게 해두면서 서서히 그를 죽일 계획이었다. 그것만이 살아남은 자신이 희자를 대신해서 해줄 수 있는 유일한 복수라고 생각했다.

그는 담배를 다 피우고는 침대로 갔다.

"……."

희자의 알몸에서 우윳빛 냄새가 났다. 잠투정을 했는지, 아니면 깨어날 때쯤의 몸부림이었는지 지예의 다리를 활짝 벌려진 채로 무릎이 꺾여 있었다. 마치 원을 만들듯이 동그랗게 벌려진 그곳 사이로 검은 숲이 찰싹 달라붙어 있는 게 보였다. 그리고 그 밑 부분의 연분홍빛이 선연하게 다 드러나 보였다.

계곡은 마치 조개가 뜨거운 물에 들어갔을 때처럼 조심스럽게 벌어져 있었다. 복잡하게 생긴 여러 겹의 살갗들이 층을 이루며 그 안의 것들을 내보이고 있는 것이었다. 약간 튀어나온 듯한 클리토리스 밑으로 앙증맞게 생긴 질구가 보였다. 새끼손가락 하나도 겨우 들어갈 만한 그런 조그만 홀이었다. 마치 타원형을 길게 세워놓은 듯한 그곳은 남자의 것과는 완전히 달랐다.

무슨 비밀을 간직하고 있기라도 하듯이 복잡하게만 보여졌다. 그리고 음순이 맞닿는 아래쪽으론 회음부의 밋밋한 부분이 있었고, 그 밑엔 항문이 꼬옥 입을 다물고 있었다. 두 다리는 마치 잘 가꾼 회초리처럼 가늘고 매끈했다. 눈이 부시도록 하얀 살결이 그를 자꾸만 매혹시키고 있었다.

그는 침대맡에 두 손을 짚으면서 엎드린 채로 그녀의 그곳에다 입을 맞추었다. 향긋한 내음이 그곳으로부터 흘러나오는 듯했다. 그는 그 내음을 오래 음미했다. 희자한테서는 차마 맡아

보지 못했던 향긋한 내음이었다. 희자는 처음부터 그런 걸 싫어하는 여자였다. 그래서 그는 한 번도 희자의 그곳을 맡아보거나, 핥아보지를 못했던 것이다.

예전엔 미처 느껴보지 못했던 곳이었다. 그는 진지한 얼굴로 그곳을 빨았다. 눈에 선연히 드러나 보이는 그곳을 들여다보면서 핥는다는 것은 쾌감의 극치를 자아내고도 남았다. 그녀의 꽃잎에서 물이 조금씩 흘러나왔다. 그녀가 약간 몸을 꿈틀거렸으나 잠을 깨지는 않았다. 혼곤한 잠 속에 빠져 있는 그녀가 잠깐 꿈을 꾸는 듯, 몸부림을 쳤을 뿐이었다.

종태는 그녀의 다리를 더욱 벌린 채로 살금살금 혀끝으로 계곡을 훑어나갔다. 위에서 아래로, 아래쪽에서 위로 핥으면서 음순과 질벽을 건드렸다. 그곳은 이미 흥건한 물로 물소리가 나는 듯했다. 그는 오래도록 핥았다. 그러나 질리지 않는 것이었다. 그는 마치 희자를 생각하듯, 천천히 애무하고 있었다. 많은 생각들이 떠오르곤 했다.

희자는 정상위 외에는 다른 체위를 용납하지 않았다. 부끄러움 때문이었을까. 그녀는 종태가 반듯이 엎드린 자세로 서로 마주보며 애무를 하거나, 그 어떤 짓을 해도 다 받아주었지만 이상한 체위를 구사하는 건 싫어했다. 모든 걸 종태의 입장에서 생각해주고, 너그럽게 대하는 그녀였지만 섹스에서 만큼은 그렇지 않았다. 자신의 주관이 뚜렷한 편이었다.

종태는 그녀와의 황홀했던 섹스를 생각하면서 지예의 꽃잎을 더듬는다는 것이 미칠 것만 같았다. 그는 더 이상 참지 못하고 지예의 몸 위로 올라갔다. 그녀가 깨지 않도록 최대한 팔심으로 버티면서 아랫도리만 움직였다.

움직일 때마다 밑에서는 물과 물이 마찰하는 듯한 잡음이 들렸다. 그런 소리가 듣기 좋았다. 그는 서두를 필요가 없었다. 마음의 여유를 갖고서 즐기듯이 천천히 움직여나갔다. 몸은 일체 닿지 않은 상태에서 단지 뿌리와 꽃잎의 마찰만으로도 기분이 좋았다. 그의 뿌리가 힘차게 들어갔다가 빠져나오는 것이 확연히 다 보였다. 보면서 하는 즐거움이 더 컸다.

더구나 지예는 아직 잠 속에 갇혀 있는 상태였다. 어렴풋이 잠이 깰 듯하다가 다시 잠 속으로 빠져드는 걸 보면서 그는 천천히 그짓을 계속 해나갔다. 한쪽 다리를 들어 올려 자신의 어깨에 걸쳤는데도 그녀는 잠을 깨지 않았다. 좀더 확연히 드러난 그녀의 꽃잎 사이로 그의 뿌리가 점점 속도를 빨리 했다. 흥분이 고조되기 시작했다.

"……."

그는 일순간 울컥거림을 느끼면서 뿌리에서부터 정액을 토해냈다. 잠든 그녀의 꽃잎 속으로 많은 양의 정액을 토해낸 그는 다 죽었을 때까지 그대로 가만히 있었다. 점점 줄어드는 뿌리의 힘을 느끼면서 그는 그것을 꺼냈다.

그녀의 꽃잎에서 많은 양의 물이 흘러나왔다. 그것은 회음부를 적시며 항문께로 흘러내렸다. 자신의 뿌리에서 빠져나온 정액이 꽃잎 속에 갇혔다가 빠져나오는 걸 보는 기쁨이 말할 수 없이 컸다. 그는 티슈를 뽑아 닦아주고는 옆자리에 누웠다.

"……."

그제서야 잠에 빠져들 것만 같았다. 그는 점점 나른해지는 걸 느끼면서 잠에 빠져들었다. 마치 봄날, 푹신한 풀밭 위에 누운 것 같은 아늑함을 느끼며 혼곤한 잠 속으로 빠졌다.

멀리서 파도소리가 들리는 것 같았다. 파도소리는 먼 데서부터 점점 가까이 다가오면서 오케스트라처럼 커지는 것이었다. 그러나 잠을 깨울 만큼 파도소리가 크진 않았다. 마치 봄날의 나비가 깃을 팔랑이며 날아오고 있는 것처럼 나른하게 들릴 뿐이었다.

분명히 희자였다. 그녀는 흰 옷을 입은 채, 마구 달려오고 있었다. 가만히 보니 그녀가 밟고 있는 곳은 하얀 풀밭이었다. 하얀 풀들이 키 작은 잔디처럼 납작 엎디어 있는 것처럼 보였다. 그녀는 그 위를 너울너울 춤을 추듯이 달려오고 있었다.

"희자!"

종태는 눈물이 흘러내리는 것도 잊어버린 채, 마구 달려갔다. 얼마나 그리웠던 그녀였던가. 꿈에서도 사무치도록 보고팠던 그녀였다. 종태는 달려가면서도 이게 꿈이 아닌가 싶을 정도로 황홀하기만 했다. 만일 이것이 현실이 아니라면 그 자리에서 그대로 죽어버리고 싶다는 생각이 들 정도였다.

"여보!"

희자는 두 팔을 벌린 채로 달려와서 숨이 가쁘게 안겼다. 종태는 그녀를 안아 번쩍 치켜들고는 빙 한 바퀴 돌았다. 희자가 입고 있는 하얀 드레스가 바람에 풍선처럼 부풀어지면서 한 바퀴 원을 그렸다.

그리고는 종태는 그녀의 입술에 입을 맞추었다. 이 얼마나 그리웠던 만남이었던가. 그는 꿈에서도 그녀를 잊지 못했다. 다시 그녀를 만났다는 것이 도저히 믿겨지지 않았다.

"희자! 이게 얼마만이오? 어떻게 왔소?"

종태는 감격에 겨운 나머지 뜨거운 눈물이 흘러내렸다. 그건 희자도 역시 마찬가지였다. 하얀 얼굴에 금빛 나는 눈물이 흘러내리고 있었다. 그것은 마치 정교하게 세공된 다이아몬드처럼 반짝거렸다.

"으흐, 난 당신이 너무너무 보고 싶었어. 으흐. 미치도록 보고 싶었어. 정말 죽은 게 아니지? 그렇지?"

종태는 흐르는 눈물을 닦을 생각도 않은 채, 그녀의 어깨를 마구 흔들면서 말했다.

"여보. 그동안 고생이 많았죠? 혼자 밥하고, 빨래하고, 설거지하느라 고생이죠? 근데 난 하늘에서 내려왔는 걸요."

"하늘?"

종태는 이게 꿈인가 싶어 희자의 얼굴을 똑바로 쳐다보았다. 희자의 눈에서는 다시 금빛나는 눈물이 방울방울 흘러내리고 있었다.

"그래요. 전 하늘에서 살아요. 당신이 너무 보고 싶어 내려왔는걸요. 나도 미치도록 보고 싶었는걸요. 저 하늘에서 아기를 낳았어요. 당신이 없는 저 하늘에서요."

희자는 종태의 가슴으로 쓰러지면서 격한 울음을 토해냈다. 그녀의 흐느끼는 울음소리가 종태의 가슴 속으로 비수처럼 파고드는 것이었다. 그는 가슴이 저려왔다. 마치 날카로운 칼로 심장의 한쪽 귀퉁이를 도려내는 것 같은 아픔을 느꼈다.

"우리 아기를?"

"네에."

"데려오지 그랬어? 나도 보고 싶은 걸."

종태는 마음이 더 급했다. 말이 제대로 되어 나오질 않았다. 마치 입이 얼었다가 방금 녹은 것 같았다.

"그 아긴 당신의 아기가 아닌 걸요."

희자는 슬픈 듯이 말했다. 그러면서 그녀는 괴로운 표정을 지었다. 다시 종태의 가슴 속으로 얼굴을 숨기듯이 파묻었다. 그녀는 울고 있었다. 어깨가 심하게 흔들리고 있는 게 종태의 가슴으로 느껴졌다.

"내 아기가 아니라는…… 그게 무슨 말이요? 분명히 내 아기지? 안 그래?"

종태는 발악하듯이 소리쳤다. 희자의 냉랭한 말투에 갑자기 가슴이 서늘해지는 것 같은 한기를 느꼈다.

"아니예요. 그 아긴 악마의 씨앗이었어요. 악마의."

희자는 다시 한 번 어깨를 심하게 흔들면서 소리쳤다.

"왜? 왜 그렇다는 거지? 우리 아기가 왜 악마의 씨앗이라는 거지?"

종태는 희자의 얼굴을 들어 똑바로 쳐다봤다. 마치 터질 듯한 가슴이었다. 종태는 마치 절벽 끝 벼랑에 가까스로 서 있는 듯한 위기감을 느끼며 간신히 서 있는 기분이었다. 희자의 입술을 쳐다보았다. 하얗게 각질이 벗겨진 희자의 입술이 달싹거렸다.

"그 아긴 당신이 죽이려는 그 남자의 씨일 뿐이에요. 난 죄가 없는 걸요. 그 아기가 불쌍해요. 그 앤 나를 보고 엄마라고 불러요. 그렇지만 아빠는 당신이 아닌 걸요. 전 그게 슬퍼요."

그러면서 희자는 깊은 울음을 토해내기 시작했다.

"아!……."

종태는 무릎에서 힘이 빠져나가면서 그대로 푹 꺾어질 것만 같았다. 마치 사형 선고를 기다렸다가 곧바로 사형이라는 선고가 내려진 것처럼 절망감이 눈앞을 캄캄하게 메우고만 것 같았다.

"그러나 죽이진 마세요. 그 아기가 더 불쌍해서요. 전 아기를 사랑하는 걸요. 비록 죄의 씨앗이긴 하지만 어쩔 수 없잖아요. 당신이 그 사람을 죽인다고 해서 제가 기뻐할 까닭이 있겠어요? 전 이미 죽은 몸이에요. 이때까지 당신이 하는 걸 보고선 이렇게 힘들게 내려왔는걸요."

희자의 몸이 사시나무 떨듯이 떨려오고 있었다. 종태가 겨우 받치고 있어야만 할 정도였다. 희자의 몸은 종잇장처럼 가볍게 느껴졌다. 종태는 그녀를 번쩍 들어 안으려다가 너무나 가벼웠던 탓에 뒤로 넘어질 뻔했다. 그 뒤쪽은 벼랑이라는 사실이 얼핏 들었기에 그는 놀랐다.

그는 가까스로 몸의 중심을 잡으면서 희자를 쳐다보았을 때, 그녀는 이미 그 자리에 없었다.

"……?"

종태는 깜짝 놀랐다. 분명히 조금 전까지 자신이 붙잡고 있었던 희자가 없어져 버린 것이 놀랍기만 했다. 그는 벌어진 입이 다물어지지 않았다. 그가 눈을 삐고 나서 다시 쳐다봤지만 희자는 거기 없었다.

"희자! 희자!"

그는 두 손을 휘저으면서 발버둥을 쳐댔다. 그 바람에 까마득한 낭떠러지로 떨어지고 마는 것이었다. 캄캄한 절벽 밑은 아무것도 보이지 않는 그런 곳이었다. 그는 시간과 공간의 존재를 초월해서 무한정으로 떨어져 내리는 걸 느끼면서 머리끝이 쭈뼛해졌다.

"아! 희자아!……."

그는 외마디소리를 내질렀다. 그리곤 누군가 흔드는 바람에 잠을 깼다. 온몸에 식은땀을 흘리며 눈을 떴을 땐, 희자가 바로 눈앞에서 웃고 있었다. 그는 쿵, 하고 놀랐던 가슴이 다시 서늘해지면서 안도의 숨을 내쉬었다.

"희자."

그는 희자의 몸을 끌어안았다. 다시는 놓치지 않을 듯이 힘 있게 끌어안았다. 그녀의 몸이 쓰러지듯이 끌려왔다. 그는 마구 얼굴을 비벼대면서 중얼거렸다.

"희자, 가지마. 희자, 가지마라. 너랑 살고 싶어. 너랑 같이 살고 싶어."

종태의 목소리는 환희에 찬 메아리처럼 들렸다. 그는 갑자기 어린애가 돼버린 것 같았다.

"왜 그래요? 종태 씨! 저예요, 지예."

지예는 그의 갑작스런 그런 모습에 놀란 표정이었다. 눈의 흰자위가 더 많아지고 마치 신열이 든 사람처럼 허둥대는 종태가 그저 놀랍기만 했다. 그래서 그녀는 종태의 얼굴을 붙잡고선 마주 보며 말했다.

"저라니깐요. 지예. 지예, 모르세요?"

"지예?"

종태는 자신이 지금 불렀던 이름조차 기억이 없는 듯했다. 잠시 눈의 초점을 모으느라 숨을 가다듬었다. 그제서야 현실로 돌아온 모양이었다. 종태는 비로소 제정신을 되찾았다.

"희자는?"

그는 물었다. 그러나 지예는 희자를 찾는 그의 물음에 영문을 모른 채, 눈만 말똥거릴 뿐이었다.

"몰라? 희자 몰라?"

종태는 마치 다그치기라도 하듯이 되물었다. 어느 정도 현실로 돌아온 종태였지만 마치 희자가 왔다가 간 것 같은 착각에 빠진 듯했다.

"아, 당신과 함께 살던 여자? 그 여자가 왜 여길 와요? 아직도 정신이 안 드세요?"

지예의 말에 비로소 종태는 정신이 번쩍 돌아왔다.

"아, 그랬나?……."

"……?"

지예는 슬픈 눈빛을 한 채, 종태를 지켜보고 있었다.

"미안하군. 내가 꿈을 꿨어. 근데 너무 실감나는 꿈이라서…… 난 희자가 살아 돌아온 줄 알았지. 널 봤을 때도 희잔 줄 알았어."

"……."

희자는 말이 없었다.

"……."

종태도 역시 말이 없었다. 아직까지도 멍하니 잠이 덜 깬 듯이 지예를 쳐다볼 뿐이었다. 그는 지예의 얼굴을 찬찬히 쳐다보는 것이었다.

"왜요? 왜 그렇게 봐?"

"으응, 첨에…… 너가 꼭 희자하고 닮았어. 그래서…… 보는 거야."

"내가 그렇게 닮았어? 괜히 그러는 거지?"

"……."

종태는 말을 하지 않았다. 마음에서 튀어나온 말이었지만, 실상은 지예가 희자와 닮은 데가 없었다. 순전히 마음으로 느껴지는 동질성일 뿐이었다. 사랑에 대한 동질성, 이성에 대한 동질성, 육체에 대한 동질성으로 착각하고 있을 뿐이었다.

"내가 너무 잤나봐. 얼마나 잤지?"

"모르겠어. 푹 잤어."

"하루 종일 잠만 잔 거 같아. 히힛. 술을 마셔서 그런가?"

그제서야 지예의 얼굴 표정이 본래대로 돌아오는 듯했다. 지예는 길게 하품을 하면서 기지개를 켜댔다. 알몸인 그녀가 침대에 앉아 두 팔을 들어 기지개를 켜는 모습이 너무 자연스러웠다. 양반 자세로 앉은 그녀의 사타구니는 신비의 동굴 같이 묘하게 보였다.

위쪽의 검은 숲만 조금 보일 뿐이었다. 작은 숲이 그나마 겨우 계곡을 가린 것일 뿐이었다. 종태는 그것만 봐도 기분이 좋았다. 검은 숲에 감출 듯, 말듯한 작은 계곡. 그것은 바로 여자만이 가질 수 있는 신비한 곳이었다.

종태는 그녀를 끌어안았다. 그리고선 사타구니 속으로 손을 집어넣었다. 보송거리는 털이 손바닥에 만져졌다.

"푹 잤지?"

종태의 말에 그녀는 웃어보였다. 환한 웃음이었다.

"응."

"푹 자는 게 좋은 거야. 술도 마셨고, 그것도 했으니까 좀 피곤했을 거야. 나도 푹 잤는걸."

종태는 일부러 거짓말을 했다. 자신은 푹 잔 게 아니었다. 잠깐 눈을 붙였다가 꿈을 꾸느라 잠이 깨어버린 것이었다.

"밥 먹으러 나가. 나 배고파."

지예는 손을 뒤로 돌려 종태의 몸을 붙잡았다. 활처럼 휜 그녀의 젖가슴이 더욱 도도록하게 돋아났다. 종태는 그녀의 젖가슴에 입을 맞추며 사타구니를 벌리고는 손으로 어루만졌다.

"그러지마. 또 하고 싶단 말야. 자꾸 그러면."

지예는 눈을 흘길 듯이 살짝 핀잔을 주었다. 애교가 있는 핀

잔이었다. 종태는 그 말이 애교 있는 말이라고 생각했다. 그러는 그녀를 그냥 놓아주고 싶지 않았다. 그는 손으로 계곡 안을 더듬었다. 벌써 촉촉한 물기가 배어 나와 있는지 손끝에서는 맑은 물이 만져지고 있었다.

"자꾸 하면 어때? 그게 좋잖아?"

그러면서 종태는 웃었다.

"희자라는 여자 무척 사랑했는가봐?"

"……?"

종태는 할 말이 없어졌다. 지예가 느닷없이 던진 말에 갑자기 가슴이 서늘해지는 기분이었다.

"그러니까……, 그렇게 꿈에서도 자주 나타나는가 보지 뭐. 그렇지?"

"…….."

종태는 말이 없었다.

"그런 거…… 말해도 돼. 난 그런 거 말하는 거 싫어하는 여자 아니다, 야. 말하면 어때? 나도 알고 싶은걸 뭐. 이미 죽은 여자잖아. 다시 살아오진 않을 거 아냐?"

지예는 진정으로 종태를 이해하는 듯했다. 그리고 한편으로는 그런 사랑을 받았던 희자가 부러운 것도 있는 듯했다. 이미 죽은 여자에 대한 시기심이나 질투심 같은 건 찾아볼 수 없었다.

"그래…… 사랑했어."

종태는 한숨처럼 말을 내뱉었다.

"얼마나?"

그녀가 다시 물어왔다.

"그건……."

"……?"

지예는 종태의 말을 기다렸다. 진지한 눈빛이 되어가는 그를 돌아보고는 기다리는 듯했다.

"죽도록…… 미치도록 사랑했다고 해야 옳을 거야. 이 세상의 무엇과도 바꿀 수 없는……."

종태는 더 이상 말을 한다는 것 지체가 모순일 것만 같았다.

"……."

지예는 알았다는 듯이 고개를 끄덕이고는 가만히 있었다. 종태가 쥐고 있는 자신의 젖가슴 위로 손을 들어 그의 손을 포근히 감쌌다. 다 이해한다는 그녀의 마음의 표시였다.

"나도 그런 사랑 한번 해봤음 좋겠어."

"……."

"나도 외로울 때가 너무 많아. 여기, 속초에서는 말이 안 통해. 진정으로 마음을 터놓고 애기할 사람이 없는걸. 모두 다 내 몸만 요구하는 남자들이야. 돈으로 나를 사고…… 돈으로 해결하려고만 그래. 난 그게 서글펐어. 하지만 먹고 살기 위해선 어쩔 수 없었는걸……."

그녀는 다소 예민해져 있었다. 자신에 대한 경멸이었고, 세상의 남자들에 대한 혐오였다. 그리고 종태의 사랑을 듬뿍 받은 희자에 대한 연모였다. 같은 여자로서 느끼는 사랑에 대한 갈구였는지도 모른다.

종태는 아무런 말도 하지 않았다. 지예가 말하는 사랑과 자신과 희자가 나눴던 사랑에는 엄연한 차이가 있었다. 그런데도 지예는 피상적인 모습만 보고서 하는 말인 것처럼 들려졌다. 그 미묘하고 애틋했던 순간의 자디잔 감정의 편린들을 어떻게 다 설명할 수 있단 말인가. 종태는 어떠한 말로서도 그녀와의 애틋한 정을 그대로 다 표현할 수가 없었다.

지예가 종태의 가슴을 덮어오면서 얼굴을 엎드렸다. 그리고는 그녀는 낮게 속삭였다. 마치 손가락으로 가슴에다 글씨를 쓰듯, 그녀는 말했다.

"사랑해. 그 여자 대신 내가 하면 안 돼?"

지예는 그 말을 하고선 말이 없었다.

"……."

종태는 아무런 대답도 할 수 없었다. 육체의 끈으로 묶어진 둘 사이였지만 희자의 영역만은 그대로 고스란히 지켜주고 싶었다. 희자의 마음자리에 대신 지예를 들여놓는다는 게 마음 내키지 않았다.

"왜? 내가 싫어?"

지예는 약간 겁을 집어먹은 듯한 말투로 다시 되물어왔다. 여자가 남자한테서 느끼는 그런 불안이었다. 종태의 확답을 얻지 못한 지예의 조바심 같은 것이었다.

사랑은 늘 확인해봐야 안다는 것처럼 지예 또한 그랬다. 비록 짧은 시간이었지만 그와의 섹스에서 모든 걸 알아버린 것처럼 지예는 한순간 마음이 한쪽으로 기울어져버린 것 같았다. 그건 바로 종태라는 남자였다. 이 남자에게서 사랑을 받고 싶어하는 그녀였다.

"그건……, 아직은 내가 마음이 안 서서 그래. 너를 좋아한다고 해서 곧바로 널 데리고 살 수는 없는 거야. 그리고 난…… 이미 죽은 몸이라고 생각하는데? 네가 날 좋아한다고 해서 끝까지 나를 따라올 수 있을 거 같애?"

"……?"

지예는 종태가 한 말이 무엇을 의미하는지를 몰라 쳐다보았다.

"내가 죽으러 가는 길에도 너를 데리고 갈까? 넌 아직 어려. 살 날도 많이 남았고. 근데 나를 따라올 수 있어?"

종태는 속 깊은 곳에 숨겨놓았던 말까지 다 꺼냈다.

"왜 죽어? 여자가 죽었다고 해서 같이 따라 죽어?"

지예는 아직까지도 종태가 하는 말의 핵심을 알아차리지 못했다. 그저 죽는다는 말만 귀에 들어올 뿐이었다.

"넌 아직 멀었어. 그만하자구. 난 이제 이 세상에 대해서 더 이상 미련 같은걸 갖고 있지 않다는 놈인 줄로만 알어. 그것만 알면 돼. 자, 일어나. 밥이나 먹으러 가자구."

"……."

종태의 말에 지예는 어안이 벙벙해졌다. 도무지 알 수 없는 말만 늘어놓는 그가 이해가 되지 않았다. 그러나 지예는 종태가 희자와의 애틋했던 사랑을 잊지 못해 일부러 그러는 줄로만 알았다. 더 이상 그것에 대해 꼬치꼬치 캐묻고 싶지 않았다.

그들은 밖으로 나와 짚차에 올라탔다. 종태는 시동을 걸어놓고서는 다시 차에서 내렸다.

"왜?"

지예가 물었다.

"잠깐만 있어. 뭣 좀 꺼내올 게 있어."

종태는 그 말을 하고는 얼른 거실로 뛰쳐 들어갔다. 그는 곧장 거실문을 잠그고는 옆방 문을 열었다. 한영일은 거의 실신한 상태로 목을 꺾고 있었다. 그는 한영일의 바로 앞으로 가서 쪼그리고 앉아서는 그의 머리를 툭, 쳤다.

"야!"

"……."

그러나 그는 눈꺼풀만 조금 움직였을 뿐, 꼼짝도 하지 않았다. 눈을 뜨려고 그랬지만 얼굴에 엉겨붙은 피로 인해서 눈꺼풀마저 달라붙어 있었다. 온통 얼굴이 피범벅이었다.

"조용히 하고 있어."

그는 일어서면서 다시 한 번 한영일을 확인하고서는 방을 빠져나왔다.

"뭔데 그래?"

지예가 마악 달려나온 그에게 물었다.

"으응, 아무것도 아냐. 아까 커피물 끓이느라고 가스레인지를 켰거든. 그래서 그거 확인했어."

종태는 거짓말로 그렇게 얼버무렸다.

"으, 그런 거까지. 히힛. 그런 건 되게 챙기시네."

지예는 종태의 별 거 아니라는 말에 푸식, 웃음을 흘렸다.

종태는 차를 몰아 양양읍으로 나갔다. 벌써 시내는 한여름으로 접어든 것처럼 뜨거운 지열이 올라오고 있었다. 차에서 나는 열기와 함께 지열이 한데 어울려 뜨거운 공기를 만들어내고 있었다. 오픈카여서 그런지 차가 설 때마다 더운 바람이 가슴 속으로 들어왔다.

그들은 곧 시내에 있는 횟집으로 들어갔다. 실내엔 에어컨이 돌아가고 있었다. 그들은 자리를 잡고 앉아 주인 여자가 가지고온 메뉴판을 들여다보고 있었다.

"뭘로 할까?"

종태는 대충 훑어보고 나선 지예한테 물었다. 그는 늘 그랬다. 이집에 무슨 메뉴가 있는가만 살피고는 곧바로 지예한테로 주문을 하도록 시켰다.

"으응…… 광어회로 할까? 여긴 아마 자연산일 거야. 난 광어회가 좋더라."

지예가 메뉴판을 접으며 그렇게 말하자, 종태는 옆에 선 여자를 향해 광어회로 시켰다. 그리고 매운탕도 곁들여 같이 시켰다. 그리고 지예가 좋아하는 청하술도 주문을 했다.

주인 여자가 가고 나자, 지예는 탁자에 턱을 괴고서는 물끄러미 종태를 쳐다보면서 말을 꺼냈다.

"요샌 왜 그렇게 잠이 쏟아지는지 몰라. 내가 마치 잠충이 같지?"

지예는 장난스럽게 굴었다. 마치 어린애처럼 생동한 표정을 지어 보이면서 눈을 찡긋했다.

"……."

종태는 아무 말도 하지 않았다. 그저 쳐다만 보고서는 웃어주었을 뿐이었다. 그때, 반찬들이 주문한 청하가 먼저 나왔다. 지예는 술잔을 받아 종태의 앞에, 그리고 자신의 앞에다 잠을 놓았다. 그리고선 청하를 따서 종태의 잔에 먼저 술을 채워주었다.

종태는 다시 술병을 받아 지예의 잔에 가득 채웠다. 그리고는 누구랄 것도 없이 잔을 들어 서로 부딪쳤다. 가벼운 부딪침이었다. 입을 뗀 건 지예가 먼저였다.

"건배. 우리들의 앞날을 위해서! 어때?"

그러면서 지예는 다시 잔을 부딪치고는 훌쩍 마셔버렸다. 종태는 천천히 맛을 음미하면서 반쯤 마셨다. 안주로 나온 반찬을 집으면서 지예가 말했다.

"왜 그래? 표정이 좀 시무룩한 거 같다."

"응? 왜? 그렇게 보여?"

종태는 놀란 듯이 지예한테 대꾸했다.

"자꾸 딴 생각을 하고 있는 사람 같애. 왜 그러냐니까?"

그러면서 지예는 종태의 잔에 술을 가득 부어 주었다. 그리고 자신의 잔에도 손수 술을 따랐다. 종태가 손을 뻗었지만 이미 그녀는 자신의 잔을 가득 채운 뒤였다.

"술 마셔. 운전을 못 할 거 같으면 그냥 두고 가던지, 여기서 자면 되지 뭘 그래."

"……."

그 말에 종태는 웃고 말았다. 그렇지만 마음속은 그렇지 않았다. 자꾸 신경이 쓰이는 것이 바로 한영일이란 놈이었다. 아까 집을 나올 때, 한영일은 거의 초주검이 돼 있었다. 그러나 혹시 그가 무슨 수를 써서 달아날까봐 걱정이 되는 것이다. 책상 다리에 두 팔과 목을 단단히 묶어뒀으므로 절대 달아날 수는 없겠지만 그래도 마음이 편치 않은 것만은 사실이었다.

회가 나왔다. 싱싱한 횟감이 커다란 쟁반에 가지런히 놓여있는 것을 보면서 종태는 비릿한 내음을 느꼈다. 마치 한영일이 조각조각 나서 누워있는 것처럼 느껴져서였다. 자세히 보면 마치 사람의 살과도 같은 것이었다. 연하고 부드러운 살결이 무수한 칼질을 당한 뒤에 조각조각 나서 창백한 듯이 누워있는 광어는 앙상한 뼈만 드러내놓고 있었다. 그래도 살겠다고 입을 뻐끔거리는 걸 보면서 꽤나 수명이 긴 놈이라고 생각되었다.

"왜 안 먹어요?"

지예는 레몬을 짜서 살점 위에 치고는 한 점을 집어 초장에 묻히며 물었다. 그녀는 입으로 넣어서는 맛있게 씹어먹는 것이었다. 마치 남의 살을 좋아하는 여자처럼 야릇하게 보여지고 있었다.

"으응, 먹지. 많이 먹으라구."

그러면서 종태는 젓가락을 집었다. 윤기가 반드르르한 살점 두 개를 집어 초장에 듬뿍 묻혔다. 그리고는 한 입에 집어넣었다. 혀끝에 와 닿는 광어의 부드러운 살결과 초장의 맛이 버무려지면서 개운한 맛을 냈다. 좀 전까지만 해도 종태는 괜히 비릿한 생각을 했지만 일단 회 맛을 보고난 뒤부터는 그런 생각이 싹 가셔졌다.

그들은 청하를 마시면서 회를 먹었다. 그리고 나중에 나온 매운탕 맛이 또한 일품이었다. 밥공기를 시켜 식사를 하면서 다시 술을 곁들였다. 청하 한 병으로는 모자라 다시 술을 시켰고, 지예가 더 많은 양의 술을 마셨다. 종태는 운전을 해야 한다는 핑계를 삼아 조금씩만 마셨다.

오늘따라 종태는 횟감을 입에 넣고서는 오래 씹었다. 고소한 맛이 다 우러날 때까지 씹는 이유는 마치 한영일을 생각하면서 그러는 것 같았다. 그는 술을 마실 때나, 회를 먹을 때나 번번이 한영일의 생각이 떠올랐다. 복수심에 불타는 종태였다. 그를 가장 잔인하게 죽이는 방법이 무엇일까, 하고 생각 중이었다.

종태는 이미 엎질러진 물이라고 생각했다. 그리고 그 자신이 한 행동에 대해 일말의 후회 같은 거 더더구나 없었다. 자신이 일생을 걸고서라도 한영일을 꼭 죽여야만 직성이 풀릴 것 같았다. 조직세계에서 잔뼈가 굵은 그로선 당연한 일이었다. 습격을 받아 이쪽이 피해를 입으면 언젠가는 꼭 복수를 하고 마는 것이 종태가 오랫동안 터득한 뼈저린 승부 근성이었다.

지예는 오늘따라 빨리 잔을 비워내는 것 같았다. 벌써 얼굴이 창백하게 변해 있었고, 자세가 흐트러져 보였다. 그러면서 그녀는 잔이 비워지기 무섭게 또다시 빈 잔을 내밀었다.

"너무 취한 거 아냐?"

종태는 술을 따라주면서 물었다.

"으흥, 나 안 취해. 이거 먹고 취하면 어떡하냐? 나, 취한 거
같아?"

지예는 벌써 취한 게 분명했다. 혀 짧은 소리를 내면서 술잔
을 들고 있는 손이 조금 흔들거렸다.

"그것만 마셔. 이제 일어나자구."

종태의 말에 그녀는 얼른 술잔을 비워내고는 한 손을 가로저
었다. 입맛이 쓴 지 카아, 하는 소리를 내느라 얼른 말을 못하
고 있는 듯했다.

"아냐, 아냐. 한 병만 더 마셔. 내가 마시고 싶단 말야."

"또?"

종태는 약간 짜증이 났다. 지예를 똑바로 쳐다보자, 그녀도
종태를 물끄러미 바라보다간 왜 그러느냐는 듯이 눈에 초점을
모으고 있었다.

"왜 그래에? 나, 안 취했다고 그랬잖아? 한 병만 안 돼? 내
가 다 마실게."

"아냐, 됐어. 그냥 일어서. 넌 약간 취했어. 일어나."

종태가 부탁하듯이 말하자, 지예는 못마땅한 듯하면서도 억
지로 일어났다. 종태가 먼저 일어나서 부축하지 않았더라면 그
녀는 휘청거리면서 옆으로 쓰러졌을지도 모를 일이었다. 다행
히 그가 지예를 붙잡았다.

"……."

종태는 지예를 붙잡고서 나오며 아무 말도 하지 않았다. 카운터에서 계산을 치르고는 밖으로 나왔다. 그때까지도 지예는 종태의 팔에 매달려 있었다. 그녀는 자꾸만 긴 머리칼을 쓸어 올리면서 종태를 쳐다봤다.

"나, 안 취했어. 오늘 왜 이러지, 내가? 나, 취했어?"

그러면서 지예는 도발적인 얼굴로 종태를 쳐다보는 것이었다.

"응. 너 취했어. 봐라. 네 걸음걸이가 흔들리잖아."

종태는 지예의 겨드랑이를 꼭 껴안은 채, 걸었다. 길가에 세워둔 차가 있는 데로 걸어갔다.

"으흥, 나아, 안 취했다구. 놔봐. 나 혼자 걸을 수 있다구."

그녀는 빠져나가려고 그랬지만 종태는 놓아주지 않았다. 만약 놓아주면 길가에서 그대로 고꾸라질 것만 같았다. 종태는 조수석에 그녀를 태우고는 운전석으로 돌아갔다. 술을 마셔서인지 바깥은 더운 날씨였다.

그는 양양 시내를 빠져나오면서 가속력을 높였다. 시원한 바닷바람이 얼굴에 와서 부딪쳤다. 지예는 뭐라고 혼자 중얼거리다간 이내 조용해졌다. 의자 등받이에 머리를 기대고는 곧 잠이 들었다.

"……."

종태는 지예가 그러는 것을 보면서 이상한 기분이 들었다.

한 여자의 투정 같기도 한, 지예의 나약한 면을 그대로 본 것 같은 비애가 가슴 속으로 들어오고 있었다. 여자에게도 곤조라는 것이 있는 것일까. 말하자면 그런 곤조 같은 것이었다. 좋게 말하면 종태에게서 사랑을 받고 싶어하는 여자의 나약한 심리 같기도 했다.

종태는 또 한 여자에게 빠지는 걸 스스로 차단하고 경계했다. 지예는 충분히 그럴 여자였다. 나이도 젊었을 뿐만 아니라, 희자보다 더 잘 생긴 외모 때문에 충분히 그럴 수 있을 거라는 생각이 들었다. 그래서 그의 마음은 약간 어두워지는 것이었다. 다시 불행의 틀 속으로 여자를 끌어들일 수는 없는 일이라고 생각했다.

종태는 분명한 것이 있었다. 앞으로 그의 삶은 세상의 온갖 불의에 대해 혼자 맞서서 철퇴를 내리다가 홀연히 이 세상을 떠 버리고 싶은 마음뿐이었다. 이제 세상에 대한 미련 같은 건 남아 있지 않았다.

그러한 일을 위해 그는 첫 번째로 한영일에 대한 복수를 생각했다. 그를 최대한 잔인한 방법으로 처치하고 난 다음에 그는 다음 계획을 구상할 생각이었다. 세상의 쓰레기들을 한꺼번에 말끔히 쓸어버리고 싶은 마음이 간절해졌다.

차는 어느새 바닷가를 끼고 달리기 시작했다. 곧 수산포가 나타나고 나른한 햇빛이 내리고 있는 바다에는 졸음이 잔뜩 몰려 있는 듯했다. 파도는 잔잔하게 밀려왔다간 찰싹거리곤 다시 바다 안쪽으로 밀려들어가는 것이었다. 보기만 해도 나른한 그런 바다였다.

종태는 집 마당에다 차를 세우고는 지예를 흔들어 깨웠으나 일어나지 못했다. 겨우 눈을 떴다간 이내 스르르 눈이 감겨버렸다. 그는 할 수 없었다. 지예를 안고서 집 안으로 들어갔다. 안방에다 지예를 뉘이고는 곧바로 옆방으로 들어갔다.

한영일은 어느 정도 정신이 돌아와 있었다.

"······?"

종태를 쳐다보는 그의 눈빛이 일순간 자욱한 공포심으로 물들었다가 흐려졌다. 한영일의 얼굴은 알아볼 수 없을 만큼 이지러지고, 퉁퉁 부어올라 있었다. 그리고 피범벅이 된 채로 굳어져 있어 비릿한 내음이 코를 찔렀다.

종태는 그 앞에 서서 그를 내려다보았다.

"······."

한영일은 혹시나 하는 마음이었는지 얼굴에 가느다란 빛이 흐르는 것 같았다. 그러나 종태의 딱딱한 얼굴을 올려다보고는 다시 시무룩해졌다. 공포심이 몰려오는 듯한 얼굴이었다.

"네 아버지가 그룹 회장이라고?"

그 말에 한영일은 한 가닥 희망을 찾은 듯이 고개를 끄덕거리려고 그랬다. 그러나 목이 묶여 있었으므로 목살에 끈이 파고들었다. 한영일은 약간 고개를 끄덕거렸을 뿐이었다.

"야! 그래서! 그래서 넌 살고 싶다는 거야? 내가 돈을 요구할 거 같애?"

종태는 낮게 소리를 질렀다. 그 말에 한영일은 다시 놀란 눈을 들어 종태를 쳐다봤다.

"난 돈 같은 것엔 취미가 없어. 나도 얼마든지 돈이 있어. 네 놈과 같은 쓰레기들을 치워버리는 것이 바로 내 일이야. 알았어? 돈! 흥, 그거 너무 좋아하지 마라. 나도 수십억은 있어. 돈이면 다냐? 넌 돈이라면 어떻게 되겠지, 하고 배웠을지 모르겠지만 이 세상엔 돈으로도 안 되는 일이 있다는 걸 알아야 돼. 알겠냐?"

"……."

한영일은 침울해져 있었다. 미간에서 가느다란 경련이 일어나는 게 보였다. 한영일의 낯빛은 수리로 변하는 듯했다. 희망이었다가 다시 절망의 끝으로 내몰리는 듯한 처절함이 그대로 나타났다.

"너도 고통스럽겠지?"

"……?"

한영일은 다시 종태를 쳐다보았다. 어떤 희망 같은 게 보였는지 모른다.

"빨리 죽고 싶지?"

55

종태의 말에 그는 눈을 커다랗게 뜨고는 얼굴 근육이 푸들푸들 떨었다. 갑자기 얼굴빛이 벌게지면서 발버둥을 치기 시작했다.

"으으……, 으으으……."

한영일은 모든 희망이 무너지는 것 같은 얼굴로 종태를 노려보는 것이었다. 이미 그의 눈빛에는 푸른 독기가 잔뜩 서려 있었다. 마지막 발악과도 같은 눈빛이었다.

"그래. 빨리 죽여주마. 더 이상 너를 데리고 있는 것도 피곤해. 쓰레기 같은 놈을 오래 놔두면 내가 더 피곤하지. 그리고 옆방에는 네가 군침을 흘렸던 지예가 자고 있지. 넌 소리 없이 죽어야 해. 이제 슬슬 시작해볼까?"

종태는 그러면서 책상 밑에 놔두었던 전기드릴을 꺼내 코드를 꽂았다. 그리고 나서 거실로 나가 비닐을 들고 들어왔다. 그는 비닐을 펴서 한영일의 밑에 깔았다. 피가 흥건히 고일 것이 분명했으므로 미리 비닐로 받아낼 생각에서였다.

종태가 그러는 걸 보면서 한영일은 마지막 발버둥을 쳐댔다. 목을 묶은 끝이 살 속을 파도들었는데도 그는 끝까지 저항하고 있었다. 그 바람에 책상이 버둥거려졌다. 한영일의 입에서는 무슨 동물의 울음소리 같은 얄궂은 목소리가 튀어나오고 있었다.

"조용히 해!"

종태는 발길질로 한영일의 가슴을 걷어찼다.

"으······."

한영일은 몸이 푹, 내려앉았다. 숨을 제대로 쉴 수 없었는지 얼굴이 창백해졌다. 눈이 허옇게 까뒤집어지면서 고통스런 얼굴을 지었다.

"죄라는 건 무서운 거야. 이렇게 될 줄은 너도 몰랐겠지. 돈으로 흥정하면 되겠다고 생각한 건 잘못이지. 난 돈이 많아. 돈은 필요 없어. 단지 네 모가지가 필요할 뿐이야. 그게 바로 죽은 희자가 너한테서 바라는 걸 거야. 자, 이제 넌 영원한 지옥불로 가라. 가서 넌 희자한테 사과해. 잘못했노라고!"

종태는 손잡이를 움켜쥐었다. 손잡이의 스위치를 누르자, 금방 윙하는 소리와 함께 드릴이 힘차게 돌아갔다. 콘크리트를 뚫는 굵은 드릴이었다. 스크루우 나사가 돌아가면서 바람이 일어나는 듯했다.

"으으······, 으으으······."

한영일은 드릴이 자신의 얼굴 위로 다가오자, 발악을 하기 시작했다. 책상이 흔들거릴 정도였다. 한영일의 목은 잘라질 듯이 끈에 묶인 채로 버둥거렸다.

"죽는 게 서러운 게 아냐. 죽은 사람이 더 서러운 거야. 너는 죄 값을 받을 뿐이야. 순순히 죄 값을 받아. 넌 아버지의 빽을 믿었던 게 잘못이지. 자, 잘 가라."

그 말을 하면서 종태는 한영일의 머리통을 꽉 잡았다. 그리고 한 손에 든 드릴을 머리통 위로 갖다 대었다. 순간, 지리릭, 하는 소리와 함께 드릴이 한영일의 머릿속으로 파고들었다. 검붉은 피가 금세 튀어올랐다. 한영일은 끽, 소리도 하지 못한 채, 잠잠해졌다.

"그래, 죄 값은 이런 거야. 내가 널 사형을 시킨 거지. 인간이 인간을 사형시키는 것일 뿐이라구."

종태는 드릴이 머리통 속으로 완전히 다 들어갔을 때까지 한쪽 손을 놓지 않았다. 머리를 잡은 손 등 위로 핏물이 마구 튀었다. 한영일의 머리통은 커다란 스크루우 나사가 들어가면서 구멍을 만들었다. 그 속에서 한없는 피가 솟아나오고 있었다.

머리끝까지 들어간 드릴은 좀처럼 빠져나오지 않았다. 종태는 일부러 그걸 빼내지 않았다. 이미 다 들어간 드릴이었지만 오래도록 붙잡고 서 있었다. 손바닥으로 전해져 올라오는 야릇한 쾌감이 그를 광란하게 만들었다.

"흐흐…… 희자야. 이제 복수를 했어."

그는 드릴을 잡고 있으면서 알 수 없는 눈물이 흘러내렸다. 뜨거운 눈물이었다. 그 눈물은 희자를 위해 바치는 마지막 눈물이었다. 그는 오래도록 그러고 서 있었다. 드릴은 제멋대로 돌아가고 있었다.

그는 드릴을 뽑아냈다. 그 구멍에서 검붉은 피가 솟구쳐 나왔다. 피는 한영일의 머리와 얼굴로 흘러내리면서 온몸을 적셨다. 밑에 깔아놓은 비닐 위로 피가 고이면서 엉겨붙고 있었다.

그는 이제 제정신으로 돌아왔다.

어서 빨리 한영일을 처치하는 것이 급선무였다. 그의 손과 옷에는 온통 피투성이였다. 만에 하나 지예가 일어나 옆방으로 오는 날이면 모든 것이 다 끝장일 거라는 생각이 들었다. 그는 될 수 있으면 차근차근히 일을 해나가기 시작했다.

우선 곡괭이를 가져와 방구들을 파내는 일이었다. 그는 피가 흥건히 묻은 양말을 벗어놓고는 발바닥에 묻은 피를 닦아냈다. 그리고는 거실로 나갔다. 안방 문을 열어 방안을 살폈다.

지예는 아직까지도 그대로 잠들어 있었다. 아까 종태가 눕힌 그대로 그녀는 반듯이 누운 채로 자고 있었다.

"……."

그는 만일의 경우를 생각해서 한 번 더 수면제를 먹일 생각이었다. 그는 고당 욕실로 들어가서 손과 발을 씻고는 츄리닝으로 갈아입었다. 그리고는 컵에다 생수를 붓고는 그 안에 수면제를 타서 방으로 가져갔다.

"야, 지예야. 이거 마셔."

종태는 지예를 흔들어 깨우면서 물 컵을 내밀었다. 그녀는 귀찮다는 듯이 몸부림을 쳐대다가 입가에 들이민 물 컵을 느끼고는 단숨에 다 마셔버리는 것이었다. 종태는 그녀의 몸에 얇은 시트를 덮어주었다.

"으응, 일루 와."

그녀는 잠결임에도 종태의 손을 잡아당겼다. 술이 취한 게 확실했다. 종태는 얼떨결에 그녀의 옆에 누웠다. 그대로 뿌리치고 나갔다간 지예가 깨버릴지도 모르는 일이었다.

"……."

지예는 종태의 가슴을 끌어안은 채로 고른 숨을 쉬며 잠이 드는 듯했다.

"……."

종태는 가만히 누워 있었다. 조금이라도 움직이면 그녀가 다시 깰 것만 같았다. 누워 있으면서 지예의 얼굴을 살폈다. 가는 눈썹이 떨림 하나 없이 깊이 잠든 것 같았다. 오뚝한 콧날이 얼굴 전체의 윤곽에 비해 뚜렷하게 보여지고 있었다. 그리고 그녀는 약간 입술을 벌린 채로 가는 숨을 내뿜고 있었다. 술 내음이 풍겨져 나왔다.

그는 살며시 몸을 빼내면서 침대가 울렁거리지 않도록 몸을 일으켜서 빠져나왔다.

"……."

종태는 안방을 빠져나오면서 계속 지예를 살폈다. 문을 닫을 때까지도 지예는 꼼짝도 하지 않았다.

거실로 나온 다음, 그는 바깥으로 나가 곡괭이와 시멘트 포

60

대를 들고 옆방으로 들어갔다. 그는 둔탁한 소리가 나지 않도록 두터운 천조각으로 방바닥을 깐 다음, 곡괭이를 들어 방구들을 깨내기 시작했다. 일단 한 곳만 시멘트의 껍질이 벗겨지고 나면 일은 쉬웠다. 곡괭이로 콕콕 찍기만 하면 금방 그 안의 세멘들이 빠삭거렸다. 그리고 그 밑은 일반 모래로 가득 채워져 있는 것이었다.

그는 재빨리 그 밑을 파냈다. 일단 파올 린 모래는 비닐 위에다 쌓아두었다. 나중에 다시 묻을 때에 쓸 생각이었다. 그는 한영일의 몸이 들어갈 만큼 파내고는 잠시 작업을 쉬었다. 땀이 비오듯 했다. 그는 담배를 꺼내 피우면서 책상 다리에 묶여 있는 한영일을 바라보았다. 형체를 알아볼 수 없을 만큼 많은 피를 흘린 그의 머리는 피로 두텁게 엉겨 있었다. 구멍이 난 곳에서는 아직도 뜨뜻한 피가 조금씩 흘러나오는 것 같았다.

"……."

그는 아무런 감정도 느낌도 없는 듯했다. 단지 죽여야 할 놈을 죽였다는 그런 생각뿐, 어떠한 죄책감도 들지 않았다. 그는 일어나서 한영일의 몸을 풀어냈다. 아직까지도 그의 몸에 묻은 피는 끈적거리기만 했다.

그는 한영일을 방구들 밑으로 처박아 넣고서는 다시 퍼낸 모래들로 채웠다. 그리고 남은 모래에다 시멘트를 섞어 잘 이겨서는 세멘을 바르기 시작했다. 모든 게 다 끝나고 마지막으로 장판지를 덮고서는 뒷마무리에 신경이 쓰여졌다.

온통 피범벅이 된 장판과 벽지, 책상 다리를 닦느라 많은 시간이 걸린 것 같았다. 그는 문소리가 나지 않게 열어 놓고서는 조심스럽게 주방을 오가며 걸레를 빨곤 했다. 걸레를 씻어 피를 닦아내고는 다시 헹구러 갈 때가 제일 가슴이 뛰어왔다. 자꾸만 안방 문 쪽을 바라보면서 불안하기 그지없었다. 그는 옆방에다 자물쇠를 채우고는 모든 걸 끝냈다.

그는 비로소 모든 일을 다 끝내고 나서 한숨 같은걸 내쉬었다. 감쪽같이 해치운 것이다. 지예가 옆방에서 자고 있는 동안, 그 짧은 시간에 모든 걸 해치웠다는 것이 스스로 믿겨지지가 않을 정도였다. 복수에 대한 일념이랄까. 그는 완벽하게 해치운 것에 대해 스스로 만족했다.

거실로 나와 소파에 앉아 있으면서 그는 목이 칼칼해졌다. 오늘은 실컷 취하고 싶었다. 그는 양주병과 맥주를 같이 꺼내와 머그컵에다 맥주를 붓고는 양주를 들이부었다. 그리고는 단숨에 목 안으로 넘겼다. 목이 타는 듯했다. 그는 얼굴을 찌푸리면서 한 잔을 다 비워내고는 다시 맥주와 양주를 섞었다.

가슴을 훑어내리는 듯한 찌릿함이 위로 올라왔다. 그는 거푸 여러 잔의 폭탄주를 마셨다. 그러나 정신이 흐릿해지는 커녕, 도리어 맑아지는 듯했다. 그는 다시 폭탄주를 만들어 들이마셨다. 그래서 어느 정도 정신을 잃을 듯한 상태에서 깊은 숙면을 취하고 싶었다. 그렇지 않고서는 마음이 혼란해져서 견딜 수가 없었다. 한 인간을 마치 개 잡듯이 한 자신의 행동이 원망스러울 뿐이었다.

그는 혼자 술을 마시면서 웃었다가 다시 울음을 쏟아냈다. 그래도 도무지 마음이 붙잡혀지지가 않았다. 그는 마음을 진정시키려고 술을 마셨지만 마음의 안정은 커녕 오히려 더 혼란만 생기는 거였다. 초조함이랄까. 아니면 허탈감이랄까. 아무튼 그의 마음속은 어지러워지기만 했다.

얼마나 마셨을까.

그는 몸조차 제대로 가누지 못할 정도였다. 그는 겨우 일어나서 비틀거리며 안방으로 들어갔다. 지예는 아직까지도 혼곤한 잠 속에 빠져 있었다. 더웠는지 시트를 다 걷어차내고 이리저리 뒹군 흔적이 그대로 남아 있었다.

그는 침대로 올라가자마자, 그대로 쓰러져 잠들어 버렸다. 그는 꿈속에서 잠깐 가위에 눌린 꿈을 꿨다. 한영일이 나타났다가, 다시 희자의 얼굴이 겹쳐져 보였다. 희자는 자꾸만 울고 있었다. 종태가 무어라 말을 했는데도 그녀는 알아듣지 못하는 것 같았다.

그는 답답했다. 두 손을 모아 힘껏 소리쳤는데도 희자는 듣지 못한 채, 어디론가 자꾸만 걸어가고 있는 것이었다. 그러다가 한번 힐끗 돌아보는 것이었지만 그 눈빛은 종태를 바라보는

63

것이 아니라, 먼 허공을 응시하는 것 같았다. 종태는 그녀에게로 뛰어가려고 그랬다. 그러나 이번엔 발이 움직여지지가 않았다.

그는 한사코 기를 쓰며 발을 떼어놓으려고 그랬고, 희자는 이미 저만치 걸어가고 있었다. 종태는 허우적거리다가 잠시 눈이 떠지곤 했다. 목이 말랐다. 그는 스탠드에 있는 물 컵을 들어 다 들이키고는 다시 혼곤한 잠 속으로 빠져들었다.

이상했다. 좀처럼 꾸어지지 않던 꿈이 오늘따라 극성맞게 꾸어지는 것이었다. 그는 다시 꿈을 꾸기 시작했다. 한영일의 공포에 질린 듯한 눈빛을 보면서 웃고 있으면, 어느새 희자의 얼굴이 떠올랐다. 이번에도 역시 희자는 하얀 드레스를 입은 채로 울고 있는 것이었다.

그는 몸부림을 치면서 달려갔다. 희자는 어느새 저만치 걸어가고 있었다. 마치 발이 없는 사람처럼 스르르 연기가 날아가는 것 같았다. 달려가면 갈수록 더욱 거리가 멀어졌다. 종태는 안간힘을 쓰며 내달렸다. 그러면 그럴수록 더욱 멀어지는 거리였다. 그는 안타까웠다. 목청껏 소리를 지르면서 애타게 불렀다.

"희자! 희자, 어디 가? 같이 가."

종태는 누군가 껴안는 바람에 어렴풋이 잠이 깼다.

"⋯⋯?"

자신을 껴안고 있는 건 바로 지예였다. 종태는 잠든 지예가

64

몸부림을 치면서 자신을 껴안았다는 걸 알고는 한숨을 내쉬며 반듯이 누웠다. 잠이 달아나고 없었다. 머리가 아파왔다.

"……."

그의 몸은 온통 땀에 젖어 있었다. 그는 입고 있던 옷들을 다 벗어버리고는 알몸으로 다시 누웠다. 그래도 더웠다. 그는 에어컨을 틀까 하다가 그만두고는 물주전자를 들어 입에 갖다댔다. 거의 다 마실 때쯤 해서야 겨우 목마름이 가시는 듯했다.

"아……."

그는 기지개를 켜며 다시 자리에 누웠다. 이미 잠이 다 달아난 터에 다시 잠이 들 것 같지 않았다. 누운 채로 여러 가지 생각에 골몰하고 있었다. 한영일이라는 존재가 사라져 버리고난 지금, 그의 마음은 홀가분하면서도 한편으론 어두운 그림자가 어리는 것처럼 어수선했다.

그리고 어떻게 살아가야 할 것인지에 대한 생각에서도 막연하기만 했다. 다시 조직의 세계로 뛰어든다는 건 생각하기도 싫었다. 마땅히 어떻게 해야 한다는 결론조차 떠오르지 않았다. 그는 그저 누워만 있을 뿐이었다.

사람이 살아간다는 것이 무의미하다는 것을 그는 비로소 처음으로 느꼈었다. 지독한 허탈감 뒤의 공허에서 오는 탓일까. 그는 살아갈 가치조차 없는 세상에 홀로 남아있는 것 같은 진공상태와도 같은 무의미를 느꼈다.

"……."

그의 귓가로 한영일의 울부짖는 소리가 들려오는 것 같았다. 그 소리는 마치 우리에 갇힌 짐승이 내는 소리 같았다. 그러다가 귀를 기울이면 곧 사라지고 마는 것이었다. 환청이었을까. 그는 곧 일어나서 옆방으로 가보았다.

"……."

그가 방문을 열었을 땐, 방 안에 갇혀 있던 비린내가 훅, 끼쳐왔다. 그곳엔 아무도 없었다. 감쪽같이 흔적조차 남기지 않은 뒤처리였다. 혹시나 해서 그가 살펴보았지만 핏방울 하나 떨어져 있지 않았다.

그는 창문을 열어 환기를 시켜놓고선 밖으로 나왔다. 갈증이 났으므로 그는 냉장고를 열어 시원한 것을 꺼냈다. 맥주를 마실까 하다가 생수를 꺼냈다. 작은 병 하나를 단숨에 다 비우고는 소파로 가서 앉았다.

그때였다. 바깥에서 인기척이 느껴져서 그는 일어나 거실문을 열었다. 때마침 마당 안으로 소대장이 걸어 들어오고 있었다. 종태는 얼른 거실문 밖으로 나가며 그를 맞았다.

"어, 웬일이지? 우리 집에 다 오고?"

종태의 말에 소대장은 거수경례를 하며 다가왔다.

"형님, 마침 집에 있었군요."

소대장은 얼굴이 초췌해져 있었다. 억지로 미소를 띠긴 했지만 얼굴의 그늘을 감출 수는 없었다.

"응, 올라와. 마침 자다가 일어났어."

종태가 먼저 거실 안으로 들어가면서 그를 맞아들였다. 거실 소파에 앉아 소대장은 모자를 벗어들었다. 그는 갈증이 나는지 주위를 두리번거렸다. 물을 찾는 모양 같았다.

"왜? 마실 것 좀 줘?"

종태가 묻자, 소대장은 얼른 자리를 고쳐 앉으며 말했다.

"네, 목이 말라서요."

"그럼 시원한 맥주 한 잔 할까? 어때?"

종태의 말에 소대장은 이맛살을 찌푸렸다.

"아, 아닙니다. 요즘 말이 아닙니다. 죽겠는 걸요 뭐."

"왜?"

종태는 태연하게 물었다.

"왜 있잖습니까? 그 한영일이라는 놈이…… 그놈 아시죠? 저번에 말했던 그놈 말입니다. 동네에서 여자들 강간하다가…… 형님도 그때 말씀하셨잖습니까?"

"응, 알지. 그런데 그놈이 또 사고를 쳤어?"

종태는 궁금한 듯이 어깨를 들이밀며 물었다.

"네, 말도 마십시오. 제가 죽겠습니다. 그놈 때문에…… 그놈이 박격포를 잃어버리고선 어디로 사라졌는지 행방불명이지 뭡니까? 그것 땜에 내가 사령부로, 연대로 불려 다니면서, 보

안대에까지 불려가서 조사를 받았지 뭡니까? 이거 참…… 큰
일 났어요."

소대장은 그 말을 하면서 더욱 목마른 것 같아 보였다.

"그래? 그럼 큰일났구나. 잠깐만 기다려."

종태는 마치 큰 형이라도 되는 양, 소대장을 염려해주면서
냉장고의 문을 열어 마실 것들을 꺼내왔다. 냉장고에 든 음료
수와 맥주였다. 그는 음료수를 따서 주고는 잔에다 맥주를 따
랐다.

두 사람은 시원한 것을 마시면서 다시 이야기를 시작했다.
종태는 짐짓 모른 체하면서 맥주를 마시고 있었다.

"글쎄 말입니다. 제대를 앞두고 그런 일이 일어났으니……
미치겠어요. 한영일이라는 그놈이 어디로 갔는지…… 감쪽같
이 사라진 거 있죠? 어떻게 서울로 가봤지만 그놈 아부지도 전
혀 모르고 있더라고요. 내가 이야길 했더니 그놈이 그럴 리 없
다는데, 나 참……."

소대장은 열을 받았는지 캔 음료수를 다 마셔버리는 것이었
다. 그리고는 다시 생수병의 뚜껑을 열어 반쯤 마셔댔다. 물을
마시느라 목울대가 꿀럭거렸다.

"그래? 그거 참…… 그놈이 박격포를 가져가서 뭘 해? 집이
돈이 많다며? 그걸로 한 탕 할려고 그랬나?"

종태는 일부러 그런 식으로 추측을 했다.

"글쎄요. 그놈 집도 부잔데 군이 그럴 필요가 있겠습니까? 그거 훔치면 군법이라는 것 아는 데요 뭐. 미친 놈 아니면 그런 걸 훔치겠어요?"

소대장은 말도 안 된다는 투로 말했다.

"그럼? 왜 둘 다 없어졌지? 그게 이상하잖아?"

종태는 소대장의 말을 돕는다는 뜻으로 그렇게 말했다.

"그러게 말입니다. 박격포가 하루 전에 없어지고 나서 한영일이라는 놈이 그걸 찾느라 부산하더라고요. 내가 보기엔 일부러 숨겨놓고 그런 것 같지는 않던 것 같던데요……."

"……."

종태는 가만히 듣고만 있었다.

"군대 영창을 가게 될까봐, 그놈이 행방불명이 될 턱도 없고……."

소대장은 미궁에 빠진 한영일의 문제를 토로하는 심정인 것 같았다.

"왜? 그럴 수도 있지. 안 그래?"

종태는 그럴 수도 있지 않겠느냐는 의문을 자아냈다. 그러나 소대장은 얼른 부인을 해왔다.

"그놈 아버지가 얼마나 높은 분들을 아는 데요. 그 정도쯤은 아버지한테 말하면 금방 해결될 수도 있는 일인데, 그놈이 군이 도망칠 이유는 없는 것 같은 데요 뭐."

그 말을 하면서 소대장은 머리가 아픈지 머리를 흔들어댔다. 종태가 보기에도 그동안 얼굴이 쏘옥 빠진 것 같았다. 입술이 까칠하게 타 들어가 있었다. 소대장은 연거푸 생수를 마셔댔다.

"……."

종태는 맥주를 마시면서 소대장의 얼굴을 안쓰러운 눈빛으로 쳐다보았다.

"미치겠습니다. 마음 같아서는 술이라도 확 마셔버리고 싶지만…… 언제 사령부에서 또 부를지 모르겠고…… 또…… 뻑하면 대대장이나 중대장이 불러올릴 지도 모르는 판국인데, 술을 마시지도 못하겠고…… 미치겠습니다, 그냥……."

소대장의 얼굴은 마냥 초췌해져 있었다. 속이 편치 않을 거라는 생각이 들었다. 종태는 그를 바라보면서 일종의 연민 같은 게 솟아나왔다. 그러나 자신이 한 일에 대해서 스스로 패배를 자인하는 행동을 할 수는 없는 것이었다.

"혹시……?"

소대장이 어려운 말을 꺼내듯이 종태를 쳐다봤다. 종태는 순간 뜨끔해졌다. 그를 똑바로 쳐다보았다. 마음이 출렁거리면서 흔들렸다.

"왜?"

종태는 마른 침을 삼키면서 물어보았다.

"저번에 양양엘 나가서 술을 마실 때에 말이죠."

"……?"

종태는 마음이 흔들렸다. 마치 그에게 꼬리라도 붙잡힌 것 같은 느낌이 들었다. 그러나 애써 침착했다. 맥주잔을 들어 한 모금 마시면서 그를 바라보았다.

"그때 말입니다. 형님이 한영일이 이야길 꺼냈잖습니까? 난 그때 무심코 흘려들었는데요……."

"응……."

종태는 바싹 긴장이 되었다. 그래서 다시 맥주잔을 들어 입가를 축여냈다. 잔을 들지 않고서는 그를 똑바로 볼 수 없었다. 종태는 그를 바라보았다. 그의 표정에서 어떤 기미를 알아차릴 생각에서였다.

"그때, 왜 물었습니까? 혹시?……."

소대장은 몹시 어려워하고 있는 상태였다. 조심스럽게 물어보는 그의 태도가 그랬다.

"왜?"

종태는 얼른 물어보았다. 성격이 급한 게 그대로 나타났다.

"아뇨. 그냥…… 보안대에 불려가서 조사를 받는데 별별 추궁을 다 하더라고요. 혹시 내가 동네에 원수진 일을 한 적이 없느냐, 한영일이란 놈이 평소에 그런 일을 저지르고 다니지 않았느냐, 혹시라도 동네의 청년들과 싸운 적은 없었느냐, 등

등…… 그래서 제가 아는 한영일에 대한 건 다 말해줬죠. 그런데 저번에 형님이 물었던 기억이 나서요. 그래서 한영일이 또 내가 모르는 어떤 일을 저질렀는가 해서요. 그때, 형님이 그러셨죠? 동네 아줌마들이 한영일에 대해서 쑤군거리더라고요?"

소대장은 자신이 겪었던 조사 내용을 다 이야기하면서 자신이 알고 있는 한영일에 대한 것 외에 또 다른 사건을 혹시 종태가 알고 있는가 해서 물어보러 찾아온 것이었다.

"아! 그거?…… 나도 잘 몰라. 그냥 동네 아줌마들 이야기하는 걸 들었을 뿐이지. 저쪽 포소에 있는 군인 하나가 동네를 돌아다니면서 그런 짓을 한다고. 그런 말만 하는 걸 들었어. 그래서 내가 물어본 거고…… 그런 거까지 조사를 받았어?"

"말도 마십쇼. 내가 얼마나 맞은 줄 압니까? 소대장이 보안대 하사한테 얻어터졌다는 걸 알면 창피스럽습니다. 이건 뭐…… 내 계급장을 떼버리고 마구 패대는데…… 그것도 중사예요. 계급이 필요 없습니다. 내가 죄를 진 죄인이더라니까요. 나한테 욕을 하는데, 나보고 빨갱이 새끼라고 마구 짓밟더라고요. 난 그대로 고스란히 당했을 뿐입니다. 어떻게 항변할 건덕지가 있어야지요. 내 초소에서 박격포를 잃어버렸는데 할 말이 있어야지요. 그 애들도 그러더라고요. 넌 오늘부터 영창이라고. 난 그때, 죽었구나 싶더라고요. 한영일이란 놈은 어디론가 사라지고 없지, 나만 소대장이라고 해서 나한테 다 뒤집어씌우

72

는데 어떻게 해요? 나중엔 한영일이란 놈이 박격포를 훔쳐서 월북하지 않았느냐는 추궁까지 받았어요."

소대장은 아직도 그때 맞은 가슴이 아픈 것인지 말을 하다가도 가끔 가슴을 쓸어내렸다. 그는 담배를 꺼내 피우면서 신경질적으로 피워댔다.

"그래? 그렇게 때려?"

종태는 그 말밖엔 할 수 없었다.

"아유, 말도 마십쇼. 계급이 뭐가 필요 있겠습니까? 워카발에 채인 건 아무것도 아닙니다. 걔들이 고문하는 걸 직접 못 보셨으니까 말이지요…… 보안대 애들 너무 하더라고요. 아예 나를 빨갱이 취급을 하면서 홀랑 벗겨놓고선…… 난 이때까지 그런 걸 당해본 적이 없는 걸요. 그래도 내가 소대장이고, 걔들은 하사관이니까 나를 장교로 대해줄 줄 알았는데, 그게 아니더라고요. 거긴 계급이 필요 없어요. 처음부터 마구 까대는데…… 그날로 영창을 보내는 줄 알았어요."

"으음……."

종태는 무거운 신음을 뱉어냈다. 자신이 한 일이 그토록이나 소대장에게 치명타가 올 줄은 꿈에도 생각지 못한 일이었다. 단지 한영일이란 놈이 영창을 가거나, 한영일에게 모든 죄가 돌아갈 줄로 알았었다.

"나도 그런 생각이 들더라고요. 혹시 한영일이 월북하지 않

73

았나 하고요. 그렇지 않고서는 서울에 있는 아버지한테도 연락이 가지 않은 게 이상하잖아요. 다행히 저는 걔네 아버지 힘 때문에 어느 정도 조사가 마무리되긴 했지만…… 그게 아니었으면 꼼짝없이 영창행이었을지도 모릅니다."

그 말을 하면서 소대장은 다시 한숨을 토해내는 것이었다.

"그래? 힘들었겠어……."

종태는 그 말밖엔 해줄 수가 없었다. 그러면서 맥주잔을 그에게 내밀었다.

"딱 한 잔만 해. 목이 마른 거 같아서…… 한 잔 정도는 괜찮겠지 뭐."

종태의 권유에 그는 마지못해 잔을 받아들었다.

"술이라도 실컷 마셔버리고는 그대로 퍼져 버렸으면 좋겠습니다. 아직까지도 얼마나 골치가 아픈데요. 아직도 조사가 덜 끝났어요. 잠시 풀어줬을 뿐인 걸요. 해안 근무도 해야 하고 해서…… 초소에 있으면서도 수없이 전화가 와요. 보안대, 대대, 연대, 사령부…… 아이구, 말도 못 합니다. 했던 말 또 하고, 또 했던 말을 반복해야 하고, 전화가 걸려올 때마다 일일이 설명해야 하니 원…… 이러다가 진짜 제대도 못 할 거 같습니다. 혹시 압니까? 내 군대 경력란에 무기를 잃어버렸다고 적어놓기라도 한다면, 나가서 어떻게 취직을 하겠습니까? 난 그게 더 미치겠습니다."

소대장은 맥주를 단숨에 다 마셔버렸다. 속이 무척 타는 모양이었다.

"한 잔 더 할래?"

종태가 맥주병을 내밀자, 그는 손사래를 쳤다.

"어이구우, 그만요. 요즘 같을 때에 내가 술까지 마셨다는 게 들키는 날이면 그땐 찍혀서 완전히 골로 가는 겁니다. 저, 이젠 됐어요. 형님이나 드십시오."

소대장은 술을 사양했다. 종태의 빈 잔에 맥주를 따라주고는 자신은 생수를 마셨다.

종태는 그러는 그가 안 되어 보였다. 얼마나 맞았는지는 모르겠지만 완전히 기가 죽어버린 것 같았다. 그 정도로 얻어맞았다면, 동태로서도 미안한 마음이 들지 않을 수가 없었다. 제대 후의 신상에까지 그런 꼬리표가 따라다닌다면, 하고 생각을 하자, 그가 측은해 보였다.

"그럼, 어떻게 하지?"

"글쎄, 모르겠습니다. 조사가 끝나봐야 알 수 있지요. 일단 풀어주는 걸 봐선 조사가 마무리되는 것도 같고요…… 한영일 아버지가 어떻게든 힘을 쓰겠죠 뭐. 아들이 일으킨 문제니깐요……."

"……."

종태는 그 어떤 위로도 해줄 수가 없었다. 그런 말이 얼른 떠오르지가 않았다. 다만 따뜻한 눈길로 그를 지켜보고 있을 뿐이었다.

"혹시 더 아는 건 없죠? 형님."

그가 물어왔다.

"응, 없어. 동네에서 들은 것 외엔……."

"저, 그럼. 가보겠습니다. 혹시 아는 게 있나 해서 와본 겁니다. 형님도 보고 싶고 해서요. 그럼 다음에 올게요."

소대장은 일어나서 모자를 쓰고는 밖으로 나갔다. 종태는 그를 따라 나가서는 마당에서 헤어졌다. 소대장이 거수경례를 하고는 뒤돌아서서 걸어가는 걸 보고서 거실로 들어왔다.

"……."

그는 마음이 무거웠다. 소대장이 그런 치욕을 당하면서 맞았을 줄은 몰랐던 것이다. 마음속으로 미안한 마음이 먼저 들었다. 한영일보다도 소대장이 더 당하고 있다는 사실이 그를 침울하게 했다. 그는 담배를 피우면서 거실 안을 서성거렸다.

이미 엎질러진 물이라서 그런지 종태도 어떻게 할 수가 없는 일이었다. 한영일은 이미 이 세상에서 사라진 뒤였고, 박격포와 포탄을 되돌려준다는 것이 쉽지 않은 일이었다. 자칫 잘못했다간 자신뿐만 아니라, 소대장까지 같은 오해를 받아 영원히 헤어날 수 없는 파탄으로까지 몰고 갈 수도 있었다.

"……."

그는 약간 고민스러웠다. 자신 때문에 모든 일이 불거지는 것 같았다. 한영일이라는 놈 하나만 제거시키면 다 될 줄 알았는데, 의외로 다른 사람이 타격을 입는 것이 자꾸만 마음에 걸렸다. 더구나 종태는 소대장인 영준이가 마음에 들었던 터였는데 그런 수모를 당한다는 것이 무엇보다도 그랬다.

차라리 돈으로 해결할 수만 있다면……

그는 그런 생각까지 해봤다. 만일 돈으로 되는 일이라면 그는 얼마든지 영준일 도와줄 수도 있었다. 돈이라는 것은 한 탕만 잘하면 언제든지 벌 수 있는 것일 뿐이었다. 그는 돈이라면 그리 신경을 쓰지 않았다. 그만큼 종태는 수십 억을 통장에 넣어두고 있는 터였다.

그는 영준이를 도와줄 묘책을 생각했지만 드러내놓고 도와줄 성질의 것이 아니라는 걸 깨달았다. 혹시 모를까…… 영준이에게 다 털어놓고 남자 대 남자로서 굳은 약속을 한 다음에서야 박격포와 포탄을 건네주는 방법도 있긴 하지만, 그렇게 한다는 것도 이미 위험한 일이었다. 이미 보안대와 사령부에까지 다 알게 된 박격포와 포탄의 실종사건은 박격포를 다시 되찾게 된다고 하더라도 그것을 찾게된 경위를 추궁하게 되면 영준이도 어쩔 수 없이 걸려들고 말 위험이 뒤따랐다.

종태는 마음이 아팠지만 어쩔 수 없었다.

그럴 때의 종태는 단호한 데가 있었다. 남자답게 잊어버리는 것이다. 영준이에게는 좀 미안한 일이겠지만 어쩔 수 없는 일이라고 생각했다. 그는 다시 소파에 앉아 마시던 술을 다 마셨다. 약간 얼얼해지는 듯한 기분이었다.

그는 모처럼만에 바닷가로 나가보고 싶었다. 한참 동안 바다를 보지 못한 것처럼 바다를 보고 나면 마음이 절로 시원해질 것만 같았다. 그는 바닷가로 걸어나갔다. 시원한 바람이 얼굴로 불어왔다. 햇볕은 따가웠지만 얼굴에 와 닿는 바람의 시원함 때문에 마음이 한결 상쾌해졌다.

파도는 잔잔했다. 뜨거운 햇볕이 수면에 내리쬐면서 마치 바다를 잠재우고 있는 것 같았다. 그러나 파도는 쉬지 않는 듯했다. 조용히 춤을 추고 있었다. 마치 어떤 가락에 장단을 맞추듯이 넘실거렸다.

그는 희자와 같이 거닐던 곳을 지나 바다 안쪽에 바위가 있는 곳으로 갔다. 모래톱에서 불과 한두 발걸음 정도 떨어진 곳에 바위들이 서로 맞붙어 있는 곳이었다. 희자가 살았을 때에 같이 와서 저녁 어스름을 보곤 하던 곳이었다. 그때는 정말 좋았다고 생각되어졌다. 그는 바위에 걸터앉은 채로 서쪽 하늘을 바라보았다.

아직 저녁 어스름이 질 시간이 아니었다. 해는 서녘으로 많이 기울어 있었다. 이런 시간이면 낮 동안의 뜨거워진 바닷물이 점점 식어지는 그런 시간대였다. 그리고 바다 쪽에서부터 불어오는 바람이 서늘한 느낌을 담고 있었다. 그는 구두를 벗어 바위 위에 올려놓고는 물속에 발을 담갔다.

희자와 같이 발을 담그고 앉아 있었던 곳이었다. 그곳은 희자와의 사랑이 영글어지곤 하던 바위이기도 했다. 그리고 희자를 업고서 백사장을 걸어 집으로 걸어오던 기억들이 떠올랐다. 사랑은 영원할 것이라던 그때의 생각을 회상하면서 종태는 세월의 무상함이 느껴졌다.

"……."

그는 먼 바다를 바라보았다. 수평선상에는 아직 배들의 모습이 보이지 않았다. 좀 더 어두워져서야 오징어잡이 배들의 불빛이 보일 텐가. 그는 담배를 꺼내 피웠다. 그의 입에서 흘러나간 연기는 곧 흩어지고 말았다.

'희자…….'

그는 연기를 내뿜으면서 그리운 이름 석 자를 불러보았다. 아직까지도 그대로 장감이 서려 있는 이름이었다. 부르면 부를수록 안타까운 마음이 들기도 했다. 그녀의 이름을 부르면서 그는 알 수 없는 마음의 시큰거림으로 마음이 울적해졌다.

'이제 잘 자. 편안히 잘 수 있을 거야'

그는 속삭이듯이 소리내서 말했다. 파도가 그의 다리를 적시며 지나갔다. 시원한 느낌이 다리에서부터 올라왔다.

'사랑해. 나를 욕하지는 마. 내가 다시 세상으로 나간다고 해

도 나를 욕하지는 마라'

그는 다시 희자에게 용서를 구하듯이 웅얼거렸다. 그 말을 하면서 그의 눈가엔 어느새 얇은 눈물이 내비쳤다. 그는 입술을 굳게 깨물었다. 눈물을 보이는 건 남자가 할 짓이 아니라는 걸 모르는 그가 아니었다. 마음에서부터 우러나는 울적함 때문이었다.

그는 자꾸만 희자에게 무언가를 고백하고 싶은 마음이었다. 용서를 구하는 것인지도 몰랐다. 그건 한영일을 해치웠다는 것 때문이라기보다는 앞으로의 일에 대해서 미리 용서를 바라는 마음인지도 몰랐다.

'난 이제 결심했어. 내 목숨이 어떻게 될지도 나는 모르겠어. 내가 하고자 하는 일이 당신이 보기에 잘한 것인지, 못한 것인지…… 그래. 난 이때까지 제멋대로 살아왔어. 다시 그쪽으로 가진 않겠지만 내가 생각해서 불의라고 생각되는 건 모두 죽여 버리고 말 거야'

그는 두 주먹을 쥐어 바닷물을 내리쳤다. 철썩, 하는 소리와 함께 그의 주먹이 바닷물 속으로 들어갔다가 나왔다.

그는 어스름이 보일 때까지 일어나지 않았다. 해가 서산으로 넘어가고 산뿌리께에서부터 어스름이 몰려나왔다. 바다는 점점 암청색으로 변해가고 있었다. 동네에선 하나 둘 전깃불이 켜지고 있었다.

12

마약

조용한 밤이었다. 바닷가는 특히 더 그랬다. 파도소리만이 유난히 크게 들려왔고, 동네를 지나가는 자동차 소리조차 들리지 않았다. 바닷가의 밤은 일단 해가 떨어짐과 동시에 저 홀로 깊어가는 듯했다.

종태는 주방에 서서 음식을 만드는 지예를 바라보다가 TV쪽으로 시선을 고정시켰다. 9시 뉴스 시간이었다. 정치가 어수선하고, 경제가 뒤죽박죽이라는 보도가 나가고, 뒤이어 여러 가지 사회문제들이 터져 나오고 있었다. 뉴스를 보고 있으면, 서울은 마치 난장판인 것 같이 요란스럽기만 한 곳이었다.

아시아의 네 마리 용 중에 한 마리라는 한국이 네 마리 용에서 탈락이 되고, 노동계와 사업주 간의 치열한 싸움이 계속되고 있고, 정치권은 그야말로 흙탕질을 하는 것처럼 앞날을 예측할 수 없다는 뉴스 앵커의 보도가 흘러나오고 있었다.

그래, 정치란 원래 조직폭력과 같이 패싸움이지. 서로 싸움에 이기기 위해선 상대방의 약점을 물어뜯고, 할퀴고, 어떻게든 상대를 쓰러뜨려야만 스타가 되는 것과도 같지.

종태는 뉴스를 보면서 그런 생각을 했다. 앞날이 캄캄하다는 생각과 함께 상호를 생각했다. 상호는 지금쯤 서울 한복판에서 세를 주름잡고 있을 것이라는 생각이 들었다. 이렇게 나라가 혼란한 때일수록 조직폭력은 활개를 칠 수 있는 기틀이 마련되는 것이라고 생각했다.

그는 오랜 조직의 생활에서 스스로 터득한 것이 바로 그러한 것이었다. 경찰력이 힘을 잃고, 정치권이 힘을 잃을수록 폭력조직은 더욱 힘이 커지는 것이라는 것을 그는 알고 있었다.

그런 생각을 하자, 그는 한편으론 마음이 기뻤다. 자신이 키운 상호가 조직을 잘 꾸려나가리라는 것은 굳이 보지 않고, 듣지 않더라도 충분히 짐작할 수 있는 일이었다. 그만큼 상호는 믿을만한 놈이었다. 그놈도 종태 자신을 닮아 피에는 피, 이에는 이로 되갚아주는 독한 면이 있는 놈이었다. 그리고 쓸데없이 돈만 바라보고 아무데나 칼을 빼들 그런 놈이 아니었다.

주먹잽이란 그랬다. 함부로 주먹을 빼드는 놈은 인내심이 없는 탓에 일찍 수그러들게 마련이었다. 그래서 주먹잽이의 첫 번째 조건은 바로 꿋꿋한 인내심이랄 수 있었다. 인내심이 없이 함부로 까부는 놈은 조직을 배신할 소지가 많았다. 이권에 따라 이리저리 옮겨 다니는 정치인과도 같이 자신의 출세를 위해서라면 지조도 없이 조직을 옮겨 다니는 놈은 어디에서도 환영을 받지 못하게 되었다.

조직원이란 명령에 살고, 명령에 죽을 수 있을 정도로 의리가 있어야 했다. 겉으로 드러나는 의리심보다는 내면으로 숨어 있는 의리가 더 중요한 것이다. 종태는 그런 면에서 사람을 볼 줄 알았다. 상호처럼 죽을 때까지 그림자처럼 따라붙는 놈은 언젠가는 크게 성공할 거라는 생각을 한 적이 있었다. 그리고 사실 종태가 서울을 떠나올 때, 남은 조직과 함께 넘겨준 업소의 이권만 해도 엄청난 자산이랄 수 있었다.

종태는 지금 상호한테 모든 것을 맡기고 떠나온 것이 한 점도 후회됨이 없었다. 그만한 실력자를 키워서 자신의 것을 모두 떠맡기고 온 것이 차라리 믿음직스럽기까지 했다.

종태는 TV를 보면서 아련한 옛 추억과도 같은 지난날을 회상했다. 벌써 주먹이 녹이 슨 것처럼 오랜 시간이 지나가버린 것 같은 간격을 그는 느꼈다. 불과 시간적으론 그리 오래 되지 않았지만 마음으로 느껴지는 시간의 간격이란 머나먼 것처럼 느껴졌다. 그는 생각했다. 이젠 다시는 그 길로 돌아가지 않으리라고.

그렇게 마음먹었던 것이 바로 엊그제 같았는데, 벌써 세월이 저만치 흘러가버린 것처럼 생각되어졌다. 희자가 죽어버려서 일까. 종태는 까마득한 세월이 흘러버린 것 같은 무상함이 느껴지고 있었다. 그건 바로 무상함이었다. 세월과 세상에 대한, 그리고 사람에 대한 무상함일 수 있었다. 희자가 없는 세상에서 그가 할 수 있는 건 하나도 없는 것처럼 무의미하게만 느껴졌다.

지금 식사를 준비하고 있는 저 여자도 마음속에 들어있는 여자가 아니었다. 종태의 마음속에는 희자 외에는 아무도 자리잡을 수가 없었다. 한영일을 처치한 뒤로부터 그의 마음은 더욱 그랬다. 꿈속에서도 희자의 꿈만 꾸어졌고, 마음속에 희자의 그림자가 점점 커지는 것이었다. 아물었다가 다시 도지는 상채기처럼 그랬다.

지금 종태의 마음은 극히 불안한 상태였다. 세상으로 나가려는 마음과, 그냥 바닷가에 눌러앉아 희자만을 그리워하며 살아가려는 마음이 서로 공존하고 있었다. 세상으로 나가려는 마음이 동적이라면, 그냥 여기서 일생을 살아야겠다는 마음은 정적인 것이었다.

그는 지예를 바라보았다. 식사 준비가 거의 다 끝났는지 분주하게 움직이며 이것저것을 차리는 그녀의 뒷모습에서 희자를 닮은 것이라곤 전혀 없어보였다. 그렇지만 그녀가 꼭 필요

하다는 막연한 생각이 들곤 했다. 아직 젊어서일까. 그녀와의 섹스가 필요한 것만은 부인할 수가 없었다.

"……."

그는 지예의 좁은 엉덩이를 바라보았다. 약간 튀어나온 듯한 앙팡진 히프가 팬티의 윤곽을 선명히 드러내고 있었다. 작은 삼각형의 팬티 윤곽이었다. 그 속에 있을 젊은 청춘의 한때 같은 포동포동함이 있을 거라고 생각하니 마음이 어수선해지는 것이었다.

"왜 그렇게 봐?"

음식을 탁자 위로 갖다놓으려던 그녀가 종태를 보고는 물었다. 그녀는 웃고 있었다.

"으응, 네 엉덩이가 너무 예뻐 보여서 그래."

"피이, 거짓말. 괜히 할 말이 없으니까 그렇게 둘러대는 건 줄 알어."

지예는 혓바닥을 쏘옥 내밀면서 얼굴을 종태 앞으로 들이밀었다. 그녀의 장난기였다.

"아냐. 정말 엉덩이가 예뻐. 지금도 하고 싶은데?"

종태는 웃었다.

"정말?"

"응."

종태의 말에 그녀는 음식을 차리다가 말고 제법 진지한 눈빛이 되었다. 얼굴이 달아오르고 있는 것처럼 보였다.

"그럼 할까? 지금?"

이번엔 그녀가 먼저 장난삼아 말을 던져왔다. 그 말에 종태는 불끈거리는 무엇이 밑에서부터 꿈틀거리는 걸 느꼈다. 말이 씨가 된다고. 그녀의 말에 그는 몸이 뜨뜻해지는 걸 느낄 수 있었다. 이런 성욕을 맑은 성욕이라고 말할 수 있는 걸까. 아니면 아침 잠에서 막 깨어나면서 생기는 성욕이라고 할 수 있을까.

"좋아. 근데 안방으로 들어가?"

그녀는 허리에 들렀던 앞치마를 벗어 내렸다.

"아니. 그냥 여기서 하고 싶어. 밝고 좋잖아?"

종태는 웃으면서 그렇게 말했다.

"여기서? 바깥이 훤히 다 보이는데?"

그녀는 거실문 밖으로 마당이 훤히 내다보이는 것을 손가락으로 가리켰다.

"커튼을 치면 되지. 자, 이리 와."

지예가 옆으로 오자, 종태는 일어나서 커튼을 닫았다. 그리고는 그녀를 번쩍 안은 채로 소파로 데려갔다. 지예를 반듯이 누인 다음, 그는 바닥에다 무릎을 꿇은 채로 그녀의 가슴 위에다 입술을 갖다댔다. 얇은 옷 밑으로 둥근 젖가슴이 만져졌다.

"밥 안 먹어도 돼?"

"응, 좀 있다 먹지."

"이게 더 급해?"

그녀는 일부러 그러는 것 같았다. 그 말은 자신 스스로를 달구기도 했지만 종태를 달구어내는 말이었다. 일종의 쾌감을 불러내는 말이기도 했다.

종태는 그녀의 앞가슴의 단추를 풀어내고는 양쪽으로 젖혔다. 둥그런 젖가슴이 뛰어나왔다. 도톰하게 솟아 있는 그곳은 이미 빠알간 젖꼭지를 위로 향하게 하고 있었다. 탱탱한 젖꼭지가 마치 기다리고 있기라도 했듯이 종태의 혀끝을 근질근질하게 했다.

그는 혀끝으로 돌기 주위를 핥았다. 그러면서 입술을 덮어 돌기와 그 주위를 한꺼번에 덮었다. 한 번 세게 빨았다가 놓아주며 다시 혀끝으로 어루만졌다. 그러는 것만으로도 기분이 충분히 고조되는 듯했다.

그는 젖가슴을 훑어 아래쪽 배로 내려갔다. 편편하게 쭉 뻗어있는 아랫배 위에다 혀끝을 갖다댔을 때, 그녀는 약간 꿈틀거리는 듯했다. 성감대가 있어서일까. 그리고는 더 밑으로 내려갔다. 허벅지를 핥았다. 안쪽을 더듬으면서 회음부 부근에서 오래 머물렀다.

바로 눈앞에 보이는 그녀의 꽃잎이 기지개를 켜면서 벌어지는 것 같았다. 그곳에서는 맑은 향내가 나는 듯했다. 그는 천천히 입술을 움직여 꽃잎으로 다가가 음순을 건드려 보았다. 작

87

은 꽃잎이 앙증맞게 벌어져 있었다.

그는 벌어진 틈 속으로 혀끝을 움직이며 아래 위를 오르내렸다. 혀에 느껴지는 물기 젖은 감촉이 미끄럽게 만져졌다. 그는 그럴 때가 무척 기분 좋았다. 조용한 파도소리가 귓전으로 밀려들어오는 소리를 들으면서 그러는 것이 무엇보다 기분 좋은 일이었다.

매번 하는 일이지만 그것은 그때마다 또 색다른 즐거움을 느끼게 했다. 여자의 오묘하게 생긴 생김새와 깊은 듯이 앙팡진 계곡의 신비감 때문에 더욱 그러한 지도 몰랐다. 그는 혀끝으로 아래 위를 움직이는 동안, 두 손으로 꽃잎의 주위를 붙잡고선 약간 벌어지게 했다. 그의 눈에 적나라한 모든 것들이 다 들어왔다.

작은 계곡의 홀과, 그 옆을 감싸고 있는 받침대 같이 생긴 울타리 역할을 하는 음순과, 또 그 안의 또 다른 작은 울타리 받침과, 그 울타리 받침 위쪽의 또 다른 울타리 속엔 팥알보다 더 적은 소변이 나오는 데가 있었다. 그곳은 마치 작은 요새와도 같이 깊숙한 곳에 숨어 있는 작은 보석처럼 느껴졌다.

그리고 각 부위와 부위를 잇는 곳마다 작은 주름 투성이였다. 그는 샅샅이 혀끝으로 핥으면서 각 부위마다 느껴지는 쾌감을 고스란히 기억해내고 있었다. 물기를 머금은 그곳은 마치 윤활유를 발라놓은 것처럼 번들거렸다. 연분홍빛이라고 옳을 것이다. 연한 순결의 살색 빛깔을 띠고 있는 그곳은 보기만 해도 입속에 침이 고일 정도로 마음이 울렁거렸다.

"아아……."

지예는 자신의 꽃잎에서부터 느껴지는 쾌감을 고스란히 입으로 옮겨놓고 있었다. 마치 신음소리와도 같이 혼연 중에 내뱉은 소리였다.

"……."

종태는 그녀의 얼굴을 올려다보았다. 반듯이 누운 상태로 잔뜩 얼굴을 찡그린 채로 질끈 눈을 감고 있었다. 그러면서 그녀는 두 손으로 침대를 잡았다가, 다시 종태의 머리채를 붙잡았다가 하면서 허둥대고 있었다.

그는 서두르지 않았다. 비록 섹스를 하지 않는다고 하더라도 만족할만한 그런 기분이었다. 그는 이렇게 그녀의 꽃잎만을 핥고 있어도 짜릿했다. 이미 그의 뿌리는 충만해져서 터질 것만 같았다.

그는 다시 위로 올라와 그녀의 입술을 찾았다. 혀를 집어넣어 그녀의 혀를 찾았고, 그녀의 혀를 찾자마자 그는 곧 전쟁을 치르듯이 엉겨 붙었다. 그때는 그녀의 혀도 가만있질 않았다. 서로 밀고 당기면서 상대방의 혀를 빨아들이면서 만족을 채워나가고 있었다.

결국 나중에는 그녀의 손이 내려와선 그의 뿌리를 거머쥐었다. 그리고는 종태의 뿌리를 거머쥐어 자신의 계곡으로 끌고 들어갔다. 마치 뱀이 굴속으로 들어가듯, 미끄러지며 들어간 뿌리는 들어가자마자 곧 물결치기 시작했다. 처음부터 거센 움직임이었다.

그는 마구 움직였다. 멈출 수 없는 그런 움직임이었다. 순간적으로 일 초에 몇 번이라고 헤아릴 수도 없을 만큼 빠른 속도였다. 그러면서 그는 가만있질 않았다. 입술과 입술을 맞닥뜨리면서 혀와 혀가 맞부딪쳤다. 그러다가 그녀의 목선을 따라 내려오면서 젖가슴께를 핥아주었다.

"아!……."

그녀는 외마디소리밖엔 내어지를 줄 몰랐다. 쾌감이 고조되었을 때, 그녀는 수시로 그런 소리를 냈다. 그러면서 그녀는 움찔 두 다리를 오므리면서 몸을 떨어댔다. 파들거리는 그녀의 모습을 내려다보며 종태는 미친 듯이 공격해 나갔다. 불과 그 시간이란 그리 길지 않았다. 많은 시간이 흘렀을 것 같았지만 막상 일이 끝나고 나서 보면 대개 5분에서 10분 미만일 경우가 많았다.

그는 최대한 쾌감의 경지에까지 다 올라가서 사정하기 위해서 참는 데까지 참았지만 어느 순간에 다다르면 끝내 참을 수 없이 저절로 방출이 되고 말았다.

"으!……."

그는 사정의 순간에 이르러서 더욱 거세게 몸을 움직였다. 한 방울이라도 더 쏟아내기 위해 안간힘을 쓰듯, 그는 두 다리에 온 힘을 다 실으며 경직되었다. 많은 양의 정액이 빠져나가는 듯한 쾌감을 느꼈다. 그럴수록 그는 더 기분이 좋았다.

"아아……."

그녀는 뜨거운 것이 자신의 몸속으로 들어오는 걸 느꼈는지 마지막으로 몸부림을 쳐댔다. 지예가 만족스런 얼굴로 잔뜩 찌푸리는 것과, 온몸을 떨어대면서 푸들거리는 것이 종태에게는 최상의 선물이었다. 그리고 그녀가 꼬악 끌어안는 팔심을 느끼면서 또 다른 만족감을 맛볼 수 있었다.

"……."

그는 사정을 끝내고 나서 그대로 몸을 얹어놓고 있었다. 자신의 뿌리가 다 식어질 때까지 빼내지 않았다. 그때는, 행위는 비록 끝났지만 아직까지도 좀 전의 뜨거운 여운이 아직 그대로 남아 있을 때였다.

지예는 지극히 만족스러웠다. 온몸에서 진땀이 나서 그와 맞붙은 살갗이 끈적거릴 정도였다. 커튼을 닫았으므로 알맞게 어두운 조명 아래서, 그것도 다소 불편하기는 했지만 소파 위라는 것이 쾌감을 더했는지 몰랐다. 그는 어정쩡한 자세로 그녀의 몸을 덮고 있었다.

이런 남자…… 지예는 한껏 만족스러웠으므로 그의 알몸뚱이를 껴안았다. 그리고는 좀 더 자신의 꽃잎을 세게 눌러주기를 바랐다. 그녀는 두 손을 그의 등 위에서 깍지 낀 채로 힘껏 끌어당겼다.

"조금 더 있어."

"……."

그는 말이 없었다. 그녀를 내려다보는 눈빛이 계속 그러고 있으마, 하고 대답하는 것 같았다. 그녀는 그의 가슴의 살결을 느껴보기 위해 혀끝을 내밀어 핥아보았다. 그의 몸에서 여한 땀내가 맡아졌다. 달콤하고 새콤했다. 그녀의 혀가 그의 앞가슴을 핥았을 때, 종태는 짜릿한 쾌감을 느껴졌다. 마치 약한 전류가 흐른 듯한 그런 짜릿함이었다.

그녀는 오래도록 그를 껴안고 있었다. 이미 종태의 뿌리는 사정을 끝낸 지 오래여서 줄어든 지 한참이나 지났다. 점점 헐렁해지는 걸 느끼면서 종태는 이만 빼낼까 하고 생각했다가도 그녀의 그러는 모습 때문에 그대로 있는 중이었다.

남자들은 대개 일이 끝나고 나서 줄어드는 뿌리의 허전함 때문에 얼른 빼내고 싶어지는 것이었다. 그래서 자신의 초라한 물건이 여자한테 들키기 전에 조금이라도 더 힘이 들어 있을 때에 빨리 빼내고자 하는 것이었다.

"나, 사랑해?"

그녀가 나직이 물어왔다.

"응."

"그거, 거짓말이지?"

"……."

종태는 대답을 못했다. 섣불리 할 수 없는 그런 대답이었다.

"왜 대답을 못해? 괜찮아."

여자는 그랬다. 남자의 입에서 나오는 대답을 들어야만 직성이 풀리는 것이었다. 그것도 너를 사랑한다는 말을 듣길 원했다.

"……."

끝내 종태는 대답을 하지 못했다. 마음에 없는 말을 함부로할 수 없다는 것이 그의 심정이었다. 그렇다고 지예가 전혀 마음에 없는 건 아니었다. 그러나 그대로 말한다는 게 어색하기만 했다. 아직까지도 그의 가슴 속엔 희자의 잔영이 고스란히남아 있었기 때문이었다.

"알아……."

그녀의 목소리는 실망한 듯이 처절하게 들려왔다. 지예가 일부러 그러는 건지도 몰랐다. 하지만 충분히 그럴 수 있는 일이었다.

"그런 거 자꾸 그러지 마라. 내 맘 알잖냐?"

종태는 용기를 내서 그 말을 던졌다. 이때까지 그렇게 말한적은 한 번도 없었다. 혹시라도 지예가 실망할까봐 그렇게 말하기란 여간 어렵지 않았던 말이었다.

"알아. 하지만……."

그녀는 그 말을 하고선 눈을 감는 것이었다. 눈가로 물기가
내비치고 있었다.

"……."

그는 더 이상 그녀를 내려다볼 수 없었다. 눈길을 다른 곳으
로 돌렸다. 그녀와 눈을 정면으로 대하는 것보다도 침대 쪽을
내려다보고 있었다.

"난 그런 뜻이 아니었어. 그냥 해본 소리야. 당신이 나를 좋
아한다는 거 알아. 그렇지만 나도 당신한테서 그런 말 듣고 싶
은걸 뭐."

그녀의 말은 그랬다. 나무람도, 그렇다고 원망하는 투도 아
닌, 그저 그렇고 그렇다는 자신의 표현으로 그치는 것이었다.
지예는 그랬다. 종태의 깊은 감정까지 들춰내서 긁어주고 싶진
않았다. 그와의 섹스가 좋았으므로 좀 더 확인해보고 싶은 심
정일 뿐이었다.

"그럼 됐어. 나를 알았으면."

"……."

지예는 더 이상 말을 하지 못했다. 종태의 마음이 급격히 사
그라들고 있다는 것을 직감적으로 느끼면서 입을 다물어 버렸
다. 그는 미안하다는 듯이 지예의 입술을 덮어왔다. 지예는 그

의 혀를 받아들여 한참동안을 애무했다. 그리고 그들은 몸을 떼었다. 그녀의 꽃잎에서 많은 양의 물이 쏟아져 나왔다.

그녀는 다시 기분이 좋아진 듯했다. 일어나서 얼른 옷을 입고는 주방으로 가며 말했다.

"밥 먹을래?"

"응. 배고파."

"알았어. 이따 바닷가에 나갔으면 좋겠어."

지예는 다시 바닷가로 나가고 싶었다. 그래서 그와 같이 거닐고 싶었다. 예전에 종태가 희자와 같이 거닐었던 곳을 거닐고 싶어졌다.

"......"

"왜? 싫어?"

그녀는 반찬들을 식탁 위로 올려놓으며 말했다.

"아니. 같이 나가지……."

"아이, 좋아라. 그럼 빨리 먹고 나가자."

그녀는 흥이 나는 듯했다. 재빨리 상을 차린 그녀는 종태의 앞에 수저를 놓아주며 자신의 수저를 들고 밥을 먹기 시작했다.

"어때? 맛이."

그녀는 종태가 밥을 먹는 모습을 들여다보며 빙그레 웃었다.

"좋아. 솜씨가 있는 거 같은데?"

종태는 웃어주었다. 그 말에 지예는 활짝 웃으며 반찬 이것 저것을 집어서는 종태의 밥 공기 위에다 올려주었다.

그러다가 지예가 문득 옆방을 보고는 묻는 것이었다.

"저 방은 왜 자물쇠가 채워져 있지? 전에도 채워져 있었나 모르겠네……."

지예는 전에 못 본 것도 같고, 본 기억이 있는 것도 같아 의문스러운 듯이 물어왔다. 새 자물쇠가 채워져 있는 것이 금방 눈에 띄었던 모양이었다.

"으응, 저거?"

"응. 전에도 있었어?"

지예는 밥을 씹으면서 숟가락으로 가리켰다.

"응, 전에도 있었지. 희자가 살았을 때도 늘 채워놨어. 안 쓰는 방이라서."

"그랬어? 근데 자물쇠까지 채워둘 필요까진 없잖아? 뭔데? 중요한 거 있어서 그래?"

지예는 다시 궁금한 모양이었다.

"아니. 그냥…… 잡동사니 같은 거 있잖아? 그런 거 다 모아 놨으니까 어지러울까봐 그런 거지."

종태는 대충 얼버무렸다. 더 이상 지예가 묻지 않기를 바라면서.

"으응. 그렇구나……."

그녀는 이제 별다른 의심 같은 건 하지 않는 듯했다. 밥을 먹으면서 거실 밖을 내다보곤 했다.

두 사람은 식사가 끝나고 나서 곧장 밖으로 나왔다. 벌써 어스름이 몰려와 있었다. 일찍 식사를 마친 탓에 바깥은 아직도 초저녁 같은 시간이었다. 서녘 하늘이 붉게 물들어 있어 사방은 온 천지가 붉은 빛깔을 띠고 있었다. 바다에도 노을빛이 출렁이고 있는 것만 같았다.

그들은 바닷가로 걸어나갔다. 발밑에 와 닿는 모래의 감촉이 부드럽게 느껴졌다. 지예는 종태의 팔을 끌어안다시피 해서 걸었다. 종태는 그러는 그녀를 부축하듯이 걸어갔다.

시원한 바람이 불어왔다. 그녀의 머리카락이 바람에 나부껴서 종태의 눈을 쓰다듬고 지나갔다. 그녀의 머리카락에서는 샴푸 냄새가 났다. 그리고 걸을 때마다 종태의 팔에 전해져오는 그녀의 젖가슴이 뭉클거렸다.

"아, 시원해. 이 바람."

그녀는 마치 숨을 들이마시듯이 심호흡을 해보이곤 했다. 그리곤 더욱 종태의 팔에 몸을 기대왔다.

"우리, 달리기 할까?"

종태는 그런 제의를 했다. 시원한 바람을 맞으면서 달리기라도 했으면 좋겠다는 생각이 얼핏 들었기 때문이었다.

"그럴까? 근데 신발이……."

그러면서 그녀는 구두를 들어 올렸다. 뾰족한 구두를 신고 있었다.

"그럼 벗으면 되지. 맨발로 달리는 게 더 빨라."

그의 말에 그녀는 구두를 벗어 한쪽으로 놓고선 일어섰다. 종태의 옆에 선 지예는 달릴 자세를 취하고 있었다.

"그래, 좋아. 내가 이기면 뭐해줄 건데? 히히."

지예는 천진난만하게 웃었다.

"뭐해줄까? 말하는 대로 다 해주지 뭐."

종태는 자신이 있었다.

"좋아. 나중에 얘기할게. 생각해보고 나서."

그녀는 그러면서 몸을 앞으로 숙였다. 금방이라도 튀어나갈 태세였다. 종태는 그녀의 옆에 서서 그녀의 발쯤에 오른발을 맞추었다.

"좋아. 내가 탕, 할게. 히히."

"알았어."

종태는 그녀가 탕, 하기를 기다렸다. 지예는 재미있다는 듯이 웃어보이고는 발밑을 쳐다보는 것이었다. 그러다가 지예는 얼굴을 들어 저쪽 앞쪽을 바라보다가 갑자기 소리쳤다.

"오빠. 저길 봐."

"……?"

지예의 말에 종태는 그녀가 가리키는 쪽을 바라보았다. 그때였다. 지예는 얼른 탕, 하는 소리와 함께 내달리기 시작했다. 지예가 일부러 그러는 건줄 몰랐던 종태는 뒤늦게서야 출발했다.

"용용 죽겠지. 용용 죽겠지. 히히."

지예는 벌써 저만치 달아나고 있었다. 종태는 얼른 보폭을 넓혀 지예를 뒤따라가기 시작했다. 얼마 못 가서 지예를 따라잡을 수 있었다. 종태가 앞서면서 지예를 뒤돌아봤다.

"그런다고 내가 질 것 같아? 하하하. 날 따라와 봐."

종태는 힘껏 달렸다. 지예와의 거리가 점점 벌어졌다. 그는 달리다가 다시 뒤를 돌아보았다. 지예가 따라오다가 그만 전의를 잃었는지 그 자리에 푹 고꾸라져 있었다. 종태는 달리기를 멈추고 숨을 할딱거리고 있는 지예의 곁으로 걸어갔다.

"봐라. 날 이길 수 있을 거 같냐? 하하."

종태의 말에 지예는 샐쭉한 눈으로 말했다.

"그럼, 오빤 여자하고 같이 달리는데, 같이 출발하는 게 어딨어? 여자가 먼저 달리고 나서 천천히 뒤따라와야지. 같이 달리니까 내가 지지."

지예는 히히, 웃었다. 그 웃음이 마치 어린애 같다는 생각이 들었다.

"그럼 처음부터 그렇게 해야지. 네가 땅, 하고 뛰었잖아? 그럼 우리, 또 할래? 이번엔 네가 저만치 앞장서서 뛰면 되잖아?"

"좋아. 다시 해. 그럼."

지예는 다시 일어났다. 아직도 숨이 찬 모양이었다.

"어디까지 할까? 저기까지?"

지예는 손끝으로 목표 지점을 가리켰다. 백사장의 어떤 곳을 가리켰지만 대충일 뿐, 분명한 목표물은 없었다.

"알았어. 좋아. 네가 달리는 데까지가 골인점이야. 네가 먼저 가서 서 있어. 네가 달리는 걸 보고 달릴 테니깐."

종태는 그 자리에 서 있고, 지예는 한참을 뛰어갔다. 그리고 는 뒤를 돌아보며 소리쳤다.

"여기야. 여기서 출발할게. 내가 뛰거든 뛰어. 알았지?"

그녀는 종태가 미리 뛸까봐서 그런지 미리 다짐이라도 받아 놓을 듯이 말을 했다. 종태는 고개를 끄덕이고는 뛸 준비를 했 다. 지예와의 거리는 약 백 미터쯤이 되었다. 그래도 종태는 백 미터 거리라면 약 16초쯤이면 따라잡을 수 있는 거리였다. 자 신이 있었다.

"……."

지예는 자꾸만 흘끔거리며 뒤를 돌아보다가 어느 순간에 뛰 기 시작했다. 그걸 보고선 종태도 뛰기 시작했다. 종태는 빨랐 다. 그러나 얼마 못 가서 지예는 그 자리에 우뚝 멈춰서 버렸 다. 종태와의 거리는 불과 10미터 정도 남겨놓은 그런 거리였다.

"왜?"

종태는 달리면서 숨찬 목소리로 물었다. 지예의 옆으로 가서 우뚝 멈춰 섰다.

"히이, 여기가 목표점이야. 내가 이겼어."

지예는 웃고 있었다.

"어? 여기야? 아니잖아? 저기라고 그랬잖아?"

종태는 손가락으로 저쪽을 가리켰다. 그러자, 지예는 배를 잡고 웃으면서 말했다.

"내가 분명히 여기라고 그랬어. 손가락으로 저기, 하면서 그랬거든."

그런데 그녀의 손가락을 본 종태는 웃고 말았다. 저기, 하고 손가락을 드는데 보니까 손가락 끝이 잔뜩 밑으로 구부려져 있는 게 아닌가.

"애게! 그렇게 손가락을 구부렸어?"

"그럼! 그러니까 내가 이겼찌이!"

지예는 웃음을 터뜨렸다. 그리고는 종태의 가슴으로 파고들면서 허리를 껴안았다.

"나 참! 또 속았군!"

종태도 할 수 없었다. 그냥 웃고 말았다.

"그러니까 여자 말은 다 믿으면 안 돼. 히히. 이제 알았징?"

그녀는 종태의 등 뒤로 가서 매달렸다. 종태는 그녀를 뒤로 잡고선 번쩍 들어 올렸다. 등 뒤로 업힌 지예는 종태의 목을 끌어안았다. 그의 등짝에 느껴지는 지예의 몸무게는 그리 무겁지가 않았다.

종태는 걸어가면서 말했다.

"왜 이렇게 가볍냐? 몇 키로냐?"

"45."

"그래? 그것밖엔 안 나가?"

"응. 못 먹어서."

지예는 그러면서 등 뒤에서 쿡쿡, 웃고 있었다.

"못 먹어서? 그럼 많이 먹지 그래? 살 찔까봐서?"

"아니. 남자들을 많이 못 먹어서. 히히."

"……?"

종태는 지예의 말뜻을 알아차리고는 그녀의 얄팍한 엉덩이를 꼬집었다.

"아야. 아퍼."

"넌 좀 아파봐야 돼. 남자를 많이 못 먹어서 말랐다는 게 말이나 되냐? 하하."

"히이, 그거라도 많이 먹으면, 왜 살이 안 찌냐?"

"그래도? 또 꼬집는다?"

"아냐, 아냐. 잘못했어."

그녀는 종태의 넓은 등짝에서 발버둥을 쳐댔다. 종태는 꼬집는 대신, 그녀의 도톰한 엉덩이를 간지럽혔다. 두 쪽으로 난 엉덩이의 패인 부분을 간지럽혔다. 지예는 간지럽다는 듯이 깔깔거렸다.

그녀의 엉덩이는 매우 앙팡졌다. 두 쪽으로 갈라진 엉덩이가 만질수록 탐스럽게 느껴졌다. 얇은 스커트 밑으로 팬티의 윤곽이 만져질 정도였다. 엉덩이의 한쪽의 반을 겨우 가린 삼각팬티의 윤곽이었다.

그가 팬티 끝단의 윤곽을 손으로 더듬고 있자, 지예는 손으로 막아내면서 말했다.

"간지러워."

"난 좋은걸."

"난 이렇게 업혀가는 게 좋아."

"그래. 우리 저쪽에 가서 앉자. 너무 힘들어. 모래에 발이 푹푹 빠져."

"응, 알았어."

그들은 바닷가로 가서 모래톱에 앉았다. 파도가 밀려와서 발 밑에서 굼실대다가 안쪽으로 밀려가는 것이었다. 파도가 훑고 간 자리에는 마치 세멘을 발라놓은 것처럼 금방 편편해졌다.

"언니랑도 그렇게 업어주고 그랬어?"

"……."

종태는 망연히 바다만을 바라보고 있었다.

"……?"

지예는 그를 쳐다보았다.

"그런 거 묻지마."

"왜? 그런 것도 싫어?"

"…….."

종태는 말을 하지 않았다. 바다 어디메쯤에서 희자가 이쪽을 바라보고 있을 것만 같았다.

"알았어. 난 그냥 한 번 해본 소리야. 언니 이야긴 일절 하지 말라는 거지?"

"…….."

이번에도 역시 종태는 입을 다물고 있었다. 그러나 지예는 알 수 있었다. 종태의 속마음을. 그녀는 슬그머니 손을 뻗어 종태의 굵은 손을 잡아 쥐었다. 그리고는 그의 어깨 위에 머리 한쪽을 올려놓았다.

"나도 알아. 오빠의 마음을. 그렇지만 그런 거까지 못하게 할 필요는 없잖아? 괜히 내가 미안해지잖아."

"…….."

"난 그런 뜻으로 말한 게 아닌데……."

"…….."

"…….."

두 사람은 말없이 앉아 있었다. 종태의 마음속에는 다시 우울함이 몰려들고 있었다. 만일 옆에 있는 지예가 희자였다면 좋았을 텐데, 하는 마음이 들었다. 그런 생각을 하자, 종태의 마음속에는 알 수 없는 분노 같은 생겨나는 것이었다.

그리움이 짙어지면서 일종의 분노 같이 동시에 치밀었다. 그러면서 한영일의 처참한 얼굴이 떠오르는 것이었다. 그는 후두둑, 몸을 떨었다. 그러나 지예는 종태의 그러한 동작을 눈치 채지 못한 것 같았다.

바다는 어둠살이 밀려오면서 점점 기울어가고 있었다. 마치 무거운 추를 드리운 것처럼 침잠해지고 있는 중이었다. 이런 시간 때쯤이면, 초소에서 군인들이 보초근무를 나올 시간이었다.

"……."

종태는 부시시 일어났다. 그리고는 지예의 손을 잡아주었다.

"갈려고?"

"응, 곧 보초들이 나올 시간이야. 가."

종태는 지예의 손을 잡고 바닷가를 걸어 집 쪽으로 걷고 있었다. 앞에 보이는 동네에서는 불빛들이 켜져 있었다. 아늑하고 포근한 저녁이었다. 산 밑은 컴컴해져 있었고, 드문드문 박혀 있는 전봇대에서는 희미한 불빛을 내뿜으며 서 있었다. 한적하기도 하고, 외롭기도 한 어촌의 저녁 풍경이었다.

지예는 기분이 좋았다. 비록 아직은 그가 마음을 다 열어놓
진 않았지만, 그런 그가 싫지 않았다. 어쩌면 남자의 두둑한 배
짱 같기도 하고, 흔들리지 않는 한 여자에 대한 참 사랑인 것만
같아 자신이 생각하기에도 든든한 감이 없지 않았다.

"오늘, 차를 타고 나가면 안 돼?"

그녀가 물었다.

"어딜?"

종태는 거의 다 와가는 집을 바라보면서 물었다.

"그냥…… 어디든지 나갔다가 왔으면 좋겠어. 바람이라도 쐬
러……."

밤공기는 약간 무더웠다. 바람이 있다가도 금세 없어진 것
같았다. 산 쪽의 들판에서 꿩 울음소리가 들려왔다. 동네에서
는 개들이 짖는 소리가 밤하늘을 솟아오르고 있었다.

종태는 썩 마음이 내키지가 않았다. 집을 비워두고 나간다
는 것이 찜찜했다. 그러나 지예의 청을 거절할 수도 없는 일이
었다. 마음이 약간 혼란스러웠다. 물론 자신도 짚차를 꺼내 밤
공기를 들이마시며 쌩쌩 달리고 싶은 충동이 일어나기도 했다.
그렇지만…… 한영일을 묻어둔 집을 그냥 두고 밖으로 나간다
는 것이 조금은 마음에 걸리는 부분이었다.

"왜? 싫어? 피곤해?"

지예는 나가고 싶은 마음이 간절한 모양이었다. 종태의 팔을

붙잡고 흔들어댔다.

"아니……."

"그럼 나가는 거지? 응?"

"그래. 나가자."

그들은 마당으로 들어서서 짚차에 올랐다. 종태는 시동을 걸어놓고선 잠깐 거실로 들어갔다가 옆방문이 단단히 잠겨 있는 걸을 확인하고, 또 나오면서 거실문을 잠그고선 차에 올랐다.

밖으로 나오니 한결 기분이 나아졌다. 차가 달리면서 얼굴에 와 닿는 바람이 마치 실크처럼 부드럽게 감겨왔다. 지예는 테이프를 꺼내 카세트에 집어넣었다. 발라드풍의 노래가 흘러나왔다. 이런 날, 드라이브를 하면서 듣기에는 썩 좋은 분위기 있는 조용필의 노래였다.

바람 속으로 걸어갔어요.
이른 아침의 그 찻집
마른 꼬옷 걸린 창가에 앉아
외로움을 마셔요.
아름다운 죄, 사랑 때문에
홀로 지샌 긴 밤이여어~
뜨거운 눈물 가슴에 두면

지예는 입속으로 가만히 노래를 따라불렀다. 앞쪽 프런트에 손가락을 토닥이면서 장단까지 맞추었다. 그러는 그녀를 힐끗 바라보면서 종태는 웃었다. 나중에는 종태도 그 노래를 나직이 따라부르고 있었다.

"어머! 오빠도 노랠 잘 부르네? 이 노래 좋아해?"

지예는 호들갑을 떨며 물었다.

"응, 좋아하지. 분위기 있는 노래라서……."

"그럼, 우리 양양엘 나가서 노래방엘 갈까? 어때?"

"……."

"왜에? 싫어?"

종태가 말이 없자, 지예는 코맹맹이 소리를 내면서 투정섞인 말을 했다.

"그럼 잠깐만 놀다가 오자. 알았지?"

"응, 좋았어. 오늘 오빠 노래 좀 들어봐야지."

지예는 좋아라 손뼉을 쳐댔다.

그들은 양양 읍내에 도착해서 단란주점이라는 네온이 켜진 술집으로 들어갔다. 보기보다 꽤나 넓은 홀이었다. 가운데가 넓은 홀이었고, 사방은 온통 룸으로 되어 있었다.

그들은 룸으로 들어가기보다는 홀에 자리를 잡았다. 넓고 큰데서 노래를 부르는 것이 더 재밌을 것 같아서였다. 홀에는 그들 외에 한 팀이 더 있었다. 나이가 좀 든 중년층으로 5,6명 정도가 아가씨들을 끼고 술을 마시고 있었다.

"뭘로 하시겠습니까?"

웨이터가 다가와 깊숙이 고개를 숙이며 공손히 메뉴판을 들이밀었다. 종태는 메뉴판을 훑어보다가 지예 쪽으로 가져가며 물었다.

"양주로 할까?"

"응."

지예의 대답이었다.

"그럼 안주는? 네가 골라봐."

종태는 다시 메뉴판을 뒤적여 안주 메뉴가 적힌 곳을 펴서 지예한테 내밀었다.

"음, 이걸로 해. 배도 부르고 하니깐."

지예가 손가락으로 누른 것은 과일 안주였다. 종태는 메뉴판을 접으며 웨이터한테 말했다.

"임페리얼 하고, 과일로 가져와."

그러면서 종태는 지갑을 꺼내 웨이터한테 만 원권 지폐 두 장을 뽑아 주었다. 그러자, 젊은 웨이터는 황송한 듯이 고개를 숙여 보이며 두 손으로 종태가 내민 지폐를 받아들었다.

"즐겁게 노십시오. 노래는 곧 나갈 겁니다. 필요하신 것 있으시면 언제든지 부르십시오."

웨이터는 다시 고개를 숙여보이고는 조심스럽게 물러갔다.

곧 양주와 안주가 나오고, 그득하게 차려졌다. 웨이터가 우유와 생수를 따로따로 따라놓고서는 얼음을 채워주고는 다시 인사를 하곤 물러갔다. 앞쪽 프론트에는 먼저 온 팀들이 돌아가면서 나가서 노래를 부르고 있었다.

"자, 받아."

종태가 먼저 양주병을 들어 지예의 잔에 따라주었다. 지예도 종태의 잔에 술을 채우고는 잔을 높이 들었다가 부딪쳤다.

"히히, 너무 분위기 쥑인다아. 얼른 술이 올라가야 이따 노래 할 때, 기 안 죽지."

그녀는 그러면서 홀짝 양주를 마셨다. 종태는 천천히 목 안으로 양주를 넘겼다. 목이 아렸다.

"자, 내 잔."

종태는 자신이 마신 잔을 지예한테 내밀었다. 그리고 다시 술을 부어 주었다. 그렇게 주거니 받거니 하면서 몇 잔을 비워냈다. 약간 얼얼해지는 느낌이었다. 먼저 와서 놀던 팀들이 노래를 실컷 불렀는지 잠시 뜸해지면서 웨이터가 다가와 머리를 조아렸다.

"사장님, 노래 신청하시죠."

웨이터가 신청하라는 말에 종태는 노래책을 지예한테 먼저 내밀었다. 지예는 노래책에서 노래 한 곡을 적어 웨이터에게 건네주었다. 그리고 나서 종태도 노래를 선곡해서 주었다.

곧 반주가 흘러나왔다. 지예가 양주를 홀짝 들이키고는 앞으로 걸어나갔다. 종태는 지예가 노래를 부르는 동안, 양주를 비우면서 듣고만 있었다. '사랑한다면'이라는 최신가요였으며 랩 분위기의 춤곡이었다. 그녀는 노래를 부르면서 춤까지 곁들였다.

유연한 몸을 흔들면서 노래를 부르고 있는 지예를 바라보면서 종태는 약간 마음이 즐거워졌다. 이렇게 나오길 잘했다는 생각이 들었다. 술이 들어가서일까. 노래를 부르고 싶은 욕망이 불쑥 생겨나는 것이었다. 그는 약간 마음이 들뜬 기분이었다. 파워를 올려놓은 앰프에서 나는 노랫소리에 저절로 흥이 돋아나는 것이었다.

지예의 노래가 끝나자, 종태는 박수를 쳐줬다. 지예는 활기찬 걸음으로 들어와서 앉았다. 곧이어 종태가 신청한 노래가 나왔다. 종태는 마이크를 잡고 지예 쪽을 바라보았다. 지예는 양주를 마시다가 말고 오른손을 들어 V자를 만들어 보이면서 흔들어댔다. 종태는 웃어주고는 반주에 따라 노래를 부르기 시작했다.

바람 속으로 걸어갔어요
이른 아침의 그 찻집
마른 꽃잎 걸린 창가에 앉아 외로움을 마셔요

아름다운 죄, 사랑 때문에
홀로 지샌 긴 밤이여.
뜨거운 눈물 가슴에 두면
왜 한숨이 나는 걸까.
아아~ 웃고 있어도 생각이 난다.
그대 나의 사랑아.

굵고 탁한 목소리의 저음에 알맞은 그런 노래였다. 종태는 그 노래를 부르면서 어느새 희자를 생각하고 있었다. 노래를 부르는 동안, 짧은 시간이었음에도 불구하고 희자와의 오랜 시간들이 영화 필름처럼 순식간에 돌아갔다.

영등포 구치소에서부터 만나 오랜 편지의 왕래가 생각나고, 그 편지 속의 글자들까지도 손에 보일 듯했다. 그리고 청주 여자교도소로 내려갔을 때의 간절했던 순간들이 안타깝게 떠오르곤 했다.

그는 이 절을 부르기 전까지 그 수많은 사연들에 대한 생각들로 머릿속이 꽉 찼다. 다시 이 절이 시작되었다. 그는 좀 더 여유 있는 마음으로 노래를 불렀다. 이번엔 희자와 같이 양양 수산포로 와서 생활하면서 정겨웠던 순간들이 하나도 빠짐없이 떠올랐다. 그녀가 마당을 쓸고, 거실을 청소하는 장면들과, 아침이면 창문을 열어 바다를 방 안으로 들여놓던 그 손길, 앞치마를 두르고 주방에 서서 식사를 준비하던 모습들이 선연히 눈에 떠올랐다.

　그는 노래를 부르면서 자신도 모르게 노래 속에 음색이 달라지고 있는 걸 느꼈다. 마음이 그래서였을까. 노래 또한 슬픈 음색으로 바뀌고 있었다. 그는 끝까지 노래를 다 부르고는 마이크를 내려놓았다.

　"어머! 짝짝짝!"

　자리로 돌아오자, 저쪽 팀에서도 박수를 보냈을 뿐만 아니라, 지예도 좋아라 하며 박수를 치고 있었다.

　"우와! 노래 잘 부른다아. 그렇게 잘 부르는 줄 몰랐어!"

　지예는 찬사와 함께 종태에게 술을 권했다. 그리고는 다시 지예가 시킨 노래 반주가 흘러나왔으므로 앞쪽으로 걸어나갔다. 그녀는 종태를 의식해서인지 좀 더 우아한 자태로 서서 노래를 부르고 있었다.

　지예의 노래를 듣고 있으면서 종태는 거푸 몇 잔의 양주를 손수 따라서 들이켰다. 가슴 속에서 심한 갈증이 일어나는 듯했다. 그럴수록 그는 마른 속을 적시기 위해서라도 더 그러는 것처럼 양주잔을 비워내고 있었다.

　오늘은 그런대로 기분이 좋았다.

　지예와 같이 술을 마시면서 여러 곡의 노래를 불렀다. 지예는 요즘 한창 유행하는 노래를 불렀고, 종태는 흘러간 노래들을 불렀다. 고향무정, 가거라 삼팔선, 타향살이, 돌아와요 부산

항에 등등…… 그가 부르는 노래는 다 어릴 적의 시골에서 자란 정서가 그대로 묻어나는 그런 노래들이었다.

마지막으로 그가 옥경이라는 노래를 불렀을 때, 지예는 좌석에 앉아 오빠라는 소리를 냈다. 두 손을 V자로 만들어 흔드는 그녀를 바라보면서 마치 어릴 적의 소꿉동무를 만난 것 같은 착각이 들었다.

그들이 밖으로 나왔을 때는 제법 밤이 깊어 있었다. 양양이라는 곳은 그야말로 한적한 어촌을 끼고 있는 읍에 지나지 않았다. 밤 10시만 넘으면 벌써 한산하기까지 했다. 지나가는 사람들조차 그리 많지 않았다.

그들은 차가 있는 데로 걸어가다가 지예가 그의 팔을 붙잡았다.

"오빠, 운전할 수 있어?"

"왜?"

"그냥…… 운전 못 할 거 같으면 그냥 여기서 자."

"……?"

종태는 지예를 쳐다보았다. 지예도 약간 취한 것 같았다. 자꾸만 종태에게로 기대어오는 것이 그랬다. 벌써 그녀의 걸음걸이가 휘청거리는 게 보였다. 굽이 높아서일까. 지예는 휘청거리다가도 종태를 붙잡고선 다시 중심을 잡았다.

"왜? 안 돼? 나 취했어."

지예는 종태의 팔을 붙잡고서 흔들었다.

"금방 가. 일단 집으로 가는 게 좋겠어. 여기서 자봐야 어차피 내일 아침에 일어나려면 또 그래. 그냥 가."

종태가 먼저 발걸음을 옮겨놓자, 그녀는 종종걸음으로 뒤따라왔다. 종태는 차에 올라탔다. 지예가 옆에 타는 걸 보고서는 시동을 걸었다. 차는 서서히 양양 읍내를 빠져나왔다.

지예는 옆자리에 앉은 채로 잠이 들었다. 종태는 혼자 차를 운전하면서 바다에서 불어오는 감미로운 바람을 맞으면서 점점 술이 깨는 듯했다. 한적한 산길엔 차도 다니지 않았다. 다소 외롭기는 했지만 이렇게 혼자 다니는 것도 괜찮은 일이라고 생각했다.

지예는 좀 불편함을 느끼는 듯했다. 반듯이 누웠다가, 다시 옆으로 누웠다가 하면서 긴 하품을 하다간 다시 잠들었다.

"……."

종태는 그러는 지예를 바라보았다. 짧은 스커트가 허벅지 위로 올라가면서 팬티가 보일 듯했다. 무방비의 여자가 술에 취한 것처럼 보여졌다. 그러나 종태의 눈에는 그러한 것이 절대 추하게 느껴지지 않았다. 오히려 젊은 여자의 자유분방함으로 보여졌다.

종태는 길가에 차를 세웠다.

"……."

담배를 꺼내 물었다. 그는 핸들을 잡은 채로 앞쪽을 바라보고 있었다. 술기운이 서서히 가시면서 맑은 정신이 돌아왔다. 그는 담배를 다 피울 때까지 망연히 앞쪽만 바라보고 있었다.

"응, 으응…… 나 물 줘."

지예는 목이 마른지 물을 찾았다. 종태는 평소 차에 싣고 다니던 생수병을 꺼내 그녀의 입에 갖다댔다. 지예는 벌컥거리는 소리가 나도록 물을 마셨다. 그리고는 어렴풋이 눈을 뜨고는 주위를 두리번거렸다.

"여기가 어디야?"

"응, 집에 거의 다 왔어. 담배 한 대 피우고 가려고. 술 깼어?"

종태는 지예를 염려스러운 듯이 내려다보았다.

"아직. 나 안아줘."

그러면서 지예는 두 팔을 벌렸다.

"……."

종태는 그저 웃기만 하고 있었다.

"나, 안아 줘어. 왜 가만있어?"

그녀는 장난처럼 굴었다. 이런 한적한 곳에서 어린애처럼 굴다니. 종태는 다 피운 담배를 허공으로 던져버리고는 지예를 안았다. 운전석과 조수석의 거리 때문에 제대로 안아질 리가 없었지만 그녀는 흐뭇해하는 표정이었다.

"나, 잤지?"

"응, 계속. 술이 좀 취한 거 같어."

"내가?"

지예는 자신이 술에 취했다는 사실이 믿기지 않는 듯했다. 아직까지도 그녀는 술이 덜 깬 듯했다.

"그럼."

"히히, 이러고 있으니까 차암 좋다. 우리, 여기서 그거 하고 갈까?"

그러면서 그녀는 스커트를 밑으로 내렸다. 팬티를 끌러내리느라 엉덩이를 번쩍 치켜든 그녀의 아랫배가 하얗게 드러나고 있었다. 그리고 그녀가 팬티를 벗겨 내렸을 때, 그곳은 하얀 백사장과도 같았다. 그 중앙에 검은 숲이 조그맣게 보였다.

종태가 물끄러미 바라보고만 있자, 지예는 다시 윗옷을 벗어 옆으로 던졌다. 완전히 알몸이 된 상태였다. 그러면서 지예는 콧소리를 냈다.

"아잉, 뭐해? 하고 싶단 말야. 어서."

그녀는 종태의 손을 잡아끌어 자신의 하얀 부분에다 갖다댔다. 종태의 손에 만져지는 것은 그녀의 검은 숲의 까칠한 감촉이었다. 그리고 손바닥 밑으로 그녀의 얇은 계곡의 살결이 느껴졌다.

그때까지도 종태는 별로 할 마음이 없었다. 그녀가 자꾸 보

117

채는 바람에 할 수 없이 입술을 갖다댔다. 그리고는 천천히 핥아나갔다. 그녀는 술 힘을 빌어서인지 종태의 머리채를 붙잡고는 놓아주지 않았다.

"아…… 좋아. 너무 좋아."

그녀는 스스로 만족하는 듯했다. 종태의 혀끝이 닿을 때마다 그녀는 몸을 동그랗게 오므리면서 헐떡거렸다. 종태는 그녀가 좋아하는 데로 입술을 옮겨갔다. 그녀의 허벅지와 계곡과, 젖가슴의 둥근 돌기 부분과, 아랫배 쪽과, 옆구리를 핥으면서 돌아다녔다.

"아아…… 어서 올라와. 왜 그래? 빨리."

지예는 후끈 달아올랐는지 몸을 비비꼬며 종태에게 달라붙었다. 종태는 그제서야 자신의 뿌리가 서서히 힘을 발휘하고 있는 것 같았다. 팽팽하게 부풀어진 그것은 마치 무쇠처럼 딱딱해지고 있었다.

종태는 그녀가 자신의 뿌리를 거머쥐고선 놓아주지 않는 것에 갑자기 흥분을 느꼈다. 그녀는 그냥 거머쥐고 있는 게 아니었다. 종태가 그녀를 애무하느라고 몸을 이리저리 움직이는 동안, 지예의 손은 아래 위쪽으로 움직이면서 종태의 성기를 자극하고 있었다. 그것은 마치 섹스를 할 때와도 같이 남성의 성기를 잡고선 격렬하게 움직이는 것과도 같았다.

그는 이제 더 이상 참을 수 없었다.

운전석에서 조수석으로 넘어가면서 그녀의 몸 위로 자신의 몸을 얹었다. 그와 동시에 자신의 뿌리가 어떻게 정확히 그녀의 꽃잎 속으로 들어갔는지 모른다. 들어갈 때의 느낌이란 그저 미끄러웠다는 것뿐이었다. 그는 자신의 뿌리가 안착했다는 것을 깨달은 순간, 거세게 움직였다.

밑에서 위로 치받듯이 세게 치받았다. 그리고 빠져나올 때는 좀 더 여유 있게 빠져나오면서 질벽을 훑듯이 하면서 나왔다간 다시 들이박았다. 들이박을 때마다 지예의 몸이 가라앉을 듯이 출렁거렸다. 얼마나 세게 박아댔을까. 종태는 있는 힘을 다해 거세게 들이박았다.

그녀는 그가 돌진할 때마다 기절할 것처럼 입을 벌리곤 했다. 그리고 그녀의 몸은 부웅, 떠올랐다가 땅에 사뿐 내려앉는 것 같은 기분을 느꼈다. 이미 밑쪽은 흥건했다. 그의 사타구니에 묻어나는 물기의 양을 보면 금방 알 수 있었다. 그곳에서는 쉴 새 없이 물이 서로 부딪치는 소리가 났다.

"아아, 좋아. 너무 좋아."

"이런 데서 하는 게…… 좋아."

지예는 혼잣말처럼 중얼거리면서 열심히 몸을 움직여댔다. 종태가 내려칠 때에는 가라앉았다가 그의 몸이 떨어져 나갈 때는 그녀의 몸이 찰싹 달라붙었다. 종태는 자신의 뿌리를 힘껏 내동댕이치듯, 그녀의 알몸과 함께 쿵, 하고 내려찧어댔다.

"아!……."

격렬한 순간에는 외마디 소리밖엔 나오지 않았다. 그녀는 입을 딱 벌린 채로 잠깐 숨을 멈추었다가 다시 내쉬었다. 온몸에서부터 격렬한 오르가슴이 느껴지고 있었다. 지예는 입안의 물기가 어디로 다 달아났는지 목이 자꾸만 말라왔다.

종태는 동작을 멈추지 않았다.

연속적으로 거세게 부딪는 동안, 지예는 자지러들듯이 종태의 몸을 끌어안았다. 그리고 어느 순간, 종태의 몸에서 뿌연 액체가 빠져나가면서 그녀는 절정에 휩싸이는 듯했다. 지예의 입에서는 허덕거리는 소리가 들려나왔다.

"아…… 아…… 아……."

지예는 불규칙적인 신음소리를 겨우 내면서 숨이 멎어버릴 것만 같았다. 온몸에서 땀이 흘러내렸다. 섹스를 할 동안에 어딘가에 고여 있던 물기들이 한꺼번에 흘러내리는 것 같았다.

종태는 몸을 부르르 떨었다. 특히 다리가 그랬다. 안간힘을 쓰느라 두 다리로 버티고 있었던 탓에 하체에서부터 진땀이 흘러내리는 것 같았다. 그리고 아직까지도 사정이 되고 있었으므로 그는 몸을 떨지 않을 수 없었다.

"으……."

그는 잇몸에서 나는 소리를 내면서 마지막 한 방울까지도 다 털어냈다. 두 사람은 완전히 포개어져서 한 치의 틈도 없이 서로를 끌어안았다. 그의 혀가 들어와서 그녀의 혀를 찾았고, 그녀는 그의 혀를 세게 빨아당겼다.

"……."

서로의 어깨와 가슴을 핥아주던 그들은 오랜만에 몸을 떼었다. 그 사이로 시원한 바람이 들어왔다. 아직까지도 몸만 떼었을 뿐, 밑은 그대로 결합이 된 상태였다.

그는 상체를 일으켜 세우면서 그녀의 젖가슴을 거머쥐었다. 그리고는 쓸듯이 어루만졌다. 그녀는 지금 마지막 여운을 소각시키려다가 다시금 불이 붙는 것 같은 기분을 느끼며 눈을 감았다. 그리고 나직이 숨을 몰아쉬며 속삭였다.

"아, 좋아. 사랑해."

만족에 찬 그녀의 목소리였다. 그제서야 그녀는 그의 몸을 놓아주었다. 종태는 자신의 뿌리를 빼냈다. 이미 죽어 있었다. 끝에서는 아직도 뿌연 액체가 흘러나오고 있는 게 보였다.

지예는 그대로 한참 누워 있다가 종태가 다 닦고난 뒤에 일어나서는 자신의 몸을 닦았다. 의자에 기댄 채로 두 다리를 들어 올려 티슈로 닦아내는 모습이 또한 고혹적이었다. 종태는 벌써 자신의 의자에 앉아 담배를 꺼내 피우고 있으면서 그녀를 바라보고 있었다.

"아, 너무 좋았어. 이런 데서 하니깐 그래."

지예는 더없이 황홀한 경지를 느껴서인지 목소리에 나른함이 그대로 담겨져 있었다. 여자는 그랬다. 황홀한 뒤의 목소리와 짜증나는 섹스 뒤의 목소리가 전연 달랐다. 지금 지예는 온몸이 후끈 달아올랐다가 식어지는 듯이 나른한 피로감이 몰려들면서 행복함을 느꼈다.

그녀는 지극히 행복했다. 이런 여름날의 뜨거운 정사를 어떻게 말로 다 표현할 수 있을 것인가. 비록 밤이었지만 섹스를 할 동안은 마치 이글거리는 사막 위에서 행위를 하고 있는 것처럼 뜨거웠다. 온몸이 불덩이처럼 달아오르고, 목이 칼칼해졌으며, 다리는 후들거렸다.

그리고 섹스가 끝난 뒤에도 그녀는 아직까지도 엉덩이께가 뻐근했다. 종태의 몸을 들어 올리느라 가장 많은 힘을 썼던 곳이 바로 엉덩이였다. 철썩거릴 때마다 그녀는 더 많은 감동을 자아내기 위해서 그러는 것처럼 두 다리에 힘을 주고는 힘껏 엉덩이를 들어 올렸던 것이다.

여자는 남자가 하는 양에 따라 만족하기 마련이었다. 지금 지예는 더 이상 꼼짝하기도 싫을 정도였다. 그냥 이대로 의자를 뒤로 눕힌 채로 잠이 들었으면 싶었다. 시원한 바람이 살살 불어오는 이런 곳에서 한 숨 푹 잤으면 하는 마음뿐이었다.

종태는 그녀가 안정이 될 때까지 기다리고 있었다. 이미 두 개비째의 담배를 피웠으므로 더 이상 피울 생각은 없었다. 핸들을 잡은 채로 엎드려 있었고, 지예는 나른한 듯이 의자 뒤로 기대어 있었다. 얼마나 시간이 지났을까.

지예는 머리를 위로 들어 하늘을 쳐다보면서 말했다.

"저 별들이 다 봤을 거 같애. 히히. 그렇겠지?"

"……."

종태는 그저 한 번 쳐다보고는 씨익 웃기만 했다. 그리곤 다시 앞쪽을 바라보고 있었다.

"나, 오늘 너무 좋았어. 꼭 죽는 줄 알았어. 어땠어?"

지예는 아직까지 좀 전의 기분을 잊지 못하는 듯했다.

"나도 좋았는걸. 힘이 없어."

종태는 솔직히 말했다. 힘이 다 달아난 것처럼 몸이 무거워졌다. 남자는 대개 정액이 빠져나가면서 황홀한 느낌을 얻는 대신, 허탈감과 함께 온 몸의 힘이 다 빠져나가는 듯한 지독한 무력감이 엄습해왔다.

그러면서 느끼는 것이 바로 쾌감이었다.

종태는 지금 뿌리께가 얼얼한 것을 느꼈다. 끌어올리듯이 빡빡하게 솟구치면서, 그리고 힘 있게 내리찧으면서 지예의 그것과의 마찰에서 얻어진 얼얼함이었다. 터질 듯이 팽팽했다가 사정이 끝나고 나서 급격히 수그러드는 것도 얼얼함을 더했다.

"이제 가. 다 쉬었어."

지예의 말에 그는 차를 몰았다. 헤드라이트 불빛에 드러난 길바닥이 환했다. 그리고 주위의 숲이 헤드라이트 불빛을 받아

반짝이고 있었다. 기분이 상쾌할 정도로 고즈넉한 그런 산길이었다.

곧 바다가 나타났다. 멀리 수평선상에 오징어 배 불이 보였다. 캄캄한 산길에서 벗어나와 오징어 배 불빛을 발견한 것도 일종의 신선함처럼 느껴졌다.

"다 왔네."

지예는 이제 잠지 않고 있었다. 바다 쪽을 바라보면서 중얼거렸다.

"이쯤 오니까 바다 냄새가 나는 거 같아. 비릿한 내음 말이야."

"응."

"오늘은 푹 잘 수 있을 거 같은걸."

종태는 정말 그럴 거 같았다. 오늘 같은 날이면 아무런 생각도 없이 그대로 곯아떨어질 수 있을 것만 같았다. 아직까지도 술이 다 깬 건 아니었다. 조금 남아 있는 술기운을 빌어 푹 잠을 잘 수 있을 것 같았다.

차는 곧 동네로 접어들면서 속도를 줄였다. 어디선가 개 짖는 소리가 들렸다. 한 마리가 짖으면 동네 개들이 다 짖어댔다. 요란한 엔진음이 조금 귀에 거슬렸지만 할 수 없었다. 아마도 개들도 한적한 이런 시간에 낯선 차가 들어오는 것에 대한 경계심일지도 몰랐다. 개들이 짖어대는 소리가 싫지 않았다. 마치 공허한 메아리가 컹컹, 하고 사방으로 울려 퍼지는 것이었다.

"동네 사람들이 잠 다 깨겠어."

지예는 그런 말을 하면서도 무엇이 기분이 좋은지 히죽 웃었다. 아마도 이런 깊은 밤에 듣는 개소리가 정겹게 들린 건지도 몰랐다.

짚차는 곧 집 앞에 다다랐다. 마당으로 들어선 그들은 차에서 내려서 캄캄한 집을 지켜보았다. 마치 동굴 속으로 들어와 있는 듯한 기분이 들었다. 종태가 먼저 거실문을 열고서는 안으로 들어가 불을 밝혔다. 불이란 이렇게도 편리한 것이었다. 집 전체가 환해지는 것이었다.

지예는 들어가자마자, 욕실부터 먼저 들어갔다. 소변기의 물을 내리는 소리가 들리고, 그녀는 곧장 나와 안방으로 들어갔다. 그동안, 종태는 거실에서 그녀가 먼저 씻기만을 기다리며 앉아 있었다.

지예가 얼굴의 화장을 지우고 욕실로 들어가는 것을 보고는 종태는 시원한 맥주를 꺼내 마셨다.

조용하기만한 집 안에 지예가 샤워를 하느라 내는 물소리와 고요한 파도소리만이 나직이 들려왔다. 그는 맥주를 마시면서 창밖을 내다보았다. 태초의 어둠인 듯한 까만 밤이 집 주위를 서성거리고 있었다. 고즈넉한 밤이었다. 종태의 마음은 무척

한가로웠다. 그녀가 내는 물소리 또한 듣기가 좋았다. 시원한 물소리가 연속적으로 뿌려지며 흘러나왔다.

맥주 두 병을 다 비워낼 때쯤이었다.

"짠~."

언제 샤워를 끝마쳤는지 지예는 머리에 수건을 두르고서 밖으로 나왔다. 완전한 알몸이었다. 불빛에 드러난 지예의 몸은 하얗게 반사되는 것 같았다.

"입지 그래."

종태는 그녀의 장난스런 행동에 다소 놀라면서 담배를 꺼내 물었다. 지예가 다가와서 바로 옆에 서서 머리를 말리고 있었다. 그녀는 히이, 웃으면서 그를 내려다보고 있었다.

"이게 보기 좋잖아. 너무 시원해. 샤워를 하고 나니까. 보면 뭐 어때?"

"그래도⋯⋯."

종태는 남은 맥주를 마시면서 그녀의 사타구니를 쳐다보았다. 보송보송한 숲이 거기 있었다. 그리고 짧은 계곡이 바로 밑에 있는 게 보였다. 숲 사이로 보이는 작은 오솔길 같았다. 그녀의 몸에서는 싱그런 샴푸 냄새가 났다.

"만져 봐. 몸이 싱싱해졌지."

그녀는 일부러 종태의 곁으로 바싹 다가와서 엉덩이를 갖다 댔다. 옆으로 서 있었으므로 아랫배와 톡 튀어나온 엉덩이가 보였다. 미끈한 아랫배 밑으로 검은 숲이 넓게 퍼져 있는 게 보였다. 측면에서 보이는 숲은 더 아름답게 보여졌다. 튀어나온 털들이 마치 새집처럼 숭숭 나와 있었다.

그리고 튀어나온 엉덩이가 작고 예뻤다. 동그란 곡선을 만들며 탱탱하게 달라붙어 있는 모습이 귀엽게 느껴졌다. 그 밑으로 쭉 뻗은 다리의 일직선과 맞물려 앙증맞다는 생각이 들었다. 전체적으로 보면 옆모습이 더 아름다웠다. 작으면서 탱탱한 젖가슴이 긴장감이 도는 편편한 배 위에 매달려 있었다.

"……."

종태는 그저 바라보고만 있었다. 어디 하나 손을 댈 수 없을 정도였다. 한 군데라도 손을 대기만 하면 다른 곳이 서로 질투를 할 만큼 섣불리 손을 대기가 그랬다. 그렇다고 한꺼번에 다 만져볼 수는 없었다.

"만져볼래? 나, 예쁘지?"

"응. 만져볼까?"

종태는 손을 뻗어 제일 먼저 그녀의 히프로 가져갔다. 앙증맞게 튀어나온 엉덩이에다 손바닥을 갖다 대면서 쓸어보았다. 손바닥에 느껴지는 감촉이 벌써 탱탱함을 느끼게 해주었다. 손바닥 안에 엉덩이가 다 들어올 만큼 그녀의 히프는 작았다. 서 있어서 그런지 그곳은 단단했다.

"음……."

그녀는 머리를 털다 말고 가만히 서서 종태가 하는 것을 직접 눈으로 확인하고 있었다.

이번에는 한 손으로는 엉덩이를 어루만지면서 다른 한 손으로는 숲을 건드렸다. 얄팍한 몸에 붙어 있는 그것은 작은 숲 그 자체였다. 그는 천천히 숲을 헤치며 계곡 속으로 들어갔다. 그의 손엔 금방 물기를 닦아낸 시원함이 느껴지고 있었다. 계곡 역시 마찬가지였다.

그는 짓궂게 계곡을 약간 벌리면서 그 속으로 손을 집어넣었다. 벌써 물기가 배어나와 있는 게 만져졌다. 미끄러운 감촉. 그것은 곧 종태에게 또 다른 흥분을 가져다주었다. 그리고 엉덩이의 동그란 부분을 어루만지며 그는 말할 수 없이 좋은 기분을 느꼈다.

"음⋯⋯."

지예의 다리는 점점 떨리는 듯했다. 이번에는 그녀를 똑바로 세운 채, 배에다 입술을 갖다댔다. 그의 입술이 닿자마자, 지예의 배는 경련을 일으키는 듯했다. 파들거리면서 다리가 떨리는 게 눈에 확연히 들어왔다.

그는 아랫배에서 점점 입술이 밑으로 내려왔다. 숲에 이르러서 그는 향기를 맡아 보았다. 아득한 비누냄새가 흘러나오고 있었다. 그는 혀끝을 내밀어 숲 속에 숨어 있는 계곡으로 가져갔다. 순간, 그녀는 두 다리를 오므리면서 허리를 꼬아댔다.

"음…… 아……."

그는 다시 그녀의 두 다리를 벌리고는 붙잡았다. 확실히 그녀는 떨리고 있었다. 다리의 진동이 크게 느껴졌다. 그는 좀 더 깊숙이 혀끝을 집어넣어 위와 아래를 핥았다. 그의 손은 다리에서, 다시 엉덩이를 쓰다듬으며 오르내렸다.

"아…… 미치겠어."

끝내 그녀는 허물어질 것처럼 자꾸만 몸이 밑으로 내려앉았다. 종태의 손이 엉덩이를 받치고 있었다. 그녀의 손은 종태의 머리를 붙잡고 겨우 서 있는 형국이었다.

그는 다시 계곡에서 빠져나와 아랫배와 젖가슴 쪽으로 올라갔다. 어디에도 그녀의 성감대가 골고루 퍼져 있는 듯했다. 배를 핥으며 위로 올라갔을 때, 그녀는 다시 한 번 몸을 후두둑 떨었다.

이번엔 그 떨림이 컸다. 그녀는 더 이상 참을 수 없었던지, 종태의 머리 위로 풀썩 쓰러졌다. 마치 종태의 위로 무너지듯이 쓰러진 그녀를 안다시피 해서 종태는 그녀를 소파 위로 반듯이 뉘었다.

"해줘. 미치겠어."

그녀의 목소리는 마치 신음처럼 들렸다. 지예는 저 혼자 이리저리 몸을 움직이면서 다리를 활짝 벌렸다. 어서 들어오라는 시늉이었다. 그러면서 종태의 팔을 붙잡고선 끌어당겼다.

종태는 한 손으로 옷을 벗었다. 그리고 나중에는 지예가 팬티 벗는 것을 도와주었다. 종태는 다리 사이로 팬티를 벗겨내면서 곧바로 그녀의 몸 위로 올라갔다. 처음부터 뿌리를 맞닥뜨리지 않았다. 그냥 엎드린 채로 그녀의 목덜미와 젖가슴께를 핥아주었다.

지예는 한껏 달아올라 있었다. 그의 손, 혀가 닿는 곳마다 짜릿한 감전이 일어나는 듯했다. 피부 밑에 감추어진 고감도 신경줄이 자극을 받아 한없이 팽창하는 것 같은 기분이 들었다. 혀 밑에 고여 있던 침들이 일시에 다 말라버리는 것 같았다. 그리고 온몸의 뼈들이 제멋대로 녹아나는 듯했다.

그녀는 온몸을 비틀면서 그를 끌어안았다. 그제서야 그의 뿌리가 힘있게 천천히 들어왔다. 꽉 차는 듯한 압박감이 느껴졌다. 그녀는 그가 움직이기 좋도록 다리를 활짝 벌려 싸안듯이 발목을 감았다.

"아, 좋아……."

그녀는 말로라도 마음의 표시를 하고 싶었다.

"좋아?"

"응."

"안 피곤해?"

종태는 자꾸 말을 시켰다. 안 그러면 금방 사정해버릴 것만 같았다. 좀 더 고조된 감정을 누그러뜨리기 위해서 그녀의 표정을 살피고 있었다.

"안 피곤해. 좋은걸 뭐."

그녀는 찰거머리처럼 달라붙으면서 그의 가슴에 입술을 갖다댔다. 두툼한 그의 가슴이 입술에 만져졌다. 혀끝에 느껴지는 남자의 단단함. 그리고 묵직한 느낌이 입안으로 전해져왔다.

그는 점점 세게 움직였다. 들어갈 때와 나올 때의 느낌이 달랐다. 들어갈 때의 뿌듯함과, 나올 때의 아쉬움이 서로 교차되면서 말할 수 없는 찐득한 쾌감의 덩어리가 느껴졌다. 마치 무언가 걸리는 듯한 뿌리의 감촉. 그것은 남자만이 느낄 수 있는 그런 쾌감이기도 했다.

곧 그녀는 질펀해졌다. 물이 밑으로 흐르는 듯했다. 지예는 요동치면서 다리를 오므렸다 폈다를 계속하면서 신음소리를 냈다.

"아아……."

혹은,

"으으……."

혹은,

"아~!……."

하고 탄식처럼 내뱉었다. 그녀의 탄성을 그리 길지 못했다. 극히 짧았다. 그리고는 마른 침을 입속으로 삼키는 것이 고작이었다. 그녀의 몸부림은 대단했다. 종태가 한껏 억눌렀는데도 그녀는 밑에서 뱀처럼 꿈틀거렸다.

그는 지예의 몸부림에서 빠져나올 것처럼 안간힘을 쓰며 거세게 들이박았다. 그럴수록 그녀는 더욱 그를 옭아쥐었다. 지예는 정신이 없었다. 마치 폭풍우가 몰아치는 바깥에 나가 억센 비바람을 맞고 서 있는 것처럼 마구 흔들렸다.

나무라도 그렇게 요동칠 수 있을까. 성난 파도라도 그렇게 흔들릴 수 있을까. 그녀의 몸뚱이는 잠시도 가만있질 못하고 미친 듯이 흔들렸다. 얼마나 시간이 지났을까. 종태는 마지막까지 참았던 감정의 끈을 놓아버리면서 울컥거리는 사정을 했다.

"으으…… 하아!"

종태의 입에서는 괴상한 신음소리가 흘러나왔다. 쾌감의 극치점에서 참을 수 없는 탄성을 가까스로 내어지르고 있었다. 그 순간, 지예도 이미 정점에 도달해 있었다. 그의 입에서 터져나오는 탄성을 귓가로 들으면서 그녀는 혼곤한 나락으로 빠져드는 걸 느꼈다.

섹스의 최고 극치점이란 과연 무엇일까. 남자의 사정과 함께 느끼는 여자의 황홀경이라고 말할 수 있었다. 종태는 참고 참았던 정액을 한꺼번에 뿜어내면서 즐거운 비명을 내질렀다. 그리고 지예 또한 종태의 낯익은 비명을 들으면서 순간적으로 깊숙한 쾌감의 늪으로 빠져들었다. 그것은 지극히 순식간의 일이었다. 오르가즘이 수 초 동안 지속된다고 한다면, 최초의 쾌감이란 단 1초도 안 되는, 어쩌면 1초보다도 더 짧은 순간에 느껴지는 그런 것이었다.

대개 남자들은 5분 동안의 섹스에서 모든 걸 바쳤다. 그 5분이라는 시간은 그리 짧은 시간이 아니었다. 좀 더 길게 말한다면 10분 정도일 수 있었다. 5분이나 10분 사이에 실제로 움직이는 횟수를 따진다면 그건 실로 어마어마한 횟수랄 수 있었다. 분 당, 한 번씩 움직인다고 가정한다면, 5분 동안의 움직인 횟수는 300회랄 수 있었다. 그리고 10분일 경우에는 600회라는 수치가 나왔다.

그건 절대 적은 횟수가 아니었다.

그리고 1초에 한 번이라는 것은 어디까지나 정상적인 움직일 때이고, 좀 더 빠르게 급격하게 움직인다면 1초에 2회 정도는 될 수 있었다. 그만큼 남자의 움직임의 길이가 짧기 때문에 1초에 두세 번 움직이는 것도 가능한 일이었다. 그렇게 계산한다면 5분이나 10분이라는 짧은 시간에 500회 내지는 1,000회 가까이 움직였다는 결과가 나오는 것이다.

물론 그건 불가능한 일이었다. 1초에 두 번 정도 움직인다는 것은 최고조의 절정에 이르렀을 때, 그 짧은 순간만이 가능한 일인 것이지, 그때가 아닌 시간 중에는 그렇게 빠르게 움직일 수가 없는 것이었다.

그러나 남자나 여자가 느끼는 시간의 길이는 실제보다 더 길게 느낄 수도 있었다. 모든 남자나 여자는 섹스를 하는 동안에는 시간의 개념이 없어져버린다는 통계가 나와 있는 것이다. 그것은 사람마다 느끼기에 따라서 시간이 늘어날 수 있기 때문인 것이다.

그래서 흔히 비뇨기과 의사들은 말한다. 섹스에서 시간의 개념이 중요한 것이 아니라, 두 사람의 만족도가 얼마나 깊었는가에 더 초점을 맞추는 것이다. 그런데도 대개의 남성들은 자신이 힘이 세다고 허풍을 떨어대기도 한다. 보통 한 시간 내지는 두 시간이라는 단어를 흔히 쓰는데, 그것은 남자와 여자의 성의 구조를 모르고서 하는 말에 지나지 않았다.

동물 가운데 가장 사정하는 시간이 빠른 것은 몸체가 작은 새들, 닭이나 쥐들이라고 말한다. 비둘기나 참새 같은 경우에는 암컷의 몸 위로 올라간 수컷은 올라가기가 무섭게 순식간에 사정을 끝내버린다. 불과 1,2초 정도나 될까.

그러나 그보다 좀 더 몸체가 큰 돼지나 소들은 3,4분 정도일 것이다. 그리고 뱀이나 개들은 사람보다도 더 긴 시간 동안 교접을 하는 동물이라고 나와 있다. 실제로 물개라는 놈도 오래 하는 동물이 아니라, 암컷을 수도 없이 거느리면서 많은 사정을 한다는 것이 정력이 세다는 표징으로 통하고 있을 뿐이다.

대개 남자들은 그랬다. 실제 하는 시간은 5분에서 10분 정도에 지나지 않았다. 그러나 만족도는 그보다 훨씬 긴, 30분이나 40분 정도로 착각하기가 쉬운 것이다. 그건 여자들도 마찬가지였다. 그래서 인간은 다른 동물들과 달리 사유하는 동물이라는 말이 맞는지도 몰랐다. 생각하기에 따라 시간의 길이가 달라질 수 있다는 말이기도 했다.

종태는 나른했다. 두 번, 아니 세 번의 섹스에서 온몸의 진기가 다 빠진 듯이 기진맥진했다. 마치 아랫도리가 허해진 것처럼 후들거렸다. 그는 꼼짝도 하기 싫었다. 그냥 이대로 잠에 곯아떨어져 버리고 싶은 심정이었다.

"일어나 씻어. 씻고 자야지."

지예의 말에 그는 일어나서 욕실로 들어갔다. 밤이 깊었으므로 잠도 잠이었지만 온몸이 뻐근해졌다. 그는 대충 샤워를 끝내고는 밖으로 나왔다. 미리 지예가 준비해둔 내의를 갈아입고 나서 그는 곧 잠이 들어버렸다. 옆에서 지예가 기분 좋은 목소리로 무어라고 말했지만 그는 건성으로 대답하고는 깊은 나락의 잠 속으로 떨어져 내렸다.

마치 파도소리가 귓전에서 웅웅거리는 소리 같았다. 지예는 기분이 좋았으므로 잠자리에 누워서도 쉽게 잠이 오질 않았다. 몇 번인가 종태에게 말을 걸었지만, 종태가 하는 말을 알아들을 수가 없었다. 그러나 그녀의 기분은 그리 나쁘지가 않았다.

곤히 잠든 그의 옆에서 그를 바라보는 것만으로도 기분이 좋았다.

여자는 남자가 만족해하는 걸 바라보면서 그 자신 스스로가 만족감에 도취되는지도 몰랐다.

"……."

지예는 창문을 타고 들어오는 바닷소리를 듣고 있었다. 이렇게 나란히 누워 있다는 것이 꿈만 같았다. 전에 하룻밤을 같이 보냈던 남자들과는 사뭇 다른 느낌이었다. 마치 안식처로 안착한 것 같은 안도감이 물밀듯이 가슴 속으로 흘러 들어오고 있었다.

그녀는 마음 깊이 종태를 사랑하고 있었다. 떠돌이 생활이나 마찬가지인 커피숍에서의 생활에서 남은 가라곤 단지 따뜻한 마음을 가진 남자에 대한 생각뿐이었다. 종태는 비록 무뚝뚝하긴 했지만 속이 깊은 남자의 일면을 보여주는 것 같아 믿음직스러웠다. 그리고 여러 번의 섹스에서도 그럴 느낄 수가 있었다.

"……."

지예는 종태를 바라보면서 깊은 한숨을 내쉬었다. 한 여자에 대해 그토록이나 집착하고 있는 그의 근처에 접근한다는 것이 어려운 일처럼 느껴졌다. 아직까지도 그의 가슴 속에는 희자라는 여자가 꽉 차 있었다. 그녀가 비집고 들어갈 수 있는 틈바구니가 보이지 않았다.

그러나 그녀는 종태를 쉽게 포기하고 싶은 마음은 없었다. 이미 자신도 그만한 결점을 갖고 있었으므로, 그를 재촉해서 억지로 자신의 곁으로 끌어당긴다는 것도 생각할 수 없는 일이었다. 지예의 마음은 다소 답답해졌다. 다가가면 갈수록 더 갈증만 일으키는 것 같아 마음이 무거워졌다.

그녀는 오래도록 잠을 이루지 못했다.

"……?"

잠든 그의 얼굴이며 가슴을 쓸어보았다. 그러다가 그를 끌어안을 듯이 팔을 둘러 안아보기도 했다. 그리고 한쪽 다리를 들어 그의 몸 전체를 감쌀 듯이 포개어보기도 했다. 그는 곤히 자고 있었다. 오늘 세 번 섹스를 한 것이 그를 피곤하게 만들었는지도 몰랐다. 그러나 지예는 조금도 피곤치가 않았다.

오히려 술기운이 가시고 온몸에서 활력이 돋는 듯했다. 그건 어쩌면 찐한 섹스를 해서인지도 몰랐다. 섹스란 가끔 스트레스를 풀어줄 뿐만 아니라, 삶의 활력소가 돼 주기도 했다. 분명히 섹스란 것도 일종의 의식작용이라고 할 수 있었다. 의식이 맑아지면서 잠이 달아나버린 것이었다.

종태는 새벽에 눈이 떠지면서 맑은 성욕이 고개를 쳐드는 것이었다. 옆에는 지예가 쌔근거리며 곤히 자고 있었다. 그녀는 팬티 하나만을 걸친 채, 종태의 가슴에다 손을 얹고서 옆으로 누워 있었다. 자신의 다리 위로 그녀의 다리가 걸쳐져 있었다.

"⋯⋯."

종태는 그녀가 잠이라도 깰까봐 꼼짝도 하지 않았다. 그녀의 미끈한 다리를 만지면서 여러 생각들이 뇌리 속에 가득 찼다. 그동안 가보지 못했던 고아원과 양로원이 생각났다.

그 중에서도 황 노인이 자꾸만 기억에 떠오르는 건 무엇 때문일까. 종태는 황 노인에 대해서 생각을 했다. 이런 구석진 곳의 양로원에 있을 그런 노인이 아니라는 생각이 들었다. 그 노인의 어딘지 모를 매서운 눈빛과 의젓한 자태는 여느 노인과는 전혀 달랐다. 마치 이곳 양양으로 숨어 내려온 사람 같다는 생각이 들었다.

'아무래도 단둘이 만나봐야겠어'

종태는 그런 생각을 했다. 황 노인이 예사롭지 않다는 것은 처음 그를 보았을 때부터였다. 어딘지 모르게 이곳 노인들과 다르다는 직감적인 생각이 들었고, 황 노인이 자신에 대해서 어느 정도 알고 있는 듯이 말을 하는 것 자체가 더욱 그러했다.

희자가 옆에 있을 때에는 황 노인과 단둘이 대면할 기회가 없어 다음으로 미루었지만, 이젠 그를 만나보고 싶었다. 그리고 그간의 일들에 대해서도 알려줄 참이었다. 그렇게 생각하자, 종태는 빨리 날이 밝아 양양 읍내로 나가고 싶은 마음뿐이었다.

 오늘은 그를 만나면 시내로 나가서 술이라도 한잔 하면서 이야기를 나누고 싶은 생각이 들었다. 그동안 의문스럽기만 했던 황 노인에 대한 무언가를 알 수 있을 것만 같았다. 종태의 생각대로라면 그 황 노인은 분명히 무슨 곡절이 있을 것만 같았다. 그건 종태가 느낀 직감 같은 것이었다.

 종태는 담배가 피우고 싶어졌다. 눈 뜨는 이른 아침이면 그는 으레 담배를 피우고 싶은 충동을 느꼈다. 더더구나 근래 들어서는 더욱 그러했다. 줄창 두 개비를 피워댈 때도 있었다.

 "……."

 그는 지예가 깨지 않도록 조심스럽게 일어났다. 혹시라도 침대의 출렁거려 지예가 깰까봐 신경을 쓰면서 그는 거실로 나왔다. 거실은 그에게 있어 가장 편안한 공간이었다. 담배를 피울 수도 있을 뿐만 아니라, 커피도 끓여 마실 수 있고, 심심하면 TV를 볼 수 있는 곳이기도 했다. 소파에 깊숙이 몸을 기대고는 탁자 위로 다리를 올려놓은 채, 편안한 휴식을 취할 수 있었다.

 그는 TV는 켜지 않았다. 조용히 담배를 피우면서 앉아 있었다. 커피라도 한 잔 끓여서 마실까 하다가 차라리 냉커피가 더 시원할 것 같아서 냉장고에서 캔커피를 꺼내왔다. 캔을 따서 한 모금을 마셨다. 입안이 개운해졌다. 그는 다시 담배를 마저 피웠다. 입안이 개운했으므로 담배맛이 사뭇 다른 듯했다.

그는 담배를 피우면서 간간이 캔커피로 목을 축였다. 오늘은 양양으로 나가 그동안 미뤄놨던 일을 다 해치울 생각이었다. 그런데 지예를 데리고 가야 하느냐, 말아야 하느냐 하는 문제로 고민이 생겼다. 항상 데리고 다니다가 오늘만 집에 있으라고 한다면 그녀는 오해를 할지도 모른다는 우려가 들었다.

거실 밖은 점점 희붐하게 밝아오고 있었다. 상쾌한 아침이 열리기 위한 전주곡 같은 시간이었다. 바닷가의 아침은 그야말로 오케스트라의 전주곡처럼 영롱하게 빛나면서 서서히 열리는 것이었다. 맑은 공기와 찬란한 햇빛이 서로 어우러져서 기묘한 분위기를 엮어내고 있었다. 마치 풀잎에 매달린 이슬처럼 순수의 그림자, 바로 그런 것이었다.

종태는 심호흡을 크게 하고는 시원한 맥주를 들이켰다. 싸늘함이 목구멍을 타고 밑으로 내려가는 느낌이 서늘했다. 종태는 희자를 보고 싶었다. 이런 아침에 그녀의 유골이 담긴 상자를 꺼내 맑은 햇살을 보게 해주었으면 싶었다.

"희자……."

그는 모처럼만에 그녀의 이름을 불러보았다. 이런 아침에 그녀의 이름을 불러보기는 처음이었다. 그는 희자의 이름을 불러놓고 절로 마음이 설레었다. 마치 누군가가 옆에서 듣고 있는 것 같은 기분이 들었다.

종태는 사랑했던 그녀의 이름을 불러놓고서 너무 벅차서 가슴의 통증이 느껴졌다. 얼마나 사랑했던 여자였던가. 그는 그녀를 대신해서 죽을 수만 있다면, 그녀 대신에 죽어줄 수도 있었다. 그녀를 위해서라면 그 어떤 짓을 해서라도 그녀의 가슴에 드리워졌던 아픔의 그늘을 걷어냈을 것이었다. 만약 삼십 명 정도의 남자들이 한꺼번에 덤벼오면서 희자를 내놓으라고 한다면 차라리 주먹으로 싸워서라도 그녀를 지켰을 것이다.

"……."

그는 다시 캔맥주를 마셨다. 좀 전보다 더 싸아한 느낌이 목안으로 넘어갔다. 그는 오랜 결심 끝에 감행하기라도 하듯이 벌떡 일어섰다. 그리고는 안방 문을 열고 들어가 옷장 서랍을 열었다.

그는 조심스러웠다. 혹시 지예가 잠을 깰까봐 조심조심 서랍을 열었다. 그 안에 든 나무상자를 꺼내 밖으로 나왔다. 그는 거실에 앉아 해바라기를 시켜주려다가 아예 바깥바람이라도 쐬어주는 게 나을 것 같았다. 그는 거실을 나와 백사장을 걸어갔다.

바라보이는 바다는 눈이 부실 정도로 반짝거렸다. 오후의 햇빛에 반사되는 파도와는 그 느낌부터가 달랐다. 그는 걸으면서 성급하게 나무상자를 열어젖혔다. 그리고는 나지막하게 말을 했다.

"희자야. 갑갑했지? 아침이야. 봐. 보라고. 맑은 햇살이 바다에 내리 쬐이는 게 보여?"

그는 마치 나무상자 안에 희자가 들어있기라도 하듯이 상자를 비스듬히 기울여서 바다 쪽을 향하도록 했다. 그러면서 그는 걸어갔다.

"봐. 해가 너무 아름다운 걸. 네가 전에 그랬잖아. 시골에서 본 감홍시 같다고. 그래, 맞아. 감홍시처럼 붉은걸."

그는 바닷가로 다가가서 걸음을 멈추었다. 그리고는 상자를 가슴에 끼고선 쪼그리고 앉았다. 바다를 좀 더 자세히 보여주려는 그의 생각에서였다. 그는 바닷물에 닿을 듯이 나무상자를 갖다댔다.

"바다소리가 들려? 너랑 같이 듣던 그 소린 걸. 넌 바다를 좋아했잖아? 그렇지?"

그의 눈에서는 어느새 굵은 눈물방울이 맺혀 있었다. 그러나 쉽사리 떨어지지는 않았다. 그는 마음이 무거워지는걸 느꼈다. 그녀를 위해 일생을 바치려고 했던 마음의 맹세가 덧없었음을 알고는 절로 음울해졌다.

"……"

그는 말을 잃고 있었다. 나무상자 속의 뽀얀 가루만이 맑은 햇빛을 받아 더 새하얗게 빛나고 있었다. 그의 눈물 한 방울이 결국 그 위로 떨어져 내렸다. 그 바람에 그는 놀랐다.

눈물이 떨어지면 안 되는데…… 그는 그런 생각뿐이었다. 물기가 배면 유골은 쉽사리 썩어버릴지도 모르는 일이었다. 그는 황급히 눈물이 떨어져 뭉쳐진 곳으로 손을 갖다대려다가 그만 멈추었다.

'어떻게 하지?'

그는 당황스러웠다. 눈물이 떨어진 곳을 조금 떠내 어쩌겠다는 말인가. 버릴 수도 없는 일이었다. 그는 다만 눈물이 떨어져 뭉친 곳을 손가락으로 만져보았다. 물기가 떨어져 작은 덩어리를 이룬 그것을 손가락으로 비비며 말리는 수밖에 없었다.

그는 정성스럽게 말렸다. 그리고는 맨 위쪽에다 뿌려두었다. 햇빛이 가장 많이 받는 곳이라서 금방 마를 것 같았다. 그는 그걸 말리느라 한참동안 앉아 있었다. 그는 희자를 보기에 쑥스러웠다. 그것 하나 잘 간수하지 못해 눈물을 떨군 것이 마치 죄인양, 미안한 마음이 들었다.

그는 오랜만에 보는 희자의 유골을 한없이 들여다보고 있었다. 그러다가 그가 일어선 것은 해가 어느 정도 바다 수면에서 위로 올라간 시간이었다. 붉은 기운이 바다 전체에 깔려 있었다. 검었던 바다가 점점 옅어지면서 붉은 기운을 띠기 시작했다.

"이제 가자, 희자야. 담에 또 오자, 응?"

그는 혼자 말하고, 혼자 듣는 것처럼 고개를 끄덕이고는 바닷가를 떠나왔다. 거실로 들어서자, 언제 일어났는지 지예가 마악 방문을 열고 거실로 나오다가 그와 마주쳤다.

"어? 그게 뭐야?"

지예는 종태가 뭔가를 들고 들어오는 것에 놀란 눈치였다.

"으응, 이거……."

종태는 얼버무릴 수밖에 없었다. 그러면서 어정쩡하게 서 있었다.

"그거? 그거지? 맞지?"

그제서야 지예는 그게 무엇이라는걸 알아차리는 듯했다. 희자의 유골함이라는 걸 알고는 다소 주춤거렸다.

"으응. 햇빛에 좀 말리느라고. 언제 일어났어?"

"방금 마악. 근데 왜 햇빛에 말려?"

"으응, 그래야 습기가 안 차거든. 그래서 오랜만에 들고 나간 거야. 신경 쓰지 마."

종태는 그러면서 지예를 지나쳐서 안방으로 들어가려 했다.

"……."

지예는 그러는 그를 멍하니 바라보고 서 있었다. 그러다가 얼른 그를 불러 세웠다.

"잠깐만."

"……?"

종태가 마악 안방 문을 열려다가 뒤돌아섰다. 지예가 다가와서 그의 팔을 붙잡았다.

144

"한번 보고 싶어. 볼 수 있어?"

"왜?"

"그냥…… 어떤 여잔가 보고 싶을 뿐이야."

지예의 그 말에 종태의 얼굴빛이 난처해졌다.

"당신한테 그토록이나 사랑을 받았던 여자를 한번 보고 싶은 거야. 궁금해서……."

"보지 마. 유골뿐이야."

종태는 가볍게 거절했다. 그러나 지예는 더욱 팔을 세게 잡으면서 그를 끌어당겼다.

"괜찮아. 나, 질투 나서 이러는 거 아냐. 그냥 보면 안 돼?"

지예는 거의 간청에 가까웠다.

"……."

종태는 대답하지 않았다. 약간 마음에 걸리는 것이 있을 뿐이었다. 같이 몸을 섞은 여자를 다른 여자한테 보여준다는 것이 미안스러울 뿐이었다. 더구나 지예는 지금 이 집에 들어와 있는 상태이고, 유골이 있는 방 안에서 격렬한 섹스를 나눈 바로 그 여자가 아니던가.

그리고 사랑했던 여자의 처참한 죽음과, 이젠 하얀 뼛가루로 남아 있는 유골을 보여준다는 것이 마음 내키지 않았다. 그건 자신의 자존심이기도 했지만, 희자에 대한 최소한의 자존심을 지켜주는 것이라고 생각하고 있었다.

"보지 마. 네가 보면 내 마음이 괴로워. 그 여자는 그걸 원치 않을 거야. 네가 좀 이해를 해라, 응?"

이번엔 종태가 간청을 하다시피 했다. 그러자, 지예는 얼른 붙잡았던 팔을 놓으며 웃어보였다.

"응, 알았어. 정 그렇다면 할 수 없지 뭐. 난 그저 어떤 여자였는가만 볼 생각이었어. 다른 뜻은 없었고. 알았어."

"그래, 고맙다."

그는 얼른 안방으로 들어가서 옷장 속에다 희자의 유골을 집어넣었다. 그리고는 일어나서 한참동안 움직이지 못했다.

"……."

희자에 대한 미안함과 지예에 대한 미안함이 동시에 그를 붙잡았다. 그는 서 있으면서도 곤혹스러움을 느꼈다. 마치 두 여자에 대해서 죄를 지은 것만 같았다. 이런 감정은 처음이었다.

그는 거실로 나왔다. 지예는 아침을 준비하느라 주방에 서서 무언가를 만들고 있었다.

"……."

종태가 소파로 가서 앉아서 TV를 켜는 걸 지켜보면서 지예는 마음이 슬펐다. 아직까지도 자신을 완전히 받아들이지 못하고 있는 그가 서운하게 느껴졌다. 그러나 어찌할 수 없는 일이었다. 그를 재촉하면서 자신의 남자로 만들 수도 없는 노릇이라는 걸 그녀는 이미 알고 있었다.

모든 건 시간이 해결해줄 것이라고 믿었다. 그러는 수밖에 다른 방법이 없었다. 그녀는 조용히 반찬을 준비하면서 그런 생각에 골몰했다. 그의 사랑을 듬뿍 받았던 희자라는 여자에 대한 질투심이 없는 건 아니었다. 그러나 이미 죽은 여자에 대한 강한 질투 같은 건 아니었다. 다만 죽은 그 여자가 느낀 행복에 대한 일종의 부러움 같은 것이었다.

"나, 오늘 양양엘 나갔다가 올 것 같은데…… 집에 있을 거야?"

종태는 그동안 망설였던 이야기를 불쑥 꺼냈다. 지예가 힐끗 뒤돌아보았다.

"왜? 혼자?"

"응. 볼 일도 좀 있고 해서."

"난 가면 안 돼?"

지예는 약간 불만스러운 듯이 물었다.

"그건 아니지만…… 꼭 만나볼 사람이 있어서…… 가도 되기는 되지만…… 만나는 사람이 영감님이야. 그냥 집에 있는 게 좋겠어."

"알았어. 언제 들어올 건데?"

지예는 못 따라가는 대신, 들어올 시간을 물었다.

"식사나 같이 하고 술 한잔 하고 올 테니까. 늦으면 기다리지 말고 저녁 먹어."

"알았어. 혹시 바람피우러 나가는 건 아니겠지?"

지예는 웃으면서 그 말을 했다.

"그런 거 없어. 그랬다간 너한테 혼나려고? 하하."

그제서야 종태는 한결 마음이 가벼워지는 것이었다. 곧 지예가 아침상을 차렸고, 그들은 식탁에 앉아 식사를 하기 시작했다. 지예는 매번 반찬의 메뉴를 바꿨다. 제법 음식 솜씨가 있는 편이었다.

식사가 끝나고 나서 종태가 옷을 갈아입고서 마악 거실을 나가려고 했을 때, 지예가 종태의 팔을 붙잡았다.

"나, 뽀뽀해줘."

"……?"

종태는 피식 웃음을 흘렸다가 지예의 어깨를 붙잡고서는 키스를 해주었다.

"…….."

지예는 그냥 서 있는 게 아니라, 종태가 키스를 하려고 다가오자 그의 허리를 감고서는 자신의 몸 쪽으로 잡아당겼다.

"…….."

그들은 쉽게 끝날 입맞춤을 꽤 오래 하고 있었다. 그건 지예의 혀가 아직 종태의 입속에 들어와 있었기 때문이었다.

"하고 싶어."

지예가 겨우 혀를 빼내고선 그 말을 했다.

"지금?"

"응."

지예의 목소리는 당당했다.

"나가야 돼."

종태는 바쁘다는 핑계를 댔다. 그러나 그녀는 끝내 그를 놓아주지 않았다. 다시 종태의 입속으로 혀를 깊숙이 밀어 넣었다.

종태는 그녀의 혀를 빨아들이면서 그녀를 놓지 못하고 있었다. 지예의 손이 밑으로 내려왔다. 그리곤 바지를 풀어내고 있었다. 그녀의 웃는 모습을 보면서 종태는 약간 난처한 표정을 지었지만 막무가내였다.

"해. 잠깐만 하면 되잖아?"

지예는 더욱 보채는 아이 같았다. 종태는 할 수 없었다. 이미 그녀가 건드려놓은 뿌리가 힘차게 솟아나와 있었다. 그는 지예를 번쩍 안아들어 소파가 있는 데로 데려갔다. 그리고는 그녀를 눕히고는 스커트를 벗겨 내렸다.

그녀의 아랫도리가 드러났다. 지예는 일부러 그랬는지 알몸뚱이에다 스커트만 걸친 채였다. 스커트가 밑으로 내려가자, 곧 하얀 둔덕이 나타났고, 그 둔덕에는 새카만 털이 숲을 이룬 삼각형의 도톰한 부분이 시각을 자극시키고 있었다.

그는 곧장 입술을 갖다 대서는 둔덕과 계곡 사이를 오가며

149

핥아댔다. 곧 그녀는 몸부림을 치며 좋아하기 시작했다. 그녀가 잡아끌기 전에 종태는 벌써 그녀의 몸속으로 뿌리를 밀어 넣었다. 다소 빡빡한 감을 느끼긴 했지만 들어가는 데엔 전혀 무리가 없었다.

그는 들어가자마자, 곧 격렬하게 움직였다. 밑에서 철벅거리는 소리가 날 정도로 그는 밀어붙였다. 지예는 금방 달아오르는 듯했다. 여자는 남자의 격렬함에 의해 더 빨리 달아오르는 모양이었다.

그는 젖가슴을 애무할 시간적인 여유도 없었다. 오로지 밑만 공격해 들어갔을 뿐이었다. 이번엔 입술도 생략되었다. 그는 지예의 몸을 부둥켜안은 채, 밑쪽만 격렬하게 움직여댔다. 세게 치받았다가, 다시 끌어올리듯이 거세게 치받았다. 그러자, 지예는 허물어지듯이 종태를 끌어안으며 웅얼거렸다.

"아, 좋아."

"이러는 게 좋아."

"아, 미치겠어……."

그녀는 할 말을 숨김없이 다 털어놓을 듯이 혼자 웅얼거렸다. 그러면서 그녀는 밑에서 엉덩이를 들어 종태의 아랫도리에 맞부딪쳐 왔다. 그렇게 했을 때, 종태의 기분은 더욱 쾌감지수가 높아지고 있었다.

"으…… 하아……."

드디어 종태는 참을 수가 없었다. 그런 소리를 내면서 뿌리에 가득 고인 정액을 토해내고 말았다. 지예는 그가 곧 사정을 한다는 것을 알고서는 더욱 거세게 끌어안았다.

"아아······."

행위가 끝난 시간은 불과 3, 4분에 지나지 않았다. 짧은 시간에 많은 움직임 때문이었는지 그는 금방 정액을 토해냈다.

"아, 행복해. 난 당신이 좋아. 내 기분 알지?"

지예는 마치 종태에게 다짐이라도 받는 것처럼 사랑을 확인하는 것이었다.

"응. 알아."

그는 이미 뿌리가 죽고 있음을 알아차렸다. 빠른 것만큼 시들어지는 것도 그만큼 빨랐다. 이미 그녀의 질 속에서 헐렁해진 그는 더 이상 그대로 있을 수가 없었다.

"이제 됐지?"

"응, 좋아."

그녀는 다시 종태를 끌어안았다. 종태는 다시 난감해졌다. 어서 빨리 뿌리를 빼내려고 그런 것이었는데, 지예가 다시 끌어안는 통에 어쩔 수가 없었다.

"······."

그는 잠시 시간을 끌었다가 몸을 꿈틀거렸다. 그리고는 천천히 뿌리를 들어올렸다. 헐렁해진 질 속에서 빠져나온 뿌리는 온통 물기로 가득 묻어 있었다.

"내가 닦아줄게."

그러면서 지예는 탁자 위의 티슈를 집어 꼼꼼히 닦아주는 것이었다. 그리고 나서 그녀는 누운 채로 자신의 꽃잎을 닦아내고는 다시 스커트를 끌어올렸다.

종태가 옷을 입고 나가려는데 그녀가 따라나오면서 말했다.

"이렇게 해줬는데 어디 가서 딴 마음을 안 먹겠지? 히히."

지예는 그런 의도로 종태를 유혹했는지도 몰랐다. 그렇지만 그 말이 듣기 싫지만은 않았다.

"안 그래도 난 그런 데 안 가."

종태는 자신 있게 말했다.

"피이, 누가 그 말 믿어? 남자는 그런 데에 간다는 걸 말하고 가는 사람이 어딨어? 히힛."

지예는 마치 농담인 것처럼 헤헤거리며 웃었다. 종태가 쥐어박을 듯이 콩주먹을 쥐어보이자, 지예는 두 손으로 막으면서 말했다.

"알았어. 믿을게. 걱정 말고 갔다 와. 됐지?"

그 말에 종태는 장난기를 거두고는 거실 바깥으로 나섰다. 종태는 차에 올라 시동을 걸었고, 지예는 그 옆에 서 있었다. 차가 움찔거리며 출발하자, 지예는 손을 흔들었다.

"빨리 와. 알았지?"

종태는 알았다는 듯이 손을 들어보이고는 밭길로 접어들었다. 동네까지는 불과 300미터 정도밖에 되지 않았다. 동네로 들어서자, 벌써 아침을 먹은 아낙들이 하나둘씩 동네 공터로 모여들고 있었다. 흰 수건을 머리에 질끈 두르고서 손에는 무언가를 들고 있었다. 아마 그물을 깁는데 필요한 나이론 줄과 대바늘 같은 것들이었다.

종태는 아낙들이 인사를 보내오는 것과 동시에 자신도 그들을 향해 인사를 보냈다. 그러나 그렇게 주고받는 인사도 희자가 살아 있을 때만은 못한 것 같았다. 마치 서먹한 사람끼리 어색하게 나누는 인사 같았다.

분명히 그들은 여자를 잃어버리고 혼자 사는 종태가 가엾게 보였을 테고, 종태는 자신이 잘못해서 희자를 잃어버린 것 같은 자책감 때문에 그들을 보기가 떳떳치 못했다.

사람이란 정말 묘한 존재였다. 주위 환경과 자신의 현재 처지에 따라 각각 다른 시각으로 볼 수 있다는 것이 바로 그것이었다. 동네 사람들은 종태가 마치 외기러기 같이 바닷가의 별장집에서 혼자 살아가고 있는 처지에 동정하고 있는 듯한 눈치들이었다. 보은 이들마다 안쓰러워 보이는 그런 눈빛을 보내오곤 했다.

종태는 그런 걸 볼 때마다 조금은 마음이 아팠다. 행복했던 부부가 어느 날 갑자기 찌그러진 것처럼 자신에게 쏟아지는 처

153

량한 눈길을 생각할 때마다 그들과 눈이라도 마주치는 것도 싫었다. 그러나 동네를 관통하는 그 길을 지나지 않고서는 지나다닐 수가 없었다.

동네를 빠져나와야만 그는 어느 정도 마음이 편해졌다. 그는 가속 페달을 세게 밟으면서 달렸다. 오른쪽으로 바다가 보이고, 바닷가에는 낮은 바윗돌들이 군데군데 무리를 지어 있는 게 보였다. 그리고 그것들은 바닷가의 야트막한 해송 숲과 어울려 운치있게 보여지는 것이었다.

종태는 이런 분위기 더없이 좋았던 것이다. 그래서 이곳 수산포를 택했는지도 모르는 일이었다. 물론 희자도 처음 이곳으로 왔을 때는 무척 좋아하는 눈치였다. 매일 바닷소리를 들을 수 있고, 바닷바람을 쐴 수 있어서 좋았으며, 심심하면 바닷가로 나가 빈 조개껍질들을 주우며 시간을 보낼 수 있어서 좋았던 것이었다.

지난 시간들은 모두 추억이라는 말이 있듯이, 그는 지금 아련한 추억 속의 회상을 꿈꾸면서 운전을 하고 있었다. 한적한 길이라 차들도 그리 다니지 않았다. 간혹 군용 차량이 지나가기는 했지만, 그 외의 다른 차량들은 거의 다니지 않았다.

양양 읍내에 도착해서 그는 곧바로 슈퍼로 갔다. 고아원과 양로원에 들리려면 필요한 것들이 많았다. 그는 먹을 것들을 사서 차에 실었다. 그리고 고아원으로 갈 것과, 양로원으로 갈 것들을 분리해서 차에 실었다. 오랜만에 들르는 터라 그는 어느 때보다도 더 많은 양의 먹을 것들을 샀다.

오갈 데가 없는 어린 고아들, 그리고 나이 들어 일도 못하는 노인네들이 하루 종일 기거하는 그곳은 그야말로 먹는 게 낙이라는 소리가 나올 정도였다. 정부에서, 그리고 민간단체에서 지원해주는 것으로는 그들이 넉넉하게 먹을 수가 없었다. 중간에서 누군가가 농간을 치는 것인지, 아니면 그런 시설을 운영한답시고 세운 자들이 들어먹는 것인지는 모르겠지만 하여튼 그곳은 배고픈 곳임은 분명했다.

가난하고 헐벗은 자들을 돌본답시고 자신의 배만 채우는 인간들이 득시글거리는 세상에서 무엇 하나 제대로 돌아갈 리가 없는 것도 그리 이상한 일은 아닐 것이다. 우리나라 국민들은 좀 못된 구석이 있었다. 자신은 외제 물건만 선호하면서 나라의 경제가 파탄이 나면 그건 곧 정부가 잘못한 일이라고 몰아붙이기가 일쑤였다.

그리고 우리 국민들은 남한테 으스대기를 좋아하는 국민이다. 결혼식을 호화롭게 해야 체면이 서고, 한낱 한 번의 행사용으로 끝날 값비싼 화환 같은 것이 입구에서부터 즐비해야만 직성이 풀리는 국민인 것이다. 그러면서 경제가 나빠졌다고 아우성치는 꼴을 보면 한심하기 그지없다는 생각이 절로 드는 것이다.

결국 우리가 과소비를 조장하면서, 또한 그러한 과소비를 스스로 충족하면서도 책임은 다 네 탓이라면서 떠맡기는 데에는 일가견이 있는 국민이라고 해도 좋을 것이다. 그리고 나만 잘 살면 그만이라는 식의 자기중심적인 생각이 저변에 쫙 깔렸으면서도 겉으로는 안 그런 척하는 인사들이 얼마나 많은가.

정치인들은 검은 돈이 곧 독약이라는 걸 알면서도 비둘기 모이처럼 잘도 주워먹질 않나, 받아서는 안 될 돈인 줄을 뻔히 알면서도 쓱싹 받아 챙기는 데엔 철면피인 인간들이 매일 TV에 얼굴을 드러내고 있지 않는가.

종태는 뉴스를 볼 때마다 한심하다는 생각밖엔 들지 않았다. 저런 정치라면 나도 할 수 있을 것이다. 저런 식으로 경제를 끌고 나간다면 나도 해낼 수 있다는 생각을 한두 번 한 것이 아니다. 모조리 다 썩었고, 모조리 다 도려내야 할 곪은 상처들 뿐이었다.

그럴수록 종태는 세상에 대한 원망의 눈총이 더욱 커지는 것이었다. 언젠가는 우리나라가 망조가 들어서 세상이 확 뒤집어지지 않을까 하는 우려심이 일어나곤 했다. 그렇게 세상이 뒤집어지고 나면 조금은 배웠다는 놈들이 먼저 뒈지게 되고, 자신과 같이 못 배우고 몸으로 사는 사람들만이 남는 그런 세상이 올지도 모른다는 생각이 들 때도 있었다.

무전유죄, 유전무죄라는 말이 그냐 나온 말이 아니라고 생각

되었다. 종태는 오랜 뺑끼통 생활에서 절로 터득한 세상의 이
치였다. 뺑끼통이라는 곳에서도 돈이 통한다는 것은 곧 그만
큼 사회가 썩었다는 것을 의미하기도 했다. 종태도 가끔은 그
런 유혹에서 헤어나지를 못한 적도 있었다. 그러나 지금은 그
런 것들이 추하게만 보일 뿐이었다.

그는 고아원의 원장실에 들러 먹을 것들을 내려놨다. 원장은
모처럼만에 나타난 종태를 보면서 아쉬운 듯 말했다.

"그동안 연락이 없으시길래…… 서울로 이사를 가셨나 했죠.
그간 어떻게 지내셨죠? 무슨 일이라도……."

원장은 조심스럽게 물어왔다.

"제 처가……."

종태는 말을 하려다가 말고 눈시울이 붉어지는 걸 느꼈다.
억지로 참으면서 마음을 가다듬고 있는 데 원장이 놀란 눈빛을
보내왔다.

"왜요? 무슨 일이?"

원장은 안경을 치켜올리며 낯설게 물었다.

"네. 저번에 죽었습니다. 하늘나라로 갔습니다. 영원
히……."

"죽다니요? 그 말이 정말이세요? 이거 참…… 아직은 젊었
잖아요? 그런데 왜 죽어요?"

원장의 목소리가 커졌다. 그리고는 의자에서 일어나 종태의

곁으로 다가왔다. 그녀는 다시 확인이라도 하려는 듯이 가까이에서 종태의 얼굴을 들여다보면서 묻는 것이었다.

"그 말이 정말이세요? 맞아요?"

"네, 맞습니다. 바다에 들어갔다가 그만……."

종태는 그녀가 자살을 했다고는 차마 말할 수 없었다.

"저런! 그랬었구나. 난 또……."

원장은 혀를 차면서 종태를 쳐다보는 것이었다. 종태는 그런 눈빛을 받는다는 것이 부담스러웠다. 그는 얼른 자리에서 일어나며 말했다.

"소희 좀 보고 가겠습니다. 소희, 잘 있죠?"

평소에 희자가 소희를 끔찍이도 예뻐했다는 사실 때문에 잠깐이라도 소희를 보고 가야겠다는 생각에서 말을 꺼냈다. 그런데 원장의 말을 듣자, 그는 다시 한 번 가슴에서 찬 바람이 휭, 하고 불어오는 것 같았다.

"걔요. 걘 입양돼 나갔어요. 맞아. 아주머니께서 소희를 아주 예뻐해 주었지요. 이걸 어쩌나?"

원장은 애써 난처한 표정을 지어가며 종태의 눈치를 살폈다.

"어디로 입양을 갔습니까?"

종태가 물었다.

"그건 우리가 말해줄 수 없는 것이거든요. 입양아는 절대 비밀에 붙인다는 거…… 이해하시죠? 국내예요. 외국은 아니고요."

원장이 다소 친절하게 말을 해주었지만 섭섭한 마음이 들었다. 그는 더 이상 할 말이 없었다.

"……."

"잘 키우겠다고 하고서 데려갔어요. 그리 염려하실 건 없어요. 원래 여기 애들은 누군가가 데려가야만 제대로 자랄 수 있거든요. 여기선 제대로 못 커요. 환경이 이러니까……."

원장은 고아원의 열악한 실태를 그대로 다 낱낱이 말해주고 있는 것 같았다. 종태가 알기로는 고아원을 한답시고 정부에서 내려주는 보조비를 떼어먹는데 혈안이 되어 있거나, 입양을 원하는 가정에 아이를 보내주면서 뒤로 뒷돈을 챙기는 원장들도 있는 걸로 알고 있었다.

소희가 혹시 그런 연유로 해서 입양이 되었다면…… 그는 그런 우려감이 먼저 앞섰다. 그렇다고 그런 걸 원장한테 직접 물어볼 수는 없는 일이었다. 그는 한편으로 마음이 서운해졌다. 희자가 그토록이나 애착을 가지고서 소희를 돌본 것을 그도 아는 터였고 종태 역시 소희를 좋아했지 않았던가. 핏덩이 같은 걸 버린 어머니가 누군지는 모르겠지만 희자와 종태는 소희를 보면서 마치 자신들의 삶을 유추해보는 것만 같아 마음이 아프곤 했던 것이다.

희자는 종태와의 사이에 끝내 아이가 들어서지 않는다면 소희라도 데려다가 키울 생각이었다. 종태도 그런 걸 알고 있었으므로 소희가 입양이 되어 나갔다는 말에 충격이 아닐 수 없었다.

　종태는 원장한테 인사를 하고선 나가려다가 머뭇거리며 말했다.
　"혹시 소희를 데려간 부모한테서 연락이 오기도 합니까?"
　"왜요?"
　원장이 물었다.
　"그냥…… 죽은 제 처가 너무도 소희를 좋아했길래…… 혹시 연락이 닿으면 제가 한 번 만나뵐 수 있느냐고 물어봐 주십시오. 걔한테 피해는 주지 않을 거구요. 그냥 한 번 봤으면 싶어서요."
　종태는 그 말을 하면서 간곡한 부탁을 하는 것처럼 조심스럽게 말을 했다.
　"네, 연락이 오면 한 번 그렇게 물어보죠. 연락처를 적어놓으면 되죠?"
　원장은 의외로 순순히 나오는 것이었다. 종태가 간절한 표정으로 그런 부탁을 하자, 원장은 어떤 부수입이라도 생길까 싶어 종태를 생각해주는 것인지도 몰랐다.
　"그럼. 이만 가보겠습니다."

종태는 인사를 하려고 고개를 수그렸다가 잊었다는 듯이 번쩍 고개를 들고는 안주머니에서 봉투 하나를 꺼냈다.

"이거, 얼마 안 되지만 운영에 보태 쓰십시오. 그럼, 이만."

종태는 다시 고개를 숙였다.

"아이구, 이거……, 번번이 이런 걸 주시고…… 아무튼 고맙게 받겠습니다. 소희는 연락이 되는대로 사는 곳 전화번호를 적어놓을게요."

원장은 애교를 띠며 말했다. 종태는 원장실을 나와 아이들 방으로 갔다. 오늘따라 왠지 조용한 아이들이 궁금했다. 다른 날 같았으면 운동장으로 차가 들어오기가 무섭게 아이들이 차 주위로 매달렸을 터인데, 오늘은 조용하기만 했다.

"……."

그는 아이들이 있는 방 안을 살펴보았다. 복도에서 유리창을 통해 들여다보았다. 아이들은 전부 어디로 갔는지 보이지 않았다.

"……?"

아이들이 어지럽게 벗어놓은 옷가지들이 방바닥에 너저분하게 널려 있는 것만 보였다.

그는 복도 끝으로 걸어가다가 구석진 방에서 아이들의 목소리가 들려나오는 걸 듣고선 그쪽으로 다가갔다.

"……."

유리창을 통해본 방 안엔 아이들이 빽빽하게 들어앉아 무언가를 만들고 있었다. 아이들은 종이를 열심히 붙이면서 저희들끼리 히히덕거리며 장난을 치고 있는 모습들이었다.

"……?"

가만히 보고 있던 종태는 그것이 봉투를 만드는 일이라는 것을 깨달았다. 아이들은 봉투를 접어 풀칠을 하면서 떠들고 있었다. 그러다가 한 아이가 종태를 알아보고는 손짓을 하자, 다른 아이들의 눈들이 일시에 종태에게로 쏠려졌다. 방 안은 금세 소란스러워졌고, 그 중에서 제법 나이가 든 종규가 눈치를 살피면서 살그머니 복도로 나왔다.

"……?"

종태가 왜 나오느냐는 듯이 쳐다보자, 종규는 복도 끝을 바라보고선 말을 꺼내는 것이었다.

"선생님, 안 계세요."

"그래? 뭘 만들고 있냐?"

종태는 혹시 선생님이 안에 있는데 나왔을까봐 염려했다가 종규의 말을 듣고 안심이 되었다.

"봉투요. 이걸 바깥에 내다팔아요. 그래야 밥을 준대요."

"……?"

종태는 다소 놀랐지만 그걸 드러내지는 않았다. 종규가 종태를 빤히 쳐다보다가 다시 복도 쪽을 힐끔거리다가 종태한테 말을 거는 거였다.

"아저씨."

"응, 왜?"

종태는 종규를 바라봤다. 종규가 무언가를 말하려는 것 같았다.

"우리 소희 있잖아요?"

종규는 나이는 어렸지만 제법 눈치가 빠르면서 어른스러운 데가 있었다. 이런 곳에서 눈치밥만 먹고 커서인지 바깥의 다른 애들보다 더 성숙해 보였다.

"그래. 얘기 들었다."

"누구한테서요? 원장님요?"

"그래."

종태가 머리를 쓰다듬어주려 하자, 종규는 얼른 종태의 손을 내리며 쏘아붙였다.

"그 할망구, 순 거짓말쟁이에요. 우리한테 먹을 걸 준다고 하면서도 안 주고, 일을 하면 과자를 많이 줄 거라고 해놓고 안 주잖아요. 아저씨들이 갖다주는 것들도 아저씨들이 가고 나면 안 줄 때가 많아요. 소희도 팔아먹었는걸요."

"응? 그게 무슨 말이야? 누가 그런 말 하대? 너?"

종태는 종규를 야단치려고 그랬다. 말을 막 함부로 하는 것 같아 야단이라도 쳐줘야 되겠다고 생각했다. 그러나 종규는 울

163

상을 지었다. 억울한 얼굴을 하고선 말을 계속했다.

"저번에 원장실에 청소하러 들어갔다가 웬 낯선 사람하고 얘기하는 걸 다 들었어요. 소희는 백만 원에 팔려갔단 말예요. 그 사람이 원장님한테 백만 원이라며 주는 걸 똑똑히 봤단 말이에요."

"……?"

종태는 입이 다물어지지 않았다. 혹시 누가 그런 얘길 엿듣고 있을까봐 주위를 살펴보았다. 다행히 복도에는 아무도 없었다.

종태는 몸을 좀 더 구부리면서 목소리를 낮추었다.

"어떤 사람이던? 왜 데려간다고 그랬어? 그런 건 못 들었어?"

"그건 모르겠어요. 남자 어른이 혼자 왔어요."

"……?"

종태는 의아해졌다. 대개 입양을 원하는 가정이라면 여자가 따라오게 마련이었다. 그래서 아이를 양육할 여자가 와서 직접 아이를 보고 나서 데려가는 게 상식인데, 남자 혼자서 왔다는 것이 조금 마음에 걸렸다.

"우리 할망구는 순 거짓말쟁이에요. 돈밖엔 몰라요. 돈만 주면 애들도 막 팔아먹어요."

"쉿, 그만해. 알았으니까, 종규만 알고 있어. 괜히 다른 애들

164

한테 그런 얘기 함부로 하지 말고. 알았지?"

"애들도 다 아는 걸요."

"어떻게? 그런 걸 어떻게 알아?"

"……."

종규는 말이 없었다.

"너밖에 모르잖아. 그러니까 네가 그런 얘길 자꾸 하면 애들은 겁이 나잖아? 그러면 너희들 어디로 갈 데 있어? 그래도 여기선 밥도 먹여주고, 옷도 입혀주잖아. 그냥 참고 있는 거야. 알았지?"

종태는 될 수 있으면 종규를 타이르고 싶었다. 아직까지 아무것도 모르고서 제 생각대로 말하는 것 같아서 마음이 아팠다. 원장에 대한 분노 같은 것이 없진 않았지만 자신이 나서서 어떻게 할 수 없는 일이었다.

"……."

종규는 말이 없었다. 뭔가 화가 풀리지 않은 듯한 얼굴이었다. 이런 곳에서 자라선지 종규는 거칠었다. 씩씩거리며 서 있는 폼이 원장에 대한 불만 같은 것이 많은 모양이었다.

"이 아저씨가 알았으니까 넌 이제 들어가. 담에 아저씨가 오면 그때 얘기해. 알았지? 자, 이거 받아. 내가 줬다고 하지 말고."

종태는 주머니에서 만원 짜리 지폐 한 장을 꺼내 종규에게 내밀었다. 종규는 받지 않으려 했다. 꽤나 뚝심이 있는 놈 같았다. 그게 종태의 마음에 들었다.

"자, 받으라니까. 이건 아저씨가 주는 거야. 딴 데 쓰지 말고 꼭 필요할 때, 써."

"……."

그제야 종규는 마지 못한 듯이 받아들었다. 종태는 종규의 어깨를 잡고서는 말했다.

"넌 커서 좋은 놈이 될 거다. 공부 열심히 하고…… 알았지?"

"네."

그제야 종규는 입을 여는 것이었다. 그러나 아직까지 활짝 핀 얼굴은 아니었다.

종규는 할 말이 많았다. 매번 고아원을 찾아오는 사람들에게 어떠한 희망을 갖고서 대했지만 그들은 하나같이 선심을 쓰는 것에만 신경을 썼을 뿐, 고아원의 못된 비리에 대해서는 일절 관심조차 없었다. 그런 걸 잘못 말했다간 이 고아원에서 쫓겨날까봐서 함부로 말은 못했지만, 어쩌면 씩씩하게 생긴 종태 아저씨만은 그런 이야길 들려주고 싶어서 벼르고 별렀던 것이었다.

그런데 종태 아저씨도 역시 마찬가지인 것 같아 종규는 아직 화가 풀리지 않는 것이었다. 관심이 있는 척 하기는 했지만 그리 속시원한 건 아니었다. 그래도 자신한테 관심을 가져주고,

만원 짜리 돈까지 쥐어주는 걸 봐선 여느 사람과는 다르다는 걸 알 수는 있었다.

"그래, 알았으니까 난 갈께. 나중에 또 오면 내가 밖으로 데리고 나가서 맛있는 거 사줄 테니까 이곳에서 잘 지내고 있어. 알았지?"

"네."

종규는 고개를 끄덕였다.

"……."

종태는 종규가 방 안으로 들어가는 걸 보고선 그 곳을 나왔다. 복도 끝이라 바로 옆쪽이 출구였다. 바깥으로 나와 차가 있는 데로 걸어가면서 그는 머릿속이 복잡했다. 원장이 소희를 팔아먹었다는 종규의 말이 자꾸만 귀에 거슬렸다. 종규는 어떤 걸 가지고서 소희를 팔아먹었다고 말하는지를 알 수 없었다.

남자가 와서 데려갔다는 것과, 그 남자가 원장한테 돈 백만 원을 건네줬다는 것이 그 녀석에겐 팔아먹은 걸로 비쳐졌는지도 모를 일이다. 아니면?…… 종태는 혹시?…… 하는 생각이 들지 않은 건 아니었다. 그러나 그렇게 어린 애를 데려다가 그럴 리는 없을 거라고 생각하곤 그 생각들을 지워버리려고 애썼다.

종태는 오래도록 그런 생각들이 가셔지지가 않았다. 혹시 우리나라에도 그런 조직이 생겨났을지도 모른다는 우려감 때문

167

에 양로원으로 가는 동안에 계속 그런 생각들로 머리가 복잡했다.

그는 양로원 사무실에 들러 간단히 인사를 하고는 황 노인이 있는 방으로 갔다. 방 안에는 여러 노인들이 둘러앉아 있었으나 황 노인은 보이지 않았다. 종태는 방문 앞에 서서 인사를 하고는 물어보았다.

"황 어른께서는 어디 가셨습니까?"

노인들은 종태가 방 안으로 들어오지도 않고 묻는 데에 다소 놀란 듯이 되물었다.

"워째 그런댜? 황 씨, 아까 나갔는디. 아매 그늘에 가서 낮잠이나 자고 있겠지러."

다시 어떤 노인이 말을 거들었다.

"저쪽에 가면 있네. 양로원 옆의 정자나무로 가보면 있을 걸세. 아까 거기서 장기 두는 거 구경하고 있더라."

노인이 가르쳐주는 말에 종태는 인사를 건네고는 곧장 정자나무 있는 데로 걸어갔다. 황 노인이 거기 있었다. 종태는 멀찌감치서 황 노인을 알아보았다. 장기를 두는지 여러 사람이 빙 둘러앉아 있었고, 그 가운데에 황 노인의 모습도 보였다.

종태는 가까이 다가가서 인사말을 올렸다.

"안녕하세요? 그간 편하시고요?"

"어어, 왔는가? 어서 오게."

"모처럼만에 오신 것 같군 그래. 그래, 요즘 어떤가?"

노인들은 저마다 아는 체를 했다. 종태가 그동안 수도 없이 양로원을 찾아왔었고, 올 적마다 먹을 것들과 노인들이 필요한 것들을 사가지고 왔기 때문에 종태를 모르는 노인들은 없었다.

"예. 날씨가 좀 덥죠?"

종태는 장기를 두는 노인들 곁에 슬그머니 앉으면서 인사말을 건넸다. 그러면서 황 노인께는 눈인사를 보냈다. 황 노인 역시 자신을 찾아왔다는 것을 알았는지 여유롭게 인사를 받는 것이었다.

"그럼, 벌써 오뉴월이 지났지 않은가. 더울 때도 됐지. 이런데 나와 있으면 더운 줄도 몰라. 이 사람, 뭐해? 빨리 장군 받잖고서 뭐해?"

노인들이 장기에 몰두하는 걸 보고선 종태는 황 노인을 쳐다보았다.

"……?"

황 노인이 무슨 일이냐는 듯이 눈빛으로 물어왔다.

"저어……."

종태는 말을 못한 채, 그저 눈빛으로만 전달하고 있었다. 다른 노인들은 장기판으로 온통 정신이 쏠려 있었다. 황 노인은 종태가 무슨 말을 하고 싶어하는 것을 눈치 채고는 그들 틈에서 빠져나왔다.

169

황 노인이 먼저 앞장서고, 종태가 뒤따르면서 그들은 나무벤치가 있는 곳으로 갔다. 나무벤치에 다다르자, 황 노인이 먼저 자리를 잡아 앉으면서 말을 건넸다.

"이쪽으로 앉게."

"네."

종태는 그가 가리킨 벤치로 가서 앉았다. 황 노인은 품에서 담배를 꺼내서는 불을 붙였다. 그리고는 하늘을 올려다보면서 하얀 연기를 내뿜었다. 유난히 하얀 연기가 황 노인의 입에서 뿜어져 나와 하늘로 올라가고 있었다.

"하늘이 차암 맑다. 가물 것 같군. 며칠째 비가 안 와."

"······?"

종태는 넋두리처럼 말을 하는 황 노인을 그저 물끄러미 쳐다만 볼 뿐이었다. 황 노인은 다시 담배연기를 내뿜으면서 말을 이었다.

"나한테 할 말이 있다고?"

그러면서 황 노인은 종태 쪽을 바라보는 것이었다. 종태는 갑자기 자신에게로 시선을 돌린 황 노인을 쳐다보면서 약간 당황했다. 날이 선 듯한 날카로운 눈빛을 봤기 때문이었다. 황 노인의 눈빛은 살아 있는 눈빛이었다. 노인이라고는 할 수 없을 정도로.

"네, 그렇습니다만······."

"……."

노인은 별다른 표정도 보이지 않았다. 그저 담담하게 종태를 바라볼 뿐이었다. 이미 종태의 속마음을 훤히 꿰뚫어보고 있을 것만 같은 그런 눈빛이었다.

"……."

잠시 침묵이 흘렀다. 황 노인이 먼저 입을 열어 종태가 말을 꺼낼 수 있도록 잡아줄 줄 알았지만 그게 아니었다. 황 노인은 그저 묵묵히 종태를 바라보다가 다시 하늘 쪽으로 시선을 고정시키는 것이었다.

그러는 황 노인의 자태야말로 범상한 데가 엿보이는 구석이 있었다. 말이 없으면서도 분위기를 제압하는 듯한 침묵이었다. 종태는 황 노인을 살폈지만 노인은 꿈쩍도 하지 않은 채, 자연스레 굳어버린 돌부처 같았다.

"……."

종태는 다시 입을 열려다가 말을 입속으로 감추고 말았다. 그리고 다시 몇 초 간의 시간이 흘러갔다. 불과 몇 초라고는 하지만 종태가 느끼기에는 상당히 긴 시간처럼 느껴졌다.

이 노인은 사람을 편하게 해 주면서도 조바심 나게 만드는 무엇이 있구나 하는 생각이 들었다. 그러면서 끊임없이 무언가를 발설케 하려는 듯한 저 완고한 침묵 속에서 종태는 스스로 질식할 것만 같았다. 성질이 급해서일까. 종태는 마른 침을 삼키고는 겨우 입을 열었다.

"뭔가 속이 깊으신 어른 같습니다……."

"……."

황 노인은 말이 없었다. 그렇다고 종태를 특별히 쳐다보는 따위의 행동도 하지 않았다. 그저 태연한 자세로 자신의 손을 내려다보고 있을 뿐이었다. 마치 무념의 경지에 든 수도자처럼 평온한 얼굴이었다.

종태는 그가 듣고 있으리라고 생각했다. 황 노인이 대답하지 않으리라는 걸 알고서는 그는 다음 말을 꺼냈다.

"저번에 말씀 하셨지요. 언젠가 한번 이야기를 하자고요. 그래서 찾아온 겁니다. 저는 어른께서 예사롭지 않으신 분이라는 걸 알았습니다. 그동안 전…… 전에 여길 같이 오던 제 처가 죽었습니다. 그래서 못 온 겁니다."

종태의 그 말에 그는 잠깐 눈썹이 꿈틀거리더니 얼굴을 들어 쳐다보는 것이었다.

"죽었다고? 왜?"

황 노인의 음성은 쇳조각이 튕겨져 나가는 것처럼 산산이 갈라져 나왔다.

"바다에 들어갔다가 빠져 죽었습니다. 화장을 했습니다. 그래서 못 왔던 겁니다."

종태는 마치 보고라도 하듯이 말을 중간중간 끊어서 정확하게 말했다.

"바다에?"

"네."

종태는 대답을 하면서 머리를 조아렸다.

"그건 거짓말이겠지?"

황 노인이 대뜸 그런 말을 했다.

"네? 무슨 말씀을……?"

종태는 숙였던 머리를 얼른 치켜들었다. 그리고는 황 노인을 쳐다보았다. 황 노인은 씁쓸하게 웃으면서 먼 곳으로 시선을 던지고 있었다. 황 노인의 입에서 무거운 말이 튀어나왔다.

"그건 아닐 걸세. 자네하고 그 여자는 금슬이 좋았어. 근데 왜 죽어? 분명히 무슨 일이 있었던 거지?"

그렇게 말을 하는 황 노인의 얼굴엔 긴장감이 감도는지 얼굴이 실룩거렸다.

"……?"

종태는 할 말을 잃어버렸다. 황 노인이 그런 표정으로 나오는 것이 믿겨지지 않았다. 더구나 전혀 몰랐던 남의 일에 대해 그렇게 지대한 관심을 가졌던 사람처럼 나오는 것이 얼떨떨했다.

"난 알 수 있네. 자네와 사이가 좋았던 자네 처가 갑자기 왜 죽겠나? 어떤 문제가 있었겠지? 이건 다만 내 추측일 뿐이야."

"……."

종태는 할 말이 없었다. 그렇다고 해서 자초지종을 다 얘기할 순 없었다. 그건 남자의 치욕이랄 수 있는 일이었다. 더구나 자신에겐 있을 수 없는 그런 일이 아닌가. 그는 어금니를 꾸욱 눌러 깨물면서 황 노인을 바라보았다.

"……."

이번엔 황 노인도 침묵을 지키고 있었다. 그러면서 황 노인은 종태의 표정을 살피는 데에 조금도 빈틈이 없는 것이었다.

"혹시…… 황대엽 씨라는 분을 아시는지 모르겠습니다."

종태는 그 말을 꺼내놓고 황 노인의 대답을 기다렸다. 황 노인은 저만치 떨어져 있는 나무를 바라보다가 천천히 입을 열었다.

"난 황소엽일세. 이 말 하면 알겠나?"

"황소엽 씨요? 그럼?"

종태는 깜짝 놀랐다. 황 노인은 종태가 놀라는 걸 보고서는 빙그레 웃기만 했을 뿐, 다시 하늘 쪽으로 눈길을 가져갔다. 얼굴의 윤곽이 선연하도록 뚜렷하고, 턱이 각이 진 것처럼 보여졌다. 그러나 황대엽 씨하고는 별로 닮은 데라곤 없는 듯했다.

"내가 동생일세. 형님한테서 자네 얘길 다 들었었네. 내가 왜 여기 있는 줄 아는가? 난 형님한테서 자네의 면면을 다 들어서 알고 있네. 자네한텐 감출 필요가 없다는 말까지도 해줬어. 형님이 말이네."

"……?!"

종태는 다시 황 노인을 쳐다보았다. 눈썹 하나 깜짝하지 않은 채로 입술만 벌려서 말을 하고 있는 사람 같았다.

"자네가 형님이 하는 일을 도와줬다고 하더군. 인천에서 히로뽕을 밀매할 때…… 그래서 형님이 자넬 믿고 있더라고."

"아!…… 네."

종태는 지난날, 인천 앞바다에서 일어났던 일이 섬광처럼 번득 떠올랐다. 황 노인의 거래선을 냄새 맡고서 가로채려는 놈들을 때려 부숴놓기 위해 한 판 벌인 싸움이 기억났다.

"형님은 자네가 이곳에 와 있다는 걸 이상하게 생각하고 있더군. 나도 처음엔 그랬어. 그러나 차츰 자네와 자네 처를 유심히 지켜보면서 왜 이곳으로 왔는가를 알게 됐지. 난 이곳에서 형님의 일을 돕고 있지. 하하."

황 노인은 그제서야 호탕한 웃음을 흘날렸다. 갑자기 튀어나온 황 노인의 웃음에 종태는 순간적으로 놀랄 뻔했다. 말이 없던 그가 갑자기 웃음을 터뜨린 것이다.

"여기서 어떻게? 그럼……?"

종태는 짚이는 것이 있었다. 그러나 확실한 게 아니었으므로 말끝을 흐렸다.

"여기가 더 안전하지. 난 양로원에 있고 말야. 얼마나 안전

175

해. 누가 날 의심하겠나? 안 그런가? 하하하."

황 노인의 말에 종태는 더욱 눈이 커졌다.

"그럼, 여기서 어떻게 하신다는 말입니까? 여긴 양양인데, 그걸 만들 수 있는 기술자가 있습니까?"

종태는 핵심을 찔러 물었다.

"암, 있고말고. 내가 만들어서 서울로 보내고 있지. 여긴 아직 촌구석이야. 그러니까 어떤 의심도 받지 않을 수 있어서 좋고. 그걸 만들어서 운반하기도 좋은 곳이야, 여긴. 하하. 자네도 이제 알겠나?"

황 노인의 설명이었다. 그제야 종태는 모든 걸 알 수 있었다. 기술자가 따로 있을 테고, 돈줄은 황 노인이 잡고 있으면서 만든 제품을 서울로 올려 보내는 일을 하고 있는 모양이었다.

그러면 서울에 있는 황대엽이라는 형이 물건을 받아 처분하는 모양이었다. 국외선을 택한 게 아니라, 어수룩한 국내선을 이용해서 히로뽕을 만들고 처분하는 것이었다. 국내에서도 충분히 운반이 가능했다. 승용차든, 화물차든지 간에 어느 구석에 쑤셔 넣어도 히로뽕 2,30kg 정도는 감쪽같이 숨길 수 있었다.

타이어 속에 히로뽕을 싼 비닐봉지를 집어넣고 공기를 불어 넣어 위장할 수도 있었고, 본네트 속에도 얼마든지 숨길만한 장소들이 많았다. 가령, 워셔액을 빼내버리고 나서 그 통 속에

176

지어넣을 수도 있었다. 그리고 엔진 하부에다가 용접을 해서 단 철제함 속에다 집어넣고서 달릴 수도 있었다.

차 안에도 시트 속에나, 오디오 세트를 들어내고선 그 속에다 집어넣을 수도 있는 일이었다. 마음만 먹으면 어디든지 다 숨길 수 있는 것이다. 히로뽕 2,30kg이라면 돈으로 환산하면 백억 대가 넘는 막대한 물건이었다.

황 노인의 말대로라면 양양 어디선가에서 물건을 만들어서 서울로 가져가는 것이라는 말이었다. 그렇다면 기술자는 누구이며, 얼마큼의 제품을 만들어내는지가 궁금해졌다. 그러나 종태는 그런 것까지 다 물어볼 수는 없는 일이었다. 그건 황 노인이 스스로 말하지 않는다면 종태로서는 물어볼 수도 없는 그런 사항이었다.

"그렇군요. 저도 황 노인를 처음 봤을 때부터 이상한 예감 같은 것이 있었습니다. 뭔가 다른 분들과는 다르다는 것을 느꼈습니다."

종태는 자신이 처음 봤던 그때의 황 노인의 눈빛을 잊어버릴 수가 없었다. 날카롭게 쏘아보는 듯한 눈매, 그리고 꾹 다물긴 했지만 무슨 말인가를 하고 있는 것 같은 입, 무엇보다도 종태의 시선을 끈 것은 황 노인의 단단한 체격이었다. 나이는 들었지만 젊은 자신도 감히 범접할 수 없는 듯한 어떤 기개가 흘러나오고 있었던 것이다.

그건 조직세계에서 몸을 뒹굴었던 종태 자신만이 직감적으로 알아챌 수 있는 그런 것이었다. 이제서야 자신이 처음 느꼈던 모든 문제들이 한 까풀씩 벗겨지는 걸 깨달았다.

"난 이곳에 숨어 있지. 이게 편해. 이런 데서 요양을 하면서도 그만한 일을 하고 있는 셈이지. 날뛰어봐야 다치기만 할 뿐이라는 거지. 안 그런가? 하하."

"네, 맞습니다. 그런데……."

"왜? 궁금한 게 있나?"

황 노인이 먼저 선수를 쳤다. 순간, 종태는 그의 매서움에 잠깐 놀랐다. 종태는 다시 그를 쳐다보았다. 황 노인은 종태의 시선을 피해 어느덧 담배를 꺼내고 있었다.

그가 담배를 입에 무는 걸 보고선 종태는 라이터를 켜서 불을 붙여주었다. 황 노인은 종태한테 담배를 내밀었다.

"피우게."

"전 다른 게 있습니다. 피우십시오."

그러면서 종태는 자신의 담배를 꺼내 불을 붙였다. 그가 몇 모금을 피울 때까지도 황 노인은 잠자코 앉아 있기만 했다. 황 노인은 담배를 급하게 피우지 않았다. 천천히, 아주 천천히 연기를 내뱉으면서 하늘과 나무들과 주위를 살피는 것이 버릇인 것 같았다.

대개 마약을 거래하는 사람들은 곧잘 그랬다. 주위에 더욱 신경을 쓰는 편이었다. 그러다가 이상한 사람이 나타나면 제일 먼저 관심을 집중시키는 것이었다. 만일의 경우를 생각해서 그러는 거겠지만, 확실히 뽕과 관련된 사람들은 자신도 모르게 습관적으로 주위를 두리번거리게 된다는 사실이었다.

황 노인도 역시 그랬다. 확연히 드러나지는 않았지만 조심스러운 가운데 눈동자의 움직임이 재빠르다는 것이 그걸 말해주고 있었다. 그건 어디까지나 평소에 몸에 밴 행동이기도 했다.

종태는 담배를 피우면서 그 노인을 보았다. 전혀 경계하는 빛이 없이 태연하게 앉아 있는 모습이 여유가 있는 자세였다. 종태는 자신도 모르게 위축되는 것 같은 기분이 느껴졌다.

"그럼 공장도 이쪽에 있겠군요?"

종태가 말한 공장이라는 것은 히로뽕을 제조하는 곳을 일컫는 말이었다.

"그럼! 이쪽에선 일본과 공해상에서 거래하기도 적격인 곳이지. 배를 타고 나가면 금방 만날 수 있으니까."

황 노인의 말을 듣자, 종태는 퍼뜩 이해가 되었다. 왜 이런 곳에다 공장을 차렸을까 하는 의문이 삽시간에 다 사라져 버렸다. 일본과 거래하기에 안성맞춤이라는 사실을 뒤늦게 깨달은 것이었다.

"그렇군요. 역시!"

종태는 감탄을 하지 않을 수 없었다.

"서울로 돌아가진 않겠나?"

"예? 그게 무슨 말씀이신지?"

종태가 물었다. 황 노인은 빙그레 웃으면서 아직 자신의 말 뜻을 못 알아들은 종태를 향해 똑바로 쳐다보았다.

"자네 처가 죽었다면서? 그러면 계속 여기서 살 건가?"

그가 다시 물어왔다.

"아, 네. 당분간은 여기서 살아야지요. 아직 희자의 유골도 집에 그대로 두고 있는데요……."

"……?"

황 노인은 종태를 유심히 쳐다보는 것이었다. 다소 놀란 표정이었다.

"저는 그 여자랑 한 가지 약속을 하고 왔거든요. 이곳에서 영원히 살 거라고…… 그렇지만 언제 여길 떠날지는 나도 모르겠습니다. 여기선 마땅히 할 일도 없고…… 그렇다고 다시 서울로 올라가서 그쪽 세계로 뛰어들 수도 없을 것 같고요…… 그렇습니다."

종태는 그 말을 하면서 자신도 그 문제를 결정짓지 못해 망설이고 있는 것을 들여다보는 것 같아 절로 웃음이 새어나왔다.

"그렇겠지. 그러나 언젠가는 이곳을 떠나겠지. 자넨 한 곳에 머물러 있을 사람이 못 돼."

"……?"

종태는 다시 그를 쳐다보았다.

"언젠가는 이곳을 떠날 것이라는 생각이 들어서 이런 말 했네. 참고나 하게. 나중에 내 말이 맞을진 모르겠지만…… 나와 같이 손을 잡을 수 있었으면 좋겠어. 그건 형님도 바라는 일이고. 어떤가? 나중에 천천히 생각해보는 것이 좋겠지?"

"……?"

종태는 얼른 대답을 하지 못했다. 마치 황 노인이 먼저 선수를 치고 들어오는 것 같아 미처 생각할 겨를도 없었다. 그런 제의가 들어올 줄은 생각지도 못한 일이었다.

"송충이는 솔잎을 먹고 살아야 한다는 말이 맞긴 맞는 거 같군. 나도 한때는 이것에서 손을 떼고 사업 쪽으로 나간 적이 있었지. 그런데 그것도 쉽지 않았어. 사기꾼한테 걸려 빈털터리가 된 거지. 사기를 치는 놈한텐 못 당해. 사기꾼들은 칼 든 강도보다 더 이판사판인 놈들이야. 최소한의 양심이라는 것도 없이, 죽기 아니면 까무러치기라는 식으로 얼굴에 철판을 깔고서 덤비지. 그땐 나도 경험이 없었으니까. 결국 당하고 나서 깨달은 거야. 강도나 폭력배보다도 더 못된 인간들이라는 걸. 그래서 다시 이 길로 들어선 거지. 형님은 나를 고스란히 받아주었어. 이건 황금알을 낳는 사업이잖아? 핫핫핫. 안 그런가?"

"……."

181

종태는 무언가 생각하는 듯이 듣고 있었다. 그러다가 황 노인이 소리내어 웃었을 때, 빙그레 웃어주었다.

"이쪽 사업은 돈 관리만 잘하면 그야말로 최고 갑부가 되는 거지. 난 이렇게 숨어 살면서도 돈의 일부를 떼어 이런 델 돕고 있지. 자네하고 자네 부인이 처음에 이런 일을 하고 있는 게 너무 보기가 좋았어. 그리고 그렇게 하는 것이 그나마 양심의 가책을 덜 받을 것 같아서 나도 매달 수월찮은 돈을 꺼내 이런 델 돕고 있는 거야. 돈이야 많지. 내가 쌓아놓고 죽으면 뭘 하나? 누구한테 물려줄 사람도 없는데. 개 같이 벌어서 정승처럼 쓰기로 했어. 어떤가? 핫핫."

"그럼, 가족은 없으시고요?"

"없지. 내가 벌린 사업이 망해서 교도소에 가 있을 때에 마누라는 도망을 갔지. 애들은 어느 고아원에다 버렸다는 말을 들었는데, 난 징역을 살고 나와서 찾을 생각도 못했어. 죽고 싶더라고. 그래서 모든 걸 깨끗이 잊어버린 거야. 원망하는 것도 사치일 정도로 내가 비참했을 때니까……."

"……."

종태는 고개를 끄덕이다가 담배를 꺼내 황 노인에게 내밀었다. 황 노인은 종태가 내민 담배갑에서 담배를 뽑아 입에 물었다. 종태는 라이터를 켜서 그의 입에 갖다 대었다.

황 노인은 몇 모금 연기를 빨아들여 밖으로 내뱉으면서 말했다.

"피우게. 내 앞에서는 괜찮아. 자네도 징역을 살아봤겠지만, 거기엔 어디 나이가 있던가? 그 안에서도 주먹이 최고고, 돈이 사람을 말해주는 거지. 유전무죄, 무전유죄라는 말이 있지. 그 말을 누가 지었는지 참 잘 지었다고 생각해. 아마도 뼈저리게 개털인 놈이 지어냈겠지. 요즘도 그래. 돈이 있는 놈은 모든 걸 가질 수 있어. 심지어 남의 여자까지도. 그러나 돈이 없는 놈은 자기 마누라가 딴 놈하고 붙어나는 걸 알면서도 어쩔 수 없이 묵인할 수밖에 없는 세상이야. 어떻게 하겠어? 당장 이혼해봐야 아이들만 찢어질 거고, 남들한테 병신소리만 들을 테고, 자신의 무능만 드러날 것 같아 혼자 입을 다물어 버리는 거겠지. 내가 만든 히로뽕이 주로 어떤 놈들이 쓰는 줄 알잖은가? 돈 있는 놈들이 오입하는데 최고니까 많이 사용하는 건 알지? 그저 그냥 기분 좋으라고 먹진 않지. 그거 하는데 필요한 거니까 비싼 돈을 주고서 사먹는 거니까⋯⋯."

"⋯⋯네."

종태는 알고 있다는 듯이 대답을 했다.

"죄악이라는 걸 알고 있지만, 못된 놈들한테서 돈을 뜯어 좋은 곳에다 돈을 쓰고 있는 거야. 난 그걸 자네한테서 배웠거든. 처음에 자네를 봤을 때, 난 자네가 무슨 큰일을 저질러서 이곳으로 피신해 와 있는 줄 알았지. 그런데 그게 아니었어. 나도

183

형님한테 연락해서 자네를 알아봤네. 그랬더니 형님도 그러더군. 자네가 구치소에서 나온 이후로 잠적했다고. 그리고 자네가 심복으로 부리던 상호가 조직을 맡아 관리한다는 이야길 들었어."

"……?"

종태는 다소 놀랐다. 황 노인이 자신의 모든 것을 다 알고 있는 듯했다.

"왜? 모를 것 같은가? 핫핫. 이쪽 세계는 어차피 서로를 알게 돼 있으니까, 그리 놀랄 건 없지."

"그럼, 상호는 지금 어떻까? 난 통 연락조차 없어서…… 그놈이 어떻게 잘하고 있는지…… 모르겠습니다."

"응, 잘하고 있더군. 형님이 그놈도 된 놈이라고 그랬어. 조직도 많이 커졌고, 돈도 잘 돌아가는가보이. 아마 서울 시내뿐만 아니라, 인근에 있는 신도시까지 세력이 뻗어나간다는 말을 들었어. 왜? 그런 소식도 모르나?"

황 노인은 종태를 쳐다보면서 물었다.

"네에. 아무것도…… 여기로 와선 일체 연락을 끊었습니다. 조용히 살고 싶어서…… 그놈은 아마 잘해낼 겁니다."

"그럼 그동안 연락은 못 들었나? 전혀?"

황 노인이 물었다.

"전혀 못 들었습니다. 내가 일부러 전화도 하지 않고, 그쪽

애들과 선이 닿는 걸 피해왔습니다. 이곳에 있으니까 서울 소식을 모르는 게 오히려 나한텐 약이 됩디다."

"그런가. 난 또 혹시 자네가 아직도 상호란 친구와 연락이 되는 줄 알았지. 그건 그렇고 내 형임을 돕는다는 생각으로 손을 잡아볼 마음은 없겠는가? 당장 대답하라는 얘기는 아니고……."

"잘 알았습니다. 아직은 그렇네요. 시간을 좀 더 주시면 천천히 대답해 올리겠습니다."

"그러게나. 나와 형님은 자넬 믿네."

황 노인의 말에 종태는 깊숙이 머리를 조아렸다. 나이 많은 황 노인에 대한 예의일 수도 있었지만, 자신을 알아주는 선배에 대한 경외심으로 깍듯한 예를 보여주었다.

"저, 그럼…… 시간이 어떠신지요? 제가 오늘 술을 한 잔 사고 싶은데요."

종태의 말이었다. 술이나 식사를 같이 하면서 더 많은 시간을 가지고 싶었다.

"그럴 수 있겠나? 나야 뭐 시간이 많지. 그럼, 잠깐 기다리게. 방 사람들한테 읍내에 나갔다가 온다고 말하고 옴세."

그리고선 황 노인은 방으로 걸어갔다. 종태는 벤치에 앉아 기다리면서 담배를 꺼내 피웠다. 일단 황 노인과는 친분을 가져놓는 것이 좋을 것 같았다. 어차피 자신의 과거를 알고 있었

고, 지금의 자신까지도 알고 있는 황 노인을 무심하게 대할 수
만은 없는 일이었다.

그리고 종태 자신이 황 노인의 형님인 황대엽 씨에게 전에
한 번 커다란 신세를 진 일이 있었던 것을 조금이나마 갚을 수
있는 계기가 될 수도 있었다. 국내 히로뽕을 독점하다시피 하
고 있는 황대엽을 무시할 수는 없는 일이었다. 그리고 그의 동
생인 황소엽 노인이 이곳 양양에서 밀조를 해서 서울로 올려보
낸다는 것을 종태는 처음 알았다.

세상은 넓고도 좁은 것이었다. 이런 외진 곳에서 황 노인을
만났다는 것이 그러했다. 더구나 황 노인은 일급비밀이나 마찬
가지인 공장과 기술자에 대한 이야기를 다 털어놓았으며, 루트
까지도 종태에게 다 말해줬다는 것은 예사스러운 일이 아니었
다. 그건 곧 종태를 믿고서 털어놓은 말이었다.

"……."

종태는 생각에 잠겼다. 황 노인에게 진 빚을 갚을 수 있는 길
이기는 하나, 그런 세계로 빠져든다는 것이 허락되지 않았다.
다시 그 길로 접어든다는 것이 자신을 서글프게 만들었다.

그리고 주먹세계에서 놀던 자신이 흔적도 없이 종적을 감췄
다가 히로뽕 세계로 잠입했다는 것이 알려지기라도 한다면, 만
약 그걸 상호가 알았다고 한다면 그의 일생에 지울 수 없는 오
점을 남기게 되는 치명타가 될 수도 있는 일이었다.

주먹과 히로뽕이란 서로 밀접한 관계를 갖고는 있었지만, 그것은 단지 돈거래일 뿐이지 연대한다는 것과는 사뭇 다른 것이었다. 물론 미국이나 러시아, 이탈리아 같은 나라의 마피아들은 돈이 되는 것이라면 히로뽕이든, LSD이든 간에 상관않고서 다 관여하는 걸로 알고 있지만 국내의 조직이란 아직까지도 주먹세계의 순수성을 고집하는 편이었다.

그들을 도와주고 대가를 받는 것은 허용이 될 수는 있지만, 조직이 직접 나서서 히로뽕과 연계를 한다는 것은 비겁하게 돈을 버는 것으로 낙인이 찍히게 마련이었다.

종태는 그런 점에서 망설이고 있었다. 돈을 떠나서 자신이 어려웠을 때에 그나마 자신에게 힘이 돼준 황 노인을 돕는다는 것은 의리상 있을 수 있는 일이었다. 그러나 함부로 나설 수 없는 것이 지금의 종태의 입장이었다. 후배들로부터 비겁하다는 말을 듣고 싶진 않았다. 그리고 무엇보다 돈에 굴복해서 히로뽕에도 손을 댄 것처럼 보여지기는 죽기보다 싫었다.

황 노인이 걸어나오는 걸 보면서 그는 그런 생각들이 어느 순간에 다 달아나버렸다.

"가세. 오늘은 술 좀 거하게 한 잔 마셔보지. 핫핫. 술값은 좀 있는가?"

황 노인은 종태의 어깨를 툭 치며 말했다. 아직까지도 젊은 끼가 남아 있는 듯한 황 노인이었다. 어쩌면 젊은이들처럼 보이려고 그러는 건지도 모를 일이었다. 아무튼 종태는 그러는 황 노인이 싫게 느껴지진 않았다.

그들은 종태의 차에 올랐다. 종태는 차를 출발하면서 넌지시 물었다.

"어디로 가시겠습니까? 혹시 잘 가시는 데라도?"

그 말에 황 노인은 기분 좋은 듯이 껄껄 웃었다. 종태의 깎듯한 태도가 마음에 들었다.

"왜? 자네가 술 사려고?"

황 노인은 아주 여유롭게 물었다.

"제가 사죠 뭐. 그럴 생각으로 나왔습니다."

"그런가? 에이, 그렇지만 내가 어떻게 자네 술을 얻어마실 수가 있나? 오늘은 내가 사지. 강릉으로 가게. 됐지?"

황 노인은 제법 통이 큰 듯했다. 종태에게 함부로 말을 하질 않나, 자신이 술값을 내겠다고 호언을 늘어놓고 있었다.

"좋습니다. 그럼, 강릉으로 갑니다."

그러면서 종태는 차의 액셀러레이터를 세게 밟았다. 차는 미끄러지듯이 앞으로 나아갔다. 양양에서 강릉이라고 그래봤자, 별로 먼 거리는 아니었다. 차로 약 30분이면 갈 수 있는 거리였다.

"......."

차가 달릴 동안, 황 노인은 말이 없었다. 바깥 경치를 보고 있는 것인지, 아니면 눈을 뜬 채로 시선만 앞쪽을 고정시켜 놓고선 딴 생각을 하고 있는 것인지 몰랐다. 입을 꾹 다문 채, 유리창 쪽만을 바라보고 있었다.

종태는 운전하는 데에만 신경 썼다. 황 노인의 침묵을 깨고 싶지 않았다. 황 노인은 말이 없으면서도 무언가 위엄이 있는 듯한 그런 자태로 앉아만 있었다. 가끔씩 종태를 돌아보긴 했으나 말은 하지 않았다. 두 사람은 서로 자신의 생각에 골몰하면서 앞으로 나아갔다.

종태는 운전을 하면서 옆쪽으로 보이는 바다를 바라보곤 했다. 시퍼런 바다가 바로 옆에서 출렁이고 있었다. 군데군데 공사를 하느라 길이 막히는 바람에 시원스럽게 계속 달리진 못했으나 정체될 때나, 시원하게 달릴 때나 바다를 보는 것이란 기분 좋은 일이었다.

황 노인이 담배를 꺼내 피우면, 종태도 좀 있다 담배를 꺼내 피웠다. 그게 예의일 것 같았다. 황 노인도 종태가 담배를 참았다가 자신이 먼저 피우는 걸 보고선 뒤따라 피운다는 것을 아는 듯했다.

"형님은 지금 쿤사 조직과도 손을 잡고 있어. 쿤사 알지?"

"?!……."

종태는 운전을 하다 말고 놀란 눈으로 그를 쳐다보았다. 마침 곧게 뻗은 넓은 길이었다. 황 노인은 종태의 눈빛을 똑바로 쳐다보며 다시 말했다.

"쿤사 조직은 군대로 조직돼 있어. 막강한 최신 무기를 여러 나라에서 구입해서 중무장을 갖추고 있지. 그런데 형님도 거기 일원이 된 거지. 계급은 원 스타지. 그쪽에서 말하는 군단장급 이야. 그건 각 나라마다 군단장을 한 명씩 두어서 아편의 밀매를 총괄시키는 거지. 아직 일본은 군단장급이 없어. 그래서 형님이 한국과 일본을 묶어서 군단장을 맡고 있어. 알겠나?"

"그게 사실입니까?"

종태는 놀랐다. 그런 사실이 믿기지 않았다. 쿤사 조직이라면 세계가 다 주목하는 악명높은 트라이앵글의 마약 재배와 밀매 조직이 아닌가. 정부군도 함부로 손을 댈 수 없을 정도로 막강한 국제적인 화력을 갖춘 일종의 군대였다.

태국과 버마의 국경지대에 있는 트라이앵글.

우거진 밀림 속에 자기들만의 왕국을 만든 쿤사조직은 아편 밀매로 벌어들인 막대한 자금으로 정부군이나 세계 마약 퇴치운동군과의 교전까지 할 태세로 막강한 군사력과 장비를 키어온 것이었다. 마치 독립국가처럼 밀림지대 속에 은둔한 쿤사조직은 조직적인 체계를 만들며 작은 왕국을 이뤄놓고 있었다.

종태는 국내에도 쿤사의 아편이 몰래 들어온다는 것을 알고 있었다. 생아편은 효과도 좋을 뿐 아니라, 히로뽕과 같은 화학물질과는 달린 신체적인 위험이 없다는 것이다. 그래서 생아편

190

이 히로뽕보다도 훨씬 비쌌다. 가격으로 치면, 히로뽕의 몇 배나 더 값비싼 편이어서 쉽게 사용할 수 없는 것이라고 말할 수 있었다.

양귀비라는 식물의 꽃봉오리에서 추출한 엑기스는 그야말로 신이 인간에게 내려준 최선의 약이라고 말할 수 있었다. 고대에는 그런 마약성분의 식물이 인간의 고통을 치료하곤 했다. 그 효험이란 사용해보지 않은 사람은 절대 느낄 수 없을 정도로 강력하고도 약효가 빨랐다.

양귀비의 생아편이 인류에게 마약이라는 판명이 내려지면서부터 세계 각국에서는 단속이 시작되었고, 그 대체물로 태어난 것이 바로 화학성분으로 만들어진 히로뽕과 LSD 같은 마약이 판을 치게 되었다. 아직까지도 의료계에선 곧 죽음을 앞둔 암 환자나 고통이 극심한 환자에게 투여하는 것이 화학제품인 히로뽕을 쓰지 않고, 생아편이라는 것을 쓴다는 것은 그만큼 신체에 해가 없다는 반증이기도 했다. 물론 어느 약이나 오래도록 장기복용하게 되면 중독성이 없는 건 아니지만, 아편과 같은 환각성분이 강한 것은 그만큼 중독성이 강하므로 따로 철저히 규제할 뿐이었다.

황 노인은 값비싼 생아편에도 눈독을 들이고 있는 모양이었다. 히로뽕이 생아편에 비해서 가격면에서 서민적이라면, 생아편은 귀족적인 값비싼 것이었다. 히로뽕과 생아편을 동시에 거머쥐려는 황대엽 씨의 비상한 머리를 인정하지 않을 수가 없었다.

황 노인이 빙그레 웃으면서 말했다.

"물론 다 사실이지. 지금 국내에 있는 제약회사들이 서로 우리 라인에 줄을 서고 있지. 핫핫. 왜 그런 줄 아는가? 핫핫."

황 노인은 일부러 커다랗게 웃는 것처럼 활달한 웃음을 터뜨리는 것이었다.

"왜 그렇습니까?"

종태는 짐짓 궁금했다. 그런 밀매 조직에 국내의 제약회사들이 줄을 선다는 것이 믿기지 않아서였다.

"그야, 뻔하지 않겠나? 국내 제약회사들이 진통제나 마취제에 들어가는 약을 어디서 사오겠나? 정식으로 수입을 하기는 하지만, 그것 가지고는 어림도 없지. 그건 쥐꼬리만한 양이고, 그보다 엄청난 양을 다 우리들한테서 몰래 사들이는 거지. 그게 자기들로서도 이익이 크거든. 말하자면, 뒷거래로 사들이는 게 더 엄청난 이익이 있으니까 줄을 서는 거지. 안 그런가? 핫핫."

"아, 네에. 그렇군요."

그제서야 종태는 황 노인의 말을 인정했다. 어디에고 밀매나 밀수로 들어온 것이 싸다는 것은 말할 건덕지도 없는 것이었다. 세금을 붙지 않는 만큼 싸지는 건 당연한 일이었다.

“국내 제약회사의 것을 다 독점한다고 한 번 생각해봐. 그 양이 얼마나 엄청나겠는가? 돈으로 환산할 수 없을 정도지. 자네가 알기론 생아편이 극소수 약에만 들어가는 걸로 알고 있겠지?”

“…….”

종태는 황 노인을 쳐다보기만 했다. 황 노인이 빙긋 웃어보이며 말을 했다.

“아닐세. 약이란 약에는 거의 소량씩 다 들어간다고 생각하면 간단해. 진통제, 마취제, 관절염 루마티스 치료제 같은 덴 많이 들어가는 것이고, 그 외의 약에도 다 들어가. 그 양이 얼마나 많겠는가 한 번 생각해보게. 그걸 우리가 맡고 있는 걸세.”

“네에…….”

종태는 고개를 끄덕였다. 그 말을 듣고 나니 정말 무서운 양의 아편이 국내로 잠입될 거라는 생각이 충분히 들었다. 실제로 정식으로 통관절차를 밟아 수입하는 건 별로 없을 거 같다는 생각이 들었다. 그건 어디까지나 정부의 눈을 속이기 위한 눈가림일 뿐이고, 돈을 벌자면 밀수로 들어온 아편을 살 수밖에 없을 것이라는 생각이 들었다.

“그러니 오늘은 내가 술값을 내지. 핫핫. 알겠나?”

황 노인은 자신감이 넘치는 목소리로 말했다.

"네에, 그러십시오. 저도 낼 수는 있는데…… 오늘은 그럼 영감님이 쓰십시오. 전 다음에 내죠 뭐."

종태는 웃음을 터뜨렸다. 두 사람이 터뜨리는 웃음이 따뜻한 바람에 실려 바다 쪽으로 날아갔다. 차는 머리카락을 흩날리며 달려나갔다. 바로 눈앞에 경포 해수욕장이라는 팻말이 길가에 서 있는 게 보였다. 강릉 시내에 거의 가까운 곳이었다.

종태는 횡단보도 앞에 멈춰섰다. 사람이 지나가는 것을 쳐다보다가 바다 쪽으로 시선을 던졌다. 푸른 바다가 수평을 이루며 넘실대는 것이 보였다. 하얀 백사장과 푸른 바다의 대비가 주는 색감이 마음을 평온하게 만들었다. 종태는 내심 기분이 좋았다. 황 노인을 만나 생각지도 못한 말을 듣게 되었고, 이렇게 같이 강릉으로 올 수 있다는 것이 마음 뿌듯하게 생각되어졌다.

13

좋은 일과 나쁜 일

종태는 강릉에 도착해서 황 노인과 같이 밤새워 술을 마셨다. 최고급 술집에서 황 노인이 내는 술대접을 받으면서 마음이 놓인 것은 마치 오래 전부터 알았던 사이인 것 같은 마음이 들어서였다. 그건 황대엽 씨의 동생이라는 것이 더욱 친밀감을 더해 주었다.

종태는 밤에 집으로 전화를 걸었다. 오늘은 못 들어갈 거라는 말을 하기 위해서였다. 지예는 전화를 받자마자, 기다렸다는 듯이 말이 튀어나왔다.

"거기, 어디야? 왜 이렇게 늦어?"

"으응, 황 어른을 만나서 강릉에 와 있어. 오늘밤엔 못 들어갈지도 몰라. 그래서 전화를 했는데, 오늘은 그냥 자."

"못 와? 술 많이 마셨어?"

"응, 조금."

종태는 안방을 쳐다보며 목소리를 낮추었다. 황 노인이 아가씨를 끼고서 술을 마시고 있는 것이 보였다.

"벌써 취한 거 같네 뭐. 아직도 술 마시고 있어? 같이?"

"응, 그래. 끊자. 기다리고 있어서 그래."

"안 돼. 끊지마."

지예는 다급하게 소리쳤다.

"왜?"

종태가 수화기를 내려놓으려다 말고 다시 거머쥐었다.

"거기 여자들 있지? 여자들하고 같이 마시지?"

지예가 다그쳤다. 그 바람에 종태는 말이 더듬거려졌다. 갑자기 말문이 막히면서 생각이 잘 정리되지 않았던 탓이었다.

"아냐. 그냥 술 따라주는 여자일 뿐이야. 둘이 이야기를 하고 있는 중이야. 내일 올라갈게."

종태가 다시 수화기를 내려놓으려고 하자,

"외박하면 알아서 해. 난 싫단 말야. 외박하는 거 싫어. 으응."

지예는 콧소리를 내면서 곧 울듯이 말했다.

"외박 안 해. 그냥 술 마시고 있는 데 무슨 외박이야? 그 노인 전부터 아는 분이라고. 그래서 같이 강릉으로 간 거야. 그래, 알았어. 이만 끊어. 그 노인이 기다려. 이만 끊자."

"……."

지예는 말이 없었다. 종태는 지예의 숨소리를 듣고 있으면서 쉽사리 수화기를 내려놓을 수가 없었다. 어떻게든 그녀를 달래야만 할 것 같았다. 그는 어느 정도 술이 깨는 걸 느꼈다.

"이제 끊자. 내가 알았으니깐 외박 같은 건 안 할 거니까. 나를 믿지? 나를 못 믿어?"

종태는 할 수 없었다. 그런 식으로 지예를 약간 협박할 수밖에 없었다. 나를 못 믿느냐고 하는 말에 지예의 투정은 약간 수그러들었다.

"알았어. 술 좀 덜 마셔. 아침에 언제 올 거야?"

"일찍 갈게."

"언제? 빨리 말해 봐."

지예는 다시 꼬투리를 물고 늘어졌다. 종태의 외박에 대해 불안해하는 그녀였다.

종태는 방 쪽을 힐끗 보고는 수화기에다 대고 소곤거렸다.

"오늘 술만 마실 거니까. 그리고 아침 일찍 가서 널 눌러줄게. 알았지? 하하."

"……."

지예는 듣고 있는지 몰랐다. 말이 없었다. 한참 만에 알았어, 라는 말이 튀어나왔다.

"그럼 끊는다. 문단속 잘하고 자. 안녕."

종태는 수화기를 내려놓고 나서 화장실에 들렀다가 방으로 들어갔다. 황 노인은 젊은 아가씨의 젖가슴 속에 손이 들어 있다가 종태가 들어서는 걸 보고선 손을 빼냈다.

"자네, 왜 이리 늦게 오는가? 술 받지."

"아, 네."

종태는 손을 내밀어 잔을 받았다. 술은 황 노인의 파트너인 아가씨가 따라주는 것이었다. 종태는 술잔을 받아 단숨에 삼켜버렸다. 오늘따라 이상하게 술맛이 받아들이는 듯했다. 종태의 옆에 앉은 파트너가 얼른 과일 안주를 집어 입에 갖다댔다.

종태는 황 노인에게 술잔을 돌렸다. 황 노인은 술잔을 마다하지 않았다. 아까부터 계속 그랬다. 그는 잔이 돌아오면 그대로 받아드는 타입이었다. 종태는 가득 술을 따라주고는 담배를 꺼내 물었다.

이번에도 역시 옆의 파트너가 잽싸게 라이터를 켜서 불을 붙여주는 것이었다.

"어, 기분 좋다! 종태, 어떤가? 오늘 외박 좀 하는 게 좋겠지? 몸도 풀고 말야. 핫핫."

"별 말씀을요. 전 그냥 술만 마시는 게 좋겠습니다. 요즘 몸이 좀 그렇습니다. 어른께서는 되시겠습니까?"

종태는 황 노인이 외박을 할 수 있겠느냐고 물었던 것이다.

"그럼. 나야 아직 그런 거 할 수 있지. 어때? 자네도 같이 데리고 나가서 자자고. 이렇게 술맛이 좋은데 외박을 안 하고 배길 수 있나? 오늘 파트너들도 다들 섹시하게 생겼어. 잘 빠졌는데 그래. 죽여주겠어. 핫핫. 너희들 생각은 어떠냐?"

그러면서 황 노인은 옆에 앉은 파트너의 엉덩이 밑으로 손을 집어넣었다. 짧은 미니스커트를 입은 아가씨의 허벅지 안으로 손이 들어갔다. 아가씨는 굳이 피할 생각이 없었다. 황 노인의 손이 깊숙한 데까지 들어갔는데도 가만히 있었다.

"너, 이름이 뭐라고 했지?"

황 노인이 물었다.

"손주희예요."

그녀는 황 노인이 팬티를 걷어내려는 걸 막기 위해서 그러는지 약간 몸을 틀었다가 다시 잠잠해졌다.

"나이는?"

황 노인이 다시 물었다. 그러면서 다시 손이 안으로 쑥 들어갔다. 황 노인의 손끝에 뭔가가 잡혔는지 주희의 얼굴이 질리는 듯했다.

"어머! 나중에 따로 나가요. 보는데 어떻게에……."

주희는 황 노인의 손을 뿌리치지 못하고 종태를 쳐다보는 것이었다. 무안한 얼굴이었다. 종태는 그저 웃는 것으로 그녀의 쑥스러움을 달랬다.

"괜찮아. 나하곤 둘도 없는 친구야. 야, 임마. 나이가 얼마냐 니깐."

황 노인의 껄껄 웃으며 다시 나이를 물었다.

"네, 스물이에요."

주희는 얼굴을 붉혔다.

"그럼, 넌?"

이번엔 종태의 파트너를 지적했다. 황 노인의 말에 종태의 옆에 앉은 파트너는 얼른 술잔을 종태에게 내밀고는 술을 따르면서 말했다.

"이름은 박아주예요. 나이는 열아홉이고요. 됐죠?"

아주는 그러면서 호호, 웃었다.

"거 참, 이름 한번 좋구나. 박아주라. 뭘 박아달라는 말 같구 면. 안 그래? 핫핫."

황 노인은 종태를 바라보며 웃었다. 종태도 그런 생각이 들었다. 이름이 참 묘하다는 생각이었다.

"그거, 진짜 이름 맞나? 누가 그렇게 지었지?"

종태는 그게 궁금하지 않을 수 없었다. 술좌석에서 그런 이름을 들어보긴 처음이었다.

"네, 진짜 맞아요. 우리 아버지가 지어줬죠. 그래서 전 학교 다닐 때에도 이름 때문에 얼마나 놀림을 많이 당했다고요. 그래서 결국은 이런 데로 들어왔는지도 모르고요. 호호. 이름을 고쳐야겠어요. 당장요."

그 말에 다들 한 바탕 웃음보가 터져 나왔다.

"그래. 오늘은 나하고 주희하고 만났고, 종태하고 박아주가 만났으니까 우리 서로 같이 만난 것도 인연이 되려고 그런 거니까 이따 같이 나가지? 어때? 안 그래?"

황 노인이 짓궂게 말했다. 말하자면 외박을 나가자는 말이었다.

"어머, 좋아요. 선생님. 다 같이 나가요, 우리."

주희와 박아주는 서로 반색을 했다. 종태가 그저 웃기만 하고 있자, 황 노인이 쓱 쳐다보고는 말을 던져왔다.

"왜? 종태는 마음에 안 들어?"

"전 좀…… 외박 같은 건 그렇습니다. 그냥 가만히 있겠습니다."

그 말에 주희와 박아주가 서로 얼굴을 쳐다보며 놀란 눈빛을 보냈다.

"어머어머! 왜 싫으세요? 황 선생님께서는 그래도 좋아라 하시는데. 젊은 오빠가 왜 싫으실까?"

주희의 말에 종태는 일절 대꾸하지 않았다. 그저 묵묵히 술 잔을 들어 목을 축였을 뿐이었다. 황 노인이 그러는 종태를 지그시 바라보다간 나직하게 말했다.

"뭐 어떤가? 나랑 같이 술집에 오자고 한 건 누군데? 안 그래? 같이 나가야 이 늙은이도 힘 좀 써보지. 안 그런가? 같이 나감세. 뭐가 어떤가?”

“아유, 그러세요. 나이 많으신 선생님께서도 오늘 회포를 풀고 싶다고 저러시는데, 뭐가 그리 마음이 쓰이세요? 집에 마나님이 무서워서 그래요?”

이번에도 역시 주희가 그런 소릴 했다. 박아주는 그냥 잠자코 있기만 했다. 그도 그럴 것이 박아주가 나서서 설칠 수가 없는 그런 자리였다. 황 노인 다시 점잖게 나섰다.

“그러면 나도 안 갈 걸세. 자네가 안 가면 내가 무슨 재미로 거길 들어가겠나? 술을 마셨으니까 양양으로 올라갈 수도 없고…….”

황 노인은 일부러 그러는 것인지 난처한 빛을 띠었다.

“……?”

주희와 박아주 역시 그런 표정으로 종태를 쳐다보는 것이었다. 무언의 압력 같은 그런 표정들이었다. 종태는 누구보다 황 노인이 섭섭해할까봐 송구스러웠다. 황 노인은 혼자 자작하면서 술잔을 털어 넣었다.

“좋습니다. 황 어른님께서 정히 그러시다면…… 저도 이미 술이 취한 상태라 양양으로 올라가기는 틀렸습니다. 그럼 있다가 같이 나가시죠.”

종태의 그 말에 방 안 분위기가 다시 되살아나는 것이었다.

"아유, 그럼 아주는 좋겠다아. 난 노계를 모시고 나가야 되니까. 호호."

주희는 장난기가 있는 말로 방 안 분위기를 일시에 바꿔놓는 것이었다.

"야, 이놈아. 내가 노계라고? 너 오늘밤 나한테 걸리면 허리 뿌러져. 내가 어떤 사람인지 모르지? 좀 이따 보면 알게 될 거다, 아마. 핫핫."

황 노인은 기세 좋게 너털웃음을 터뜨렸다.

"아유, 제가 뭐랬나요 뭐? 그냥 나이 든 어른을 모시고 나가서 힘깨나 쓰게 생겼다고 그런 거지요 뭐. 호호. 난 오늘밤 죽었겠다."

주희는 아직도 덜 가신 분위기를 몰아내려는 듯이 그런 말을 나불거렸다. 그러나 밉지 않은 말이었다. 황 노인은 그러는 주희가 이뻐 죽겠다는 듯이 다시 주희의 스커트 밑으로 손을 쑥 집어넣는 것이었다.

"어머어머! 또 손이 쑥 들어오네. 영감님이 손도 빠르셔! 쑥 들어왔다 하면 금방 팬티를 거머쥐시네요. 혹시 쓰리꾼 출신 아니세요? 호호."

주희의 그 말이 또 한 번 좌중을 웃겼다.

"어라? 네가 그걸 어떻게 알았냐? 내가 쓰리꾼이라는 걸. 난 쓰리꾼의 왕고참님이시지. 그래서 손만 집어넣기만 하면 곧 팬티 속으로 들어가서 보지 털을 잡는데 걸리는 시간이 일 초도 안 돼. 핫핫. 어때? 진짜 쓰리꾼 같지?"

황 노인도 주희의 말에 농담으로 받아넘겼다.

"이야, 애는 벌써 물이 줄줄 흘러나와 있어. 손이 다 젖을 정도야. 너, 오늘밤 나하고 자고 나면 내일 아침엔 몸이 녹신녹신할 거다. 핫핫. 나도 모처럼만에 회춘이나 하고 올라가야지. 핫핫."

황 노인과 주희는 서로 죽이 잘 맞아떨어지는 듯했다. 둘 다 스스럼없이 야한 이야기를 하면서 더듬으면서 장난을 치는 것이었다.

벌써 양주 네 병을 다 비워내고, 어느 정도 술이 취한 상태였다. 시간도 그만큼 많이 흐른 것 같았다. 그들은 이제 거의 파장이 된 술상에 더 오래 머물고 있을 필요가 없을 것 같아 일어섰다.

황 노인이 아가씨들보고 말했다.

"야, 니들 주인 좀 오라고 그래. 팁은 나중에 주지."

황 노인의 말에 주희가 얼른 바깥으로 나갔다가 다시 들어왔다. 곧이어 주인 여자가 들어와서는 두 손을 앞으로 공손히 모으고는 머리를 조아렸다.

"재밌게 술은 마셨습니까? 우리 애들이 무례하게 굴지는 않았는지 모르겠어요."

주인 여자는 꽤나 교양이 있는 듯했다. 나이는 들었지만 한복을 입은 자태가 그랬고, 인사하는 말투가 또한 점잖게 들렸다.

"애들이 참 좋아요. 우리가 애들 좀 데리고 나갈 테니까. 술값하고 애들 팁까지 계산서 올려요."

황 노인이 기세 좋게 말을 하자, 주인 여자는 더욱 황송한 듯이 허리를 굽히고는 언제 준비했는지 한복 팔꿈치 속에서 계산서를 꺼냈다. 아마 작지 않은 술값이 나왔으리라고 생각되었다. 황 노인은 계산서를 한 번 보고는 지갑을 꺼내 계산을 치뤘다.

"자, 가지."

황 노인의 말에 그들은 전부 움직였다. 종태는 바깥으로 걸어나오며 조용히 물었다.

"많이 나왔겠습니다."

그 말에 황 노인은 씨익 웃어 보였다.

"그거야 뭐……그런 걸 갖고 신경 쓰나. 우리야 그런 데엔 신경을 안 쓰잖아? 자네도 예전보다 많이 약해진 거 같군."

황 노인은 종태의 어깨를 툭 치면서 핫핫, 웃어댔다.

"어이, 자네들이 먼저 앞장서서 가고 싶은 데로 가지. 우린 뒤따라 갈 테니까."

황 노인의 말에 주희는 마치 정부인 양, 앞장을 섰다. 그들이 간 곳은 근처 모텔이었다. 말이 모텔이지, 웬만한 호텔이나 마찬가지였다.

입구에서 계산을 끝낸 황 노인이 뒤돌아서며 말했다.

"난 주희랑 같이 밤을 샐 테니까 종태 자네는 이 친구하고 하룻밤 성을 쌓게. 바닷가에서 파도소리를 즐기면서 밤을 불태운다는 건 좋은 추억이 될 수 있을 거야. 핫핫. 자, 이건 자네 팁."

황 노인은 박아주한테 수표 한 장을 건넸다. 박아주가 어색하게 수표를 받아쥐는 걸 보고서 종태는 손사래를 치며 말렸다.

"아, 아닙니다. 이건 제가 하죠. 넣으십시오."

"어허, 이건 내가 다 하기로 한 약속일세. 아까 약속했잖아."

"……."

종태는 할 수 없었다. 황 노인이 먼저 주희를 데리고 예약한 방으로 들어가 버리고 나자, 종태와 박아주는 어정쩡하게 서 있다가 일러준 방으로 들어갔다.

"……."

종태는 소파에 앉아 있었고, 박아주는 침대에 걸터앉아 마주보고 있었다. 종태는 담배를 꺼내 피웠다. 얼마동안 말이 없던 박아주가 넌지시 말을 꺼냈다.

"저도 담배 한 대 주실래요? 피워도 되죠?"

"……?"

종태는 담배갑을 내밀었다. 그녀가 와서 담배를 집으면서 소파에 앉는 것이었다. 종태가 내민 라이터를 집어 불을 붙이는 그녀의 반듯한 이마가 꽤나 어려 보였다. 아직 잔주름 하나 없는 그런 얼굴이었다. 아직 솜털이 그대로 묻어 있을 그런 나이로 보였다.

박아주는 조심스럽게 담배연기를 빨아들였다가 후, 하고 내뱉는 것이었다. 종태는 그녀의 얼굴을 찬찬히 들여다보았다. 하얀 얼굴에 이목구비가 뚜렷한 전형적인 10대였다. 아직 풋풋한 생기가 채 가시지 않은 비린내가 날 것만 같은 뽀얀 얼굴이었다.

"고향이 어디지?"

종태가 물었다.

"서울이에요."

"서울?"

종태가 되물었다.

"네."

박아주는 다시 담배연기를 물었다가 천천히 내뱉는 것이었다. 이미 외박을 하기로 마음먹은 탓인지 담담함이 배어 있었다.

"서울 어디? 나도 서울에서 내려왔는데."

"면목동 알아요? 아저씨는 어디신데요?"

박아주는 그제야 배시시 웃음을 흘리면서 쳐다보는 것이었다.

"응, 알지. 난 영등포야. 근데 언제부터 이런 델 나왔지?"

"고등학교 중퇴하고…… 부산에도 갔다가, 여기로 왔어요. 바닷가로만 다닌 셈이죠 뭐."

"그렇네. 정말."

종태는 다시 그녀를 쳐다보았다. 이번엔 그녀의 눈빛과 정면으로 맞부딪쳤다. 훤칠한 키에 어울리지 않게 얼굴이 작은 편이었다. 그리고 긴 머리카락은 염색이 되어 노랗게 변색되어 있었다. 마치 모델 같다는 생각이 들 정도였다.

"예쁜데 굳이 이런 데에서 일할 필요가 있나? 돈 때문에 이런 데 있는 거야?"

종태는 담배를 비벼끄며 물었다. 종태의 나직한 목소리에 맞춰 그녀도 목소리를 낮추는 것 같았다.

"네, 그렇죠 뭐. 배운 게 없으니까 어디 갈만한 데가 있나요? 제 친구들도 다 이런 데엘 들어가서 있는 걸요. 아직은 뭐가 뭔지 모르겠어요."

그녀도 담배를 다 피우고 나서 재떨이에 담배를 비벼 껐다. 아직 앳된 기가 그대로 내보이는 가느다란 손가락이었다. 나이든 여자처럼 손톱에다 진한 매니큐어 같은 것도 칠하지 않은 손이었다.

"안 씻으세요?"

그녀가 먼저 물었다.

"먼저 씻어요. 난 늦게 씻을 테니까."

"⋯⋯."

그녀는 종태를 쳐다보다가 할 수 없다는 듯이 대충 옷을 벗고는 욕실로 들어갔다. 겉옷을 벗은 그녀의 몸매는 더욱 커 보였다. 간단한 슈미즈 차림의 그녀는 늘씬하면서도 균형이 잡혀 있었다. 스타킹을 벗느라 한쪽 다리를 들어 올렸을 때, 미끈한 다리가 종태의 눈길을 잡아끌었다.

"⋯⋯."

종태는 다시 새 담배를 꺼내 불을 붙였다. 연기를 빨아들이면서 온갖 생각들이 가득 찼다. 지예의 얼굴이 떠올랐다. 그리고 지예의 조심스런 당부의 말도 잊어버리지 않고 떠오른 것이다.

"⋯⋯."

종태는 잠깐 망설여졌다. 이런 데에 와서 참는다는 건 정말 어려운 일이었다. 괜히 들어왔구나 하는 후회가 들었다. 차라리 술을 마시고 나서 황 노인과 같이 모텔에 들었더라면 마음이 더 편했을 텐데, 하는 생각이 들었다.

욕실에서는 요란한 물소리가 들려나왔다.

그는 냉장고문을 열어 시원한 맥주를 꺼냈다. 캔을 따서 한 모금 깊이 들이마셨다. 차가운 맥주가 목으로 넘어가면서 정신이 맑아지도록 했다. 갈증이 났는지 거푸 마셨는데도 아직 갈증이 남아 있는 듯했다. 그는 캔 하나를 다 비우고 나서 다시 두 번째의 맥주를 마셨다.

욕실의 문이 열리면서 팬티만 걸친 그녀가 나타났다.

"……?"

종태는 저절로 그녀의 알몸으로 눈길이 갔다. 후리후리한 키에 알맞게 솟아오른 젖가슴에 눈길이 달라붙었다. 그리고 겨우 가릴 곳만 간신히 가린 듯한 얇은 팬티는 속에 든 검은 털들이 밖으로 내비치고 있는 게 보였다.

"들어가세요. 어머, 맥주 마셨어요?"

그녀는 얼른 소파로 다가와서 앉고서는 캔맥주 하나를 집어 들었다.

"안 그래도 나도 목이 말랐는데……."

그녀는 머리를 털다 말고 캔을 따서는 시원스럽게 마셔댔다. 바로 눈앞에서 그러고 있는 그녀의 모습은 그야말로 단지 섹스를 하기 위해 같이 들어온 여자라는 생각이 안 들 정도였다.

그녀가 몇 모금을 마시고 날 때까지도 움직이지 않고 있는 그를 바라보며 말했다.

"안 들어가세요?"

"들어가야지."

종태는 소파에서 일어나서 욕실로 들어갔다. 시원한 물줄기를 맞으면서 계속 지예의 얼굴이 떠올랐다. 그리고 가끔씩 희자의 얼굴이 보이는 건 무슨 일인지 몰랐다. 희자와 지예의 얼굴이 번갈아 가면서 떠올랐다.

그는 간단히 샤워를 하고는 밖으로 나왔다.

"시원하죠?"

"그러네."

종태는 다시 소파로 가서 맥주를 마셨다. 그녀가 앉아 있느라 오므린 다리 사이로 작은 팬티가 보였다. 밋밋한 절벽과도 같은 팬티 위로 검은 털이 몇 가닥 내비칠 것만 같았다.

"술 더 할래?"

그녀가 맥주를 마시지 않고 있는 걸 보고선 물어보았다.

"됐어요. 이제 안 주무실 거예요?"

"자야지……."

종태는 말은 그렇게 했지만 막상 움직여지지가 않았다.

"……?"

그녀는 종태를 바라보며 재촉하는 듯한 표정이었다.

"난 그냥 자고 싶은데…… 그럴 수 있어?"

"왜요? 제가 싫으세요? 돈까지 치뤄줬는데……."

그녀가 한순간 당황하는 듯했다. 그녀는 종태를 빤히 쳐다보는 것이었다.

"왠지 그래. 오늘은 그냥 자고 싶어서 그래. 네가 마음에 없는 건 아니고……."

"왜 그러세요? 혹시 집에 게시는 아주머니 때문에……?"

그녀는 미리 종태의 마음을 알아차리는 듯했다. 십 대의 발랄함이랄까. 당돌함인지도 모를 일이다. 종태가 망설이는 걸 눈치 채고서 던진 말이었다.

"난 아무도 없어. 혼자야. 그렇지만 그래……."

"그럼 제가 잘 모셔 볼게요. 그래야 담에도 또 오실 거죠. 정 그러시면 안 하셔도 되고요."

"알았어."

그들은 남은 맥주를 다 마시고는 침대 속으로 들어갔다. 그녀가 방 안의 불을 꺼버리고는 침대 속으로 들어오는 통에 침대가 출렁거렸다. 그리고 그녀의 매끈한 살결이 와 닿았다.

"……."

창문으로 어렴풋한 달빛이 스며들고 있었다. 그녀는 반듯이 누운 채로 무슨 생각을 하고 있는지 말이 없었다. 아직 자지 않고 있는 건 분명했다. 종태의 몸에 붙은 그녀의 알몸이 무척 윤기 있게 느껴졌다.

"기분이 안 좋은 거 같군. 그래?"

종태가 넌지시 물어보았다.

"아니예요. 그렇진 않아요. 근데 아저씬 뭐하시는 분이세요?"

"……."

종태는 대답하지 않았다. 내가 뭐하는 사람인가에 대해 생각

212

이 미치자, 갑자기 대답할 말이 없어져버린 것 같았다. 딱히 뭘 한다고 말할 수 있는 게 없었다. 그냥 갑자기 공백 상태에 든 것처럼 할 말을 잊어버렸다.

"제가 보기엔 주먹 쓰는 사람 같아서요. 맞나요?"

"……."

역시 이번에도 종태는 대답할 수가 없었다. 자신이 예전엔 주먹세계에서 살았겠지만 지금은 녹이 슨 지가 오래 된 것 같았다. 그는 마치 박아주한테 옛날 과거를 들킨 것처럼 괜히 무안해지는 기분을 느꼈다.

"그럼 뭐하시는 분이세요?"

"꼭 그걸 알고 싶나? 난 별로 하는 일이 없는데."

"그래도 뭔가 하시는 일이 있을 거 아녜요? 그냥 노는 거예요? 그럼 하얀 백수?"

그녀는 그 말을 해놓고선 혼자 조그맣게 웃었다.

"그래. 맞아. 완전한 백수지. 하얀 손이지 뭐."

종태도 따라 웃었다.

"전 처음부터 아저씨가 맘에 들었어요."

"왜?"

"그냥요. 왠지 모르게 믿음직스럽게 생기신 거 같아서요. 어깨에 한 번 기대고 싶은 그런 충동…… 아세요? 마치 비가 올 때, 어떤 남자가 곁으로 다가와서 우산을 받쳐주는 것 같은 포

213

근함요.”

그녀는 보기보다 꽤나 섬세한 것 같았다. 이야기를 듣고 있으면 그녀가 그런 고급 술집에 있다가 나온 여자라고는 느껴지지 않을 정도였다.

“정말 그런 걸 느끼나? 나한테?”

“네.”

“……”

종태는 잠시 혼란스러워졌다. 그렇다고 그녀가 그리 적극적으로 나온 것도 아니었다. 그런데도 종태는 자꾸만 그녀 쪽으로 끌려가는 것 같은 기분이 들었다. 그런 건 스스로 억제한다고 해서 될 일이 아니었다. 자연스레 흘러가는 물 같은 그런 기분이었다.

달빛이 그녀의 얼굴 윤곽을 비춰주고 있었다. 오뚝하게 솟은 콧날이 그 밑의 입과 묘한 대조를 이루고 있었다. 그리고 반듯한 이마가 천정을 향하고 있었다. 종태는 자신의 아랫도리가 점점 일어서고 있음을 알아차렸다. 그것은 삽시간에 벌떡 일어나서 팽팽해졌다.

그는 참을 수 있는 데까지 참고 있었다. 만약 그녀가 먼저 손이라도 뻗어 만진다면 그것은 금방 터져버릴 것만 같았다. 다행히 그녀는 가만히 누워만 있었다. 어쩌면 그러는 것이 더 그를 자극했는지도 몰랐다. 그는 마음속으로 괴로운 신음을 내뱉었다.

"자나?"

"아뇨. 안 자요. 잠이 안 와요. 이상해요."

"왜?"

종태가 물었다. 이미 종태의 목소리에는 나약함이 흔들리고 있음을 드러내고 있었다.

"그냥 그래요. 오늘은 너무 이상한 날인 거 같아서요."

"……."

"아저씨가 그러니까 괜히 이상해지는 거 있죠? 마치 동화 속의 나라에 들어와 있는 것 같아요."

"동화 속의 나라?"

"네. 이상해요."

"뭐가?"

"나를 건드리지 않으려는 사람도 있구나, 하고…… 난 공주도 아닌데, 공주 같다는 착각이 들어서요."

그녀는 마치 꿈을 꾸듯 말을 했다.

"그럼 우리 그거 할까?"

"……."

이번엔 그녀 쪽에서 말이 없었다.

"……."

종태는 한 번 심호흡을 하고는 다시 그녀의 말을 기다렸다.

그러나 그녀는 잠자코 있기만 했다.

 종태는 반듯이 누워 있는 그녀를 바라보았다. 미동도 하지 않은 채 천정만 올려다보고 있는 그녀의 옆모습이었다. 굳게 다물어진 입술의 윤곽이 선명하게 드러나 있었다. 그리고 목선이 길게 내리뻗은 그 밑으로 볼록한 젖가슴이 보였다. 제법 도톰하도록 굵은 젖망울이 마치 큰 물방울처럼 매달려 있었다.

 종태는 옆으로 누우면서 그녀의 젖가슴 위로 손을 얹었다. 한 손에 다 잡히는 젖가슴은 작고 탱탱했다. 손바닥에 젖망울이 그대로 느껴졌다. 젖가슴에 비해 젖망울은 제법 크게 느껴졌다. 종태는 슬슬 문지르면서 젖망울 주위를 어루만졌다.

 “……."

 그녀는 눈을 감았다. 한 남자의 손길을 더욱 깊이 느끼기 위해 스스로 마음의 문을 여는 동시에 사물을 보는 눈을 닫아버리는 것이다. 그래야만 더욱 깊은 걸 느낄 수 있기라도 하듯이.

 종태는 달빛에 아련히 윤곽이 드러나는 젖가슴을 보면서 애무를 했다. 그리고서 입술을 갖다대서는 혀끝으로 젖망울을 만져보았다. 어느새 더 커진 듯한 느낌이었다. 그는 입 속에다 젖망울을 넣은 채로 혀끝을 이용해서 오래도록 빨아주었다.

 그러면서 그는 손을 밑으로 가져가 그녀의 팬티 속으로 집어넣었다. 어느새 흥건한 물기가 번져 나와 있었다. 그곳에 손이 닿자마자, 그녀의 다리가 쩌억 벌어지는 듯했다. 그는 허벅지를 만지면서 무척 가는 다리라는 걸 느꼈다. 군살이 하나도 붙어 있지 않은 다리의 감촉이 매우 미끄러웠다.

"……."

그녀는 가만히 있었다. 그가 하는 대로 몸을 내맡긴 채, 약간 몸을 비틀다가 말았을 뿐이었다. 그는 천천히 아래쪽으로 내려가면서 입술로 핥았다. 혀가 닿는 곳마다 미끄러운 감촉이 절로 느껴졌다.

"……!"

그의 혀가 계곡 위의 숲에 머물렀을 때, 그녀는 약간 허리를 들었다가 내려놓았다. 아랫배 쪽이 약간 떨리는 듯했다. 그는 다시 숲을 헤치며 계곡을 찾아내서는 그 속에다 혀를 갖다 대었다. 얇은 살결의 주름살들이 혀끝에 만져졌다. 그곳은 이미 흘러나와 있는 물기로 인해 질척거리고 있었다.

"아!……."

그녀는 짧은 소리를 내면서 종태의 어깨를 붙잡았다. 그녀의 손이 떨리고 있음을 알 수 있었다.

종태는 짧은 순간이었지만 무척 길게 느껴졌다. 전혀 새로운 느낌을 주는 박아주를 생생하게 받아들이고 싶었다. 뭐라고 말할 수 있을까. 이런 느낌을. 다른 여자와의 섹스를 과연 어떤 느낌이라고 말할 수 있을까. 모든 게 다 다른 것이었다. 살결의 감촉과 느낌, 그리고 분위기까지도…….

"아!……."

그녀의 두 번째 신음을 들으면서 그는 서서히 위로 올라갔다. 몸을 들었다가 뿌리를 맞닿으면서 아래쪽으로 내렸다. 스무스하게 들어간 뿌리는 꽉 조이는 듯한 느낌을 받았다. 그는 천천히 움직이기 시작하면서 그녀의 입술과 젖가슴을 찾아 헤매었다.

뿌리가 밀고 들어가는 느낌과, 또한 빠져나올 때의 느낌이 달랐다. 밀고 들어갈 때의 느낌이 꽉 조이는 듯한 기분이었다면, 빠져나올 때의 느낌이란 약간 아쉬움을 느낄 정도의 여유 있는 듯한 여운을 남겼다. 애액이 많아서일까. 밀고 당기고 하는 사이에 그녀의 꽃잎은 지극히 황홀한 기분을 자아내고 있었다.

"음……."

종태는 짧은 소리를 냈다. 그리고는 거세게 몸을 움직여댔다. 있는 힘을 다해 세게 몸을 들었다가 들이밀었다. 그럴 때마다 밑에서는 꽃잎이 자지러지는 듯한 물소리를 냈다. 살과 살이 맞닿는 소리는 언제나 듣기가 좋았다. 철벅거리는 소리……그것은 듣는 이로 하여금 쾌감의 극치점으로 올려놓는 묘한 작용을 하고 있었다.

어느 순간, 종태는 그녀의 두 다리를 위로 들어 올려서는 수평 방향으로 뿌리를 들이박았다. 그랬을 때, 그녀는 더욱 기묘한 소리를 냈다.

"아아!…… 으…… 히잉."

그 소리를 들으면서 종태는 하던 동작을 더욱 거세게 밀어붙였다. 성난 뿌리는 죽을 줄을 몰랐다. 내려치면 칠수록 더욱 강해지는 무쇠처럼 그는 그랬다. 빳빳한 것이 더욱 힘을 얻어 막대기처럼 굳어지는 것이었다.

"아, 좋은걸……."

그의 이마엔 어느새 땀방울이 맺혀 떨어져 내렸다. 방 안엔 에어컨이 돌아가고 있었지만 그건 역부족이었다. 몸에서 나는 열기가 에어컨 바람보다 더 뜨거웠다. 허벅지와 뿌리 근처는 이미 축축이 젖어 있어서 몸이 부딪칠 때마다 철벅거리는 소리를 내고 있었다.

그는 잠깐 자리를 바꿔 누웠다. 그녀를 위로 올라오게 해서는 자신은 밑으로 들어갔다. 이번엔 그녀가 위에서 몸을 움직여댔다. 그녀의 움직임을 밑에서 올려다보며 그는 조금 더 여유로울 수가 있었다. 밑에서 보는 그녀의 계곡은 한껏 벌어져 있었다. 자신의 뿌리를 물고서 움직이고 있는 그녀의 작은 엉덩이가 앙증맞게 보여졌다.

검은 숲 바로 밑의 계곡은 마치 작은 새가 큰 먹이를 문 것처럼 입을 한껏 벌린 형상이었다. 그러면서도 그녀는 움직임을 멈추지 않았으므로 뿌리가 들쑥날쑥하면서 그녀의 꽃잎이 벌어지곤 했다. 그 움직임을 바라보는 종태의 마음은 점점 뜨겁

게 달아올랐다.

그녀의 허리를 감싸쥔 그의 손이 따라서 움직였다. 그녀가 펄쩍 뛸 때마다 그의 손도 따라 올라가면서 그녀의 허리살이 만져졌다. 살이라곤 전혀 없을 것 같은 그런 가는 허리였다. 한 손으로 꽉 쥐어버리면 다 잡힐 것 같은 허리였다. 그는 그러면서 두 손으로 그녀의 허리를 어루만졌다.

"아아……."

그녀도 더 이상 참을 수가 없었던 모양이었다. 그녀는 하던 동작을 멈추고서는 깊은 한숨을 내쉬었다. 다시 그녀가 움직이기 시작했을 때, 그는 더 이상 참을 수 없는 사정기를 느끼면서 얼른 자세를 바꿨다. 사정이 임박했을 때에는 남성 상위가 제일 좋은 자세였다. 그는 곧 그의 뿌리를 집어넣으면서 격렬하게 움직이기 시작했다.

원래 남자란 사정이 임박했을 때가 가장 격렬한 순간이었다. 일 초에 여러 번의 왕복운동을 하면서 마지막 있는 힘을 다하는 순간이었다. 그 순간만큼은 아무런 잡념조차 들지 않았다. 오로지 사정을 하기 위한 움직임일 뿐이었다. 여자에게 있어 가장 쾌감이 고조되는 순간이 바로 그런 때이기도 했다. 종태의 밑뿌리가 세게 부딪치면서 그녀의 아랫도리를 부숴놓을 것처럼 맹렬해졌다.

"아아……."

"으으…… 흐으……."

두 사람은 거의 동시에 짧은 외마디를 질러냈다. 그러면서 마지막 순간의 용트림을 끝으로 그는 풀썩 동작을 멈추었다. 그때는 이미 그녀의 몸도 더 이상 움직일 수 없을 정도로 축 늘어진 뒤였다.

그들은 사정과 분비라는 사랑의 물을 다 쏟아내면서 숨을 헐떡이고 있었다. 아직 종태의 뿌리는 죽지 않고 있어서 그녀의 꽃잎 속에 박혀 있는 것만으로도 섹스가 아직은 유효할 때였다. 그들은 포옹을 했다. 알몸과 알몸이 닿으면서 나른한 행복감이 느껴졌다. 박아주는 종태의 몸이 짓누르는 중압감과 함께, 뜨거운 것이 몸속으로 스며드는 기쁨을 느끼면서 그의 등짝을 어루만졌다. 온통 땀으로 범벅이 된 그의 등짝이었다.

"어머! 땀이 이렇게 났어요?"

그녀는 놀란 듯이 손바닥을 들어보였다. 손바닥에는 흥건한 물기가 고여 있었다.

"후후. 땀이 날만도 하지. 그렇게 몸부림을 쳐댔으니까. 어때?"

종태는 짓궂게 물었다.

"굿이에요! 굿! 너무 좋았어요."

아주는 작은 진저리를 치듯이 말했다. 그녀의 몸이 종태의 밑에 깔려 있기는 했지만 전혀 무거움을 느끼지 못했다. 아직도 그녀의 몸속에는 그의 뿌리가 박혀 있어 잠시 쉬고 있다는 생각이 들 정도였다.

"나도 이젠 술이 다 깨버렸는걸. 이거 했다고 그런가? 하하."

그 말을 하면서 종태는 박아주의 젖가슴에다 입술을 맞추었다. 입술이 닿을 때마다 박아주의 가슴은 약간 떨리는 듯했다. 그러면서 다시 긴장되는 쾌감이 일어나는 것이었다. 그는 다시 그녀의 젖가슴과 배와, 그리고 최대한 몸을 구부리면서 혀가 닿는 데까지 밑으로 내려가면서 핥아댔다. 그녀의 옆구리를 핥았을 때, 박아주는 잠깐 꿈틀거렸다.

"……."

종태는 빨리 몸을 떼 내고 싶지 않았다. 그건 그녀 역시 마찬가지였다. 그것은 느낌으로도 충분히 알 수 있는 체험이었다. 진한 섹스 뒤의 잔잔한 여운 같은 걸 마무리하기 위해서 그들은 한참 동안 서로의 알몸을 끌어안고 있었다.

"너무 좋아요. 아아, 이런 건 처음이에요."

그녀는 끝내 오열하듯이 그 말을 토해냈다. 마치 저 깊숙한 곳에 감추어둔 감정의 말을 어렵사리 꺼내놓는 것 같았다.

"그런가? 그런 걸 느꼈어?"

종태는 자신이 이 여자를 흥분하게 만들었다는 사실에 만족감을 느끼며 물어보았다.

"그래요. 첨이에요. 이런 거……."

그녀는 다시 종태의 알몸을 끌어안았다. 그리고는 고개를 들어 그의 가슴을 핥기 시작했다. 종태는 마치 그녀의 혀가 고양이 혓바닥 같다는 생각이 들었다. 작은 혀가 알몸의 가슴을, 그것도 돌기 부분을 중점적으로 핥아대는 데에는 온몸이 서늘할 정도였다. 다시 불이 붙으려고 할 때처럼 몸속의 기운들이 모두 다 아래쪽으로 몰리는 듯한 기분을 느꼈다.

"……."

그는 잠자코 있으면서 박아주가 하는 것을 내려다보고 있었다. 그녀는 가슴을 핥다가 자주 올려다보곤 했다. 그럴 때마다 그녀의 눈빛이 묘하게 빛나곤 했다. 이를테면 일종의 섹시함이랄까. 끈적한 섹스가 끝난 뒤였지만 만족한 아쉬움이 그대로 남아 있는 듯한 그녀의 안달이랄 수 있었다.

어쩌면 그녀는 모처럼 만의 진한 섹스에서 만족하고선 그 여운을 되새기기 위해서 그러는 건지도 몰랐다. 그녀는 종태의 가슴을 핥으면서 이미 죽어버린 뿌리를 거머쥐고는 자주 흔들어댔다. 그러다가 뿌리와 고환을 싸잡아서는 한 움큼에 집어넣을 듯이 꼭 조이기도 했다.

"……?"

종태는 그녀가 밑으로 내려가는 걸 느꼈다. 그리고는 박아주는 잽싸게 입을 갖다 댔다. 그녀는 고환을 한 입에 넣고는 세게 빨아들이는 것이었다. 종태는 고환이 통째로 그녀의 입 속으로 들어가 버리는 것 같은 짜릿함을 느끼며 약간 입을 벌렸다. 오줌 줄기 저 깊은 곳에서부터 짜릿짜릿거리는 간지러움이 느껴졌지만, 그건 어디까지나 쾌감이라기보다는 간지러움에 가까운 거라고 말할 수 있었다. 짜릿하면서도 간지러운 기분. 마구 오줌이 나와버릴 것 같은 충동이 일어났지만 분명히 흥분은 아니었다.

그녀는 종태의 뿌리를 입 속으로 집어넣었다. 거세게 빨아들이자, 종태는 또 다시 그러한 느낌을 받았다. 뿌리가 일어서는 것과는 달리, 짜릿짜릿한 감전의 느낌만 전해져오면서 항문께가 간지러울 정도였다. 그건 섹스를 할 때와는 다른 짜릿함이었다.

그리고 나서 그녀는 종태의 허벅지 안쪽을 혀로 핥으면서 내려갔다. 그곳에서도 전류가 흐르는 듯한 짜릿함이 일어났다. 그녀는 다시 종태의 두 다리를 활짝 벌려놓은 채로 다리사이로 들어가서 공손히 무릎을 꿇고는 본격적으로 핥아대기 시작했다.

종태의 사타구니는 온통 그녀의 혀에서 흘러나온 물기로 축축해졌다. 그래도 박아주는 멈추질 않는 거였다. 그녀는 마치 재미있다는 듯이 더욱 신나게 핥아나갔다. 그러나 끝내 종태의 뿌리는 일어서지 않았다.

"됐어. 힘들지?"

종태의 말에 그녀는 씨익 웃어 보이면서 고개를 쳐들었다.

"아뇨. 기분 좋아요?"

"응. 너무 좋은데."

종태의 목소리는 취한 듯했다.

"그럼 더 해요?"

그녀가 웃어 보였다. 입술에는 침이 잔뜩 묻어서 번들거리고 있었다. 그렇게 말을 하는 그녀는 마치 암고양이 같았다. 작은 혓바닥으로 싹싹 핥아대는 것도 그랬지만, 마치 확인이라도 하듯이 물어보는 말이 더욱 감칠맛 나는 것이었다.

"아냐. 힘들어. 됐어. 기분 좋아."

"……."

그제야 그녀는 종태의 옆으로 와서 드러누웠다. 종태는 그녀의 알몸뚱이 위로 손을 얹었다. 얄팍한 몸매가 느껴졌다. 탄력 있는 살갗이 만져지면서 그는 박아주의 알몸을 어루만졌다. 만지고 또 만져도 싫증나지 않을 그런 몸매였다. 단단하면서도 살집이 전혀 없는 미끈한 몸매는 손의 감촉만으로도 기분이 좋아졌다.

그리고 그녀의 계곡은 부드럽고 포근했다. 그는 손가락으로 계곡을 약간 벌린 채로 어루만졌다. 잔잔한 물기가 흘러나와 손을 적셨다. 오밀조밀하게 생긴 계곡의 주름살이 그대로 다 느껴졌다. 그는 계곡을 오르내리면서 부드러운 살갗을 만지는 동안, 피곤이 몰려오는 걸 느꼈다.

진한 섹스가 끝난 뒤의 나른함이었다.

박아주는 자신의 꽃잎이 좀 더 활짝 벌려지도록 다리를 벌렸고, 그녀의 손은 종태의 뿌리를 거머쥐고 있었다. 두 사람 다 서로 상대방의 그곳을 거머쥔 채로 얼굴을 들여다보고 있었다.

"안 피곤해?"

종태가 먼저 물었다.

"피곤한가요? 난 아직 안 피곤해요."

그녀는 웃었다. 잔잔한 물살이 이는 것 같은 그런 웃음이었다.

"이젠 자야지? 잠이 안 와?"

종태는 그녀가 잠들면 곧바로 잠이 쏟아질 것만 같았다. 그러나 박아주는 더 생글거리며 웃으며 말했다.

"자요. 제가 보고 있다가 잘게요. 전 원래 밤잠이 없어요. 주로 낮에 자거든요."

그녀는 종태의 뿌리를 흔들며 그 말을 했다. 그러자, 서서히 뿌리가 일어나는 것이었다.

그걸 본 박아주가 말했다.

"이게 또 하고 싶은가 봐요. 점점 커지는 걸요."

그녀는 그게 신기한 듯이 자꾸 흔들어대고 있었다. 종태는 점점 잠이 달아나는 걸 느꼈다. 그녀가 자꾸 흔드는 바람에 뿌리에서부터 잠이 달아나고 있었다. 온몸의 활기가 다시 되살아나는 것 같았다.

"자꾸 그러면 또 해야 돼. 피곤해."

종태는 그 말을 하고선 눈을 감았다. 지금쯤 황 노인은 주희를 데리고 들어가서 무엇을 하고 있을까 하는 생각이 들었다. 그런 생각을 하자, 종태는 입가에 쿡, 웃음이 돋아나오려고 했다. 정말 알다가도 모를 노인이었다. 그 나이에 새파랗게 젊은 영계를 좋아하는 끼고서 방으로 들어가는 것이 웃음이 튀어나올 일이었다.

회춘을 하려고 그랬을까?

늙은 남자는 젊은 영계를 데리고 잘수록 회춘이 된다고 하지 않았던가. 혹시 황 노인은 그런 노익장을 과시하기 위해서 일부러 주희를 데리고 자는지도 모를 일이라고 생각되었다. 과연 제대로 할 수 있을지가 의문이 들었다.

"뭘 생각해요?"

박아주가 물었다.

"응? 아니. 아무것도 아니야. 그냥 생각하고 있었어."

종태는 딴 생각을 하고 있다가 드린 사람처럼 허둥대며 그녀의 젖가슴에다 입술을 대었다. 돌기 주위를 빨았다가 놓아주었다.

"제가 재밌는 얘기 하나 할까요?"

"어떤 얘기?"

227

"그냥 재밌는 걸로…… 해도 돼요?"

그러면서 박아주는 쿡쿡, 웃었다.

"해봐. 난 듣고 있을게."

종태는 편한 마음으로 귀를 열어놓았다. 박아주는 종태의 무심한 얼굴을 들여다보다가 천천히 말을 꺼냈다.

"어느 여선생님이요."

"응."

"있었더래요. 그런데 매일 칠판에다 아이들이 고추를 그려놓는 거예요."

"……?"

종태는 묵묵히 듣고 있었다.

"그래서 이 여선생님이 얼마나 화가 났겠어요? 그렇지만 아이들을 나무랄 수도 없고 해서, 그냥 지우개로 지워버리곤 했더래요."

"……."

종태는 박아주의 얼굴을 슬쩍 바라보았다. 그녀와 눈빛이 마주치면서 빙긋 웃어주었다. 이야기의 서두가 약간 이상한 것 같아서 웃어준 것뿐이었다.

"이 이야기 아세요?"

"아니. 그냥 웃었던 거야."

"그럼, 다 들어보세요."

박아주는 생글거리며 웃었다.

"응. 해봐. 듣고 있을게."

"그런데 지우개로 지우고 나면 다음날엔 더 크게 고추를 그려놓는 거예요. 그 여선생님은 초임이라서 그런지 얼굴이 확확 달아올랐어요. 그래서 나중엔 수업시간 중에 교장실로 달려갔드래요. 그래서 교장선생님한테 자초지종을 다 이야기하면서 남자 아이들이 자꾸 자기를 놀린다고 울었더래요. 그랬더니 교장선생님이 뭐랬는 줄 아세요?"

"뭐랬는데?"

종태는 궁금해서 박아주의 얼굴로 시선을 고정시켰다. 박아주는 실실 웃으면서 다시 말을 이었다.

"교장선생님이 그랬대요. 그 여선생보고 하는 말이, 원래 고추는 자꾸 만지면 자꾸 커지는 법이니까 그냥 두라고 그랬대요. 호호, 우습죠?"

"하하. 그러네. 그거 말이 되네 그래."

종태는 웃음을 터뜨렸다. 고추는 자꾸 만지면 커진다는 말이 우스운 표현이었다.

"또 할까요? 잠이 안 오죠?"

"응."

"그럼 하나 더 할게요."

이번엔 박아주가 종태의 옆구리로 파고들면서 찰싹 달라붙

듯이 알몸을 기대오면서 소곤거렸다. 그녀는 아직도 종태의 뿌리를 거머쥐고 있었다. 이야기를 하는 동안에도 그녀는 가끔 확인이라도 하듯이 뿌리를 흔들어대곤 했다.

"어느 시아버지가 살았어요. 그런데 이 시아버지는 치매에 걸렸대요. 그래서 자기 성이 뭐라는 걸 자꾸 까먹었어요."

"……."

종태는 전혀 다른 이야기라서 귀를 기울였다. 시아버지와 며느리의 이야기인 것 같았다.

"그래서 며느리가 매번 가르쳐줬대요. 아버님 성이 홍 씨잖아요? 하고 말해줬는데도 또 금방 까먹어버리는 거예요. 그래서 은근히 화가 난 며느리는 한 가지 꾀를 냈어요."

"……."

종태는 듣고 있었다.

"홍합 말린 거 있죠? 그걸 문지방 위에다 실에 매달아놓고선 시아버님한테 그랬어요. 아버님, 이걸 쳐다보시고 성이 홍 씨란 걸 아세요. 그랬더니 처음엔 시아버님이 자기 성이 뭐라는 게 기억이 나지 않을 땐, 그걸 쳐다보시더니 아, 맞아. 내 성이 홍 씨지, 하고 고개를 끄덕이더래요."

"……?"

종태는 다시 그녀를 쳐다보았다. 이쯤에서 반전이 일어날 것 같아 궁금한 표정으로 그녀를 쳐다본 것이었다.

“그러더니, 며칠 지나자, 시아버님이 며느리를 보고서 뭐라고 그랬는줄 아세요?”

그녀가 질문을 던져왔다.

“뭐라고 그랬지? 모르겠는데?”

종태는 드디어 답이 어떤 것인지가 궁금해졌다.

“알아맞혀 보세요.”

박아주는 선뜻 말하지 않을 생각이었다. 그저 실실 웃기만 하고 있었다.

“뭐지? 뭐라고 그랬을까?”

종태는 짱구를 굴렸지만 그 답이 잘 생각나지 않았다. 도무지 감이 잡히지가 않았다.

“시아버지가요~.”

“……?”

“홍합을 쳐다보고선요오~.”

“……?”

“아가, 며눌아. 내 성이 보 가냐? 지 가냐? 하더래요. 호호호. 아셨죠?”

그 말을 해놓고선 박아주는 깔깔거리며 웃었다. 웃음소리가 얼마나 큰지 바깥으로 새어나갈 것 같아 종태는 그녀의 얼굴을 쳐다보았다. 그러나 그 답이 얼마나 웃겼던지 종태도 같이 따라서 웃고 말았다.

"우습죠? 그죠?"

그러면서 박아주는 웃음을 그치지를 않고 있었다.

"하하. 그것도 말이 되네. 자기 성이 보 간지, 지 간지 분간 못하는구만. 하하."

"호호호. 아이 참, 난 처음에 그 말 듣고선 얼마나 웃었는데 요. 나중엔 배가 다 아프더라고요. 호호호."

그들은 웃느라 서로의 알몸뚱이가 만져졌다. 미끈거리는 알 몸뚱이가 서로의 몸에 닿자, 누가 먼저랄 것도 없이 서로 끌어 안았다.

"……."

종태는 그녀의 입에 입을 갖다 댔다. 순식간에 포옹이 되어 버렸고, 순식간에 입술이 포개져 버렸다. 그리고는 그녀의 혀 가 내밀어지고, 그는 그녀의 혀를 물듯이 안으로 빨아들였다.

"……."

그녀는 마치 순한 양 같았다. 그가 하는 대로 이끌리면서 포 옹을 해왔다. 두 사람의 다리가 겹쳐지면서 종태의 다리가 위 로 올라갔다. 그는 다리에 힘을 주면서 그녀의 몸뚱이를 끌어 당겼다.

입으로는 그녀의 혀를 빼낼 듯이 으르렁거렸고, 그의 두 손 은 그녀의 둥근 젖가슴과 허리를 둘러 끌어당겼으며, 그의 다 리는 그녀의 허벅지 위로 올라가서 그녀의 알몸뚱이를 안쪽으로 끌어당겼다. 그녀의 알몸뚱이는 완전히 결박당한 채, 종태의 품 안으로 들어와 있었다.

"아!……."

그녀의 입에서 가느다란 탄성이 터져 나오고 있었다.

그는 더욱 옥죄면서 그녀를 끌어당기다가 허리를 두른 손을 밑으로 가져갔다. 그녀의 계곡은 이미 흥건히 젖어 있었다. 그는 손으로 꽃잎을 벌리면서 깊숙이 안으로 들어갔다. 손에는 온통 물기로 가득 찼다. 그는 다시 그녀의 한쪽 다리를 번쩍 들어서는 자신의 허리 위로 올려놓고는 다시 손가락을 밑으로 밀어 넣었다.

"아아!……."

그녀의 가슴에서 울려나오는 목소리였다. 그녀는 작은 몸뚱이를 떨어대면서 파들거렸다. 그는 그녀가 절정으로 치닫고 있음을 알아차리고는 그동안 묶어놨던 손과 발을 일시에 풀어내면서 그녀의 몸 위로 올라갔다.

그의 뿌리는 성난 듯이 쉽사리 꽃잎 안으로 미끄러지며 들어갔다. 그는 폭풍과도 같았다. 들어가기가 무섭게 그는 엉덩이를 들었다가 내려놓으며 그녀를 짓이겼다. 활활 타오를 듯이 불이 붙은 뿌리는 휘발유에 신나를 끼었은 것처럼 타닥거리며 타들어갔다.

"아아!……."

그녀는 몸부림을 치면서 자꾸만 종태의 가슴을 쥐어뜯었다. 그럴수록 종태는 더욱 기세 좋게 덤벼들었다. 엉덩이를 한껏 쳐들었다가 쿵, 하고 내려놓을 때엔 그야말로 온 세상을 짓이기는 것처럼 쾌감의 덩어리들이 잘디잘게 부서져 내리는 듯했다.

마치 봄철의 잔 꽃잎들이 함박눈처럼 퍼르르 떨어져 내리는 듯도 했고, 겨울철의 두꺼운 얼음장이 쩡, 쩌엉 거리면서 금이 쩍쩍 가는 것처럼 우람한 소릴 냈다. 그것은 그야말로 사계의 신비로움과 자연의 무서움이 함께 공존하는 것처럼 신묘한 기쁨을 자아내는 것이었다.

바둥거리는 그녀의 몸뚱이를 짓누르면서 그녀는 더욱 큰 쾌감을 느꼈다. 그럴 때마다 충격에 의해 푹신거리며 내려가는 침대의 쿠션이 기쁨을 배가시키는 것 같았다. 종태는 한 번씩 꽃잎을 내려칠 때마다 미끄러지는 것을 막기 위해서 발끝에다 힘을 주고선 다시 엉덩이를 번쩍 들었다가 세게 내리쳤다.

"하아!……."

박아주는 한 번 벌려진 입이 계속 다물어질 줄 모르는 듯했다. 깊은 한숨을 들이마시는 것도 같았고, 어쩌면 토해내다가 그만 숨이 잠깐 동안 멈춘 것 같기도 했다.

종태는 무차별적으로 쏘아대는 따발총처럼 수없이 엉덩방아를 찧어댔다. 그것은 그녀가 숨도 돌릴 수 없을 만큼 빠른 동작이었다. 철썩거리는 소리가 연속적으로 튀어나왔다. 그 소리는 마치 작은 개울물에 커다란 돌부리가 가로막혀 있어서 돌부리에 채이는 물소리처럼 연속적으로 들려나왔다.

그는 조금이라도 더 빨리 사정을 하기 위한 것처럼 격렬하게 몸을 움직였다. 그리고 어느 순간에 움찔거리는 내면의 사정기를 느끼면서 마지막 온 힘을 다 쏟았다. 그의 뿌리에서 뜨거운 것이 튀어나오려는 걸 느끼면서 그는 헉, 하고 그녀의 알몸뚱이를 붙잡았다.

"아…… 으!……."

그는 몸을 쥐어짤 듯이 두 다리를 모으면서 정액을 토해냈다. 그는 정액을 토해내면서도 계속 몸을 움직였다. 이번엔 그녀의 몸이 밑에서부터 위로 치받았다. 짧은 순간이었지만 두 사람이 서로 호흡을 맞춘 것처럼 격렬하게 맞붙었다가 떨어지곤 했다.

"아……."

그녀가 격정에 겨워 몸을 떠는 동안,

"으……."

그도 역시 격정에 겨운 몸을 떨어댔다. 가슴으로 흘러내린 땀방울이 그녀의 젖가슴으로 떨어져 내렸다. 그는 풀썩 쓰러지면서 그녀의 몸을 완전히 덮어버렸다.

"……."

그리고 두 사람 모두 말이 필요치 않았다. 모든 생각은 일시에 다 중지해버린 것처럼 조용하기만 했다. 들리는 거라곤 두 사람이 내뿜는 가쁜 숨소리뿐이었다. 격렬함 뒤의 한동안의 침묵이 흘렀을까. 그들은 꼼짝도 하지 않았다. 손 하나 움직이는 것조차 부담스러울 지경이었다.

에어컨 돌아가는 소리만이 유난스레 크게 들릴 뿐이었다.

"……."

그들은 침을 삼키는 소리조차 크게 들릴 정도였다. 아랫도리가 뻐근할 정도였고, 박아주는 다리가 아플 정도였다. 섹스를 하는 동안, 벌리고 있었던 다리에 쥐가 날 것 같은 먹먹함이 신경을 마비시키는 것 같았다.

종태는 이마에 흐른 땀을 그녀의 젖가슴에다 비벼댔다. 그리고는 젖가슴 사이에다 이마를 처박았다. 콧속으로 향긋한 살내음이 맡아졌다. 그는 크게 심호흡을 한 번 하고는 고개를 들었다.

"아, 좋았어."

그의 목소리는 아직도 힘이 남아 있는 듯했다. 다소 거칠기는 했지만 가쁜 숨소리였다.

"저두요. 이런 기분 첨이에요. 죽겠는 걸요."

그녀는 그런 식으로 자신의 지금 기분을 옮겨놓고 있었다. 그녀의 꽃잎이 몇 번 움찔거리는 게 느껴졌다. 그는 그런 것까지도 하나하나 느낄 수 있었다. 자신의 뿌리에 와 닿는 그녀의 질벽의 감촉까지도 세밀히 느낄 수가 있었다. 그 느낌이란 참으로 어떤 말로도 표현할 수 없는 것이었다.

"……."

한참 만에 종태는 몸을 들어냈다. 그리고는 옆으로 드러누워 버렸다. 편안했다. 침대의 쿠션이 등에 느껴지면서 곧 잠에 빠져들 것만 같은 기분이었다.

"저, 닦고 올게요. 자지 마세요."

"……."

그는 눈을 감아버렸다. 나른한 현기증이 나비처럼 무수히 날아오르는 걸 느끼면서 그녀가 일어서 나가는 것을 느꼈다. 그리고 그녀가 내리는 물소리가 들려왔다. 점점 의식의 창문이 닫혀지고 있다는 것을 느끼면서 그는 나른한 잠 속으로 빠져들고 말았다.

그동안 물소리가 요란하게 들리는 듯했다. 비록 잠결이기는 하지만 꿈속에서 비가 내리는 것 같은 착각이 들었다.

"……."

박아주는 시원한 물줄기를 맞고서 침대 곁으로 돌아왔다. 그리고는 곤한 잠에 빠져 있는 종태를 물끄러미 내려다보았다. 환한 불빛에 드러난 남자의 알몸이 그냥 그대로 다 보여지고 있었다. 이미 죽어 있는 남자의 뿌리는 아무렇게나 매달려 있는 것처럼 흐느적거리고 있었다.

그녀는 남자의 성기를 처음 본 것은 아니었지만 오래도록 그의 뿌리를 내려다보고 서 있었다. 그녀가 잠든 시간은 그로부터 한 시간이나 지난 뒤였다. 그동안 그녀는 담배 두 개비를 피웠고, 냉장고에서 캔맥주 두 개를 꺼내와서 혼자 침대맡에 앉아서 다 마시고 나서 침대 위로 올라갔다. 그녀는 이때까지 한 번도 느껴보지 못했던 이런 황홀한 순간을 깊이깊이 간직할 듯이 잠자리에 들어서도 쉽게 잠을 이루지 못했다.

어렴풋한 새벽이었다. 종태는 마악 잠이 깨려고 그러는 시간이었다. 항상 잠이 깰 시간쯤이면, 눈이 떠지기 전에 먼저 의식부터 환해지다가 서서히 눈이 떠지는 것이었다. 머리가 조금 아팠다. 그는 갈증을 느끼며 벌떡 눈을 떴다.

"……?"

그의 옆에 누워서 자고 있는 박아주의 얼굴이 보였다. 늦게 잠들어서인지 그녀는 곤한 잠을 자고 있었다. 그는 어젯밤 늦잠이 많다는 그녀의 말이 기억났다. 그는 그녀를 내려다보고 있었다. 벌거벗은 알몸이 그대로 다 드러나 있었다.

에어컨은 혼자 돌아가고 있었다.

그는 벌떡 일어나 냉장고의 문을 열어 시원한 캔맥주를 꺼내 마셨다. 얼음처럼 찬 맥주가 뱃속으로 들어가자, 그는 그제야

238

비로소 갈증이 멎는 듯했다. 그리고 맑은 정신이 돌아왔다. 그는 소파로 가서 앉아서 벌거벗은 채로 자고 있는 박아주의 시원스런 육체를 감상하고 있었다.

'멋있군'

그는 저절로 그런 말이 입 밖으로 튀어나오려다가 말았다. 창문의 환한 여운에 드러난 그녀의 육체는 미끈하게 잘 빠진 몸매였다. 그러니까 일찍 이런 데로 나왔는지도 모른다는 생각이 들 정도였다. 군살 하나 없는 다리와 가는 허리, 그리고 조그만 얼굴이 조화를 잘 이루고 있었다.

"……."

그는 전체적인 균형에서, 이번에는 하나하나 세밀히 뜯어보면서 그녀를 살폈다. 그는 담배를 꺼내 불을 붙이고는 완전히 벌거벗고 자고 있는 그녀의 몸을 감상하기 시작했다. 길게 뻗은 다리 위쪽으로 빈약한 듯하면서도 도톰한 둔덕이 보였다.

그곳은 검은 숲이 계곡까지 다 덮고 있는 듯했다. 불두덩이에서부터 밑쪽 회음부에까지 검은 털로 이어져 있어 계곡이 어디쯤인지 모를 정도로 털이 무성했다. 빈약한 몸매치고는 털이 많은 그녀였다.

종태는 어릴 적의 추억들이 생각났다.

중학교 일학년 땐가. 여름철에 멱을 감으러 갔다가 냇가에서 같은 또래의 아이들과 서로 누가 더 많은 털이 났는가를 내기를 하고 있었다. 그때는 다들 보송보송한 털이 마악 나려는 때였다. 제법 커다란 자지가 덜렁거리고는 있었지만 주위가 밋밋한 것이 영 보기가 싫게 느껴졌다. 그래서 누군가가 몰래 준비해온 면도기로 자지 주위를 싹싹 밀었던 기억이 있었다.

면도를 하고 나면 금방 새카만 털이 자라나온다는 말만 믿고서 열심히 면도를 했던 그런 기억이 있었다. 민둥했던 그곳에서 점점 새카만 털이 자라나오고, 어느 정도 자지를 덮어버릴 만큼 자라나왔을 때는 벌써 어른이 된 듯한 뿌듯함이 느껴지곤 했다. 그리고 그때쯤에는 가끔 새벽마다 오줌이 꽉 차서 자지가 빳빳이 일어설 때도 더러 있었다.

"……?"

그런데 아직 나이가 한참이나 어린 박아주의 무성한 털을 보면서 그는 묘한 생각이 드는 것이었다. 여자들도 어쩌면 털이 빨리 자라나게 하기 위해서 면도를 했을지도 모른다는 생각이 문득 들었기 때문이었다. 박아주는 보기 드물게 털이 많은 편이었다. 가는 몸매와 빈약한 몸집에 비해선 제법 풍성하도록 많은 털을 가지고 있었다.

종태는 털이 많은 여자에게서 흔히 더 많은 성욕을 느끼곤 했다. 털이 주는 묘한 뉘앙스 때문인지도 몰랐다. 털이란 것은 태고로부터 인간이 물려받은 섹스의 심벌인 것처럼 느껴지기도 했다.

여자들마다 털의 분포도와 털의 양이 제각각 달랐다. 넓게 퍼져 있는 털이 있는가 하면, 계곡 위만 겨우 가릴 절도로 빈약한 여자도 있었다. 그리고 길쭉하게 생긴 계곡을 따라서 빈약하긴 하지만, 위에서부터 아래쪽으로 뻗어 있는 털을 가진 여자도 있었다.

그녀는 계곡 주위로 해서 넓게 퍼져 있었다. 보송보송한 털이 주는 의미가 남달랐다. 남자나 여자의 털이라는 것은 섹스를 상징하기라도 하듯이, 그것만 보고서도 가벼운 흥분을 느낄 수 있었다. 만져보고 싶은 욕구. 그리고 입을 갖다 대 털이 주는 독특한 내음을 맡아보고 싶은 욕망이 앞선다. 그는 그러고 싶기도 했지만 가까운 거리에서 바라보는 것도 괜찮은 일이라고 생각했다.

평지에 가까운 밋밋한 아랫배와 그 밑의 경사진 부분의 털이 주는 의미란 여자만이 던져줄 수 있는 유일한 것이었다. 남자는 흔히 여자의 털 속에서 빠져나와 울음을 터뜨리며 태어나는 것이다. 그래서 여자의 음모는 남자의 고향 같기도 한 것인지도 모른다. 여자의 신체 일부 중에 가장 신비로운 곳은 역시 깊은 계곡과 털이라고도 할 수 있었다.

그는 박아주의 무성한 털을 바라보고 있었다. 그리고 편편한 가슴 위에 도도록히 돋아나온 젖가슴이 주는 의미를 새김질하고 있었다. 어젯밤에 술힘을 빌어서 진하게 했던 섹스가 생각났다. 두 번이나 연속으로 그것을 했던 탓인지 종태는 어깻죽지가 뻐근한 것 같았다. 그녀를 껴안을 때나, 허리를 들어 밑을 공격할 때 두 팔로 받치거나 팔꿈치로 지지대 삼아 버틴 것이 어깨에 과격한 힘을 준 모양이었다.

그는 두 팔을 돌려 운동을 하고는 다시 담배를 꺼내 피웠다. 그녀는 잠자는 동안에도 몸을 뒤척이느라 다리를 이리저리 움직였다. 밑쪽에서 보여지는 그녀의 하체는 아름답기 그지없었다. 오밀조밀한 것들이 두 다리 사이에서 약간 벌어졌다가 다시 다물어지면서 묘한 분위기를 만들어냈다. 불순하기보다는 순수함이었다. 여체의 신비한 아름다움이랄 수 있었다.

종태는 그녀의 밑을 바라보면서 어느새 뿌리가 튼튼히 세워지는 걸 느꼈다. 터져버릴 것 같이 시뻘겋게 달아오른 그것은 무엇에라도 닿기만 하면 그저 구멍을 뚫어버릴 것 같았다.

"……."

그는 자신의 뿌리를 내려다보았다. 검붉은 그것은 새벽 정기를 느껴서인지 더욱 힘있게 보였다. 뿌리 표피의 정맥 핏줄이 툭툭 튀면서 뿌리 전체가 꿈틀거렸다. 가장 힘이 있을 때가 바로 그런 때였다. 그는 남은 캔맥주를 다 마시고는 그녀의 하체를 노려보았다.

그녀는 아직도 잠이 깨질 않았다. 새벽이라서 그랬는지, 아니면 잠이 깨려고 그러는지 자주 몸을 뒤척였다. 그럴 때마다 그녀의 꽃잎이 기묘한 모양으로 이지러지곤 하는 것이었다. 그녀의 꽃잎은 길쭉하게 보였다가, 다리를 활짝 벌렸을 때는 마치 조갯살이 입을 벌린 것처럼 그 속이 들여다보일 정도였다. 여체의 아름다움은 그런 데에 있는지도 몰랐다. 방심한 상태에서 살짝 엿보여지는 것에 흥분이 일어나는 것이었다.

더군다나 새벽이 물러가는 이른 아침 시간이 아니던가. 남자는 새벽에 일어나는 성욕이 가장 왕성한 것인지도 몰랐다. 종태는 그녀의 알몸을 보면서 온몸이 팽창한 듯한 팽만감을 느꼈다. 어딘가 분출구가 있다면, 그곳을 통해 화려한 감정의 찌꺼기들을 빼내버리고만 싶은 강한 충동을 느꼈다.

"……."

그는 참을 수 있는 데까지 참았다고 생각했다. 그녀의 알몸뚱이를 들여다보고 있는 것도 한계에 다다른 기분이었다. 그녀가 몸을 뒤척이느라 살짝살짝 벌려지는 다리사이는 더욱 절정으로 치닫게 만들었다. 그녀의 계곡의 붉은 살이 보일 때마다 종태의 아랫도리는 감전이라도 된 듯이 짜릿해졌다.

"……."

그는 침대맡으로 가서 그녀의 벌려진 다리 사이로 얼굴을 갖다 댔다. 그 안에서는 향긋한 내음이 흘러나오고 있었다.

"……."

그는 그 향내에 취해서 한참 동안 내음을 맡고 있었다. 바로 눈앞에 보이는 그녀의 계곡은 앙증맞도록 예뻤다. 길게 찢어진 틈서리 사이로 붉은 살결이 주름져 있는 게 보였다. 차곡차곡 여러 겹의 꺼풀들이 호위하고 있는 계곡 입구는 숨기 좋은 방처럼 아늑하게만 느껴졌다.

남자가 숨기 좋은 아늑한 방…… 이라고 말할 수 있었다.

그의 뿌리는 그것을 보자, 미친 듯이 팽팽해지기 시작했다. 그의 앞섶은 이미 팽팽해진 뿌리의 쳐들림으로 인해 아플 지경이었다. 툭 불거져 나온 앞섶을 내려다보면서 그는 바지를 벗어 내렸다.

그는 이번엔 입술을 갖다 댔다. 그리고 몇 번 핥았을까. 그녀는 부시시 잠을 깨며 눈을 떴다.

"……?"

"응, 이제 깼어?"

종태는 얼굴을 들어 그녀를 쳐다보았다.

"…….."

그녀는 종태가 무얼 하고 있는지를 알아 차렸는지 들었던 고개를 내려놓으면서 편안한 자세를 취했다. 이미 박아주는 종태의 마음을 읽은 듯했다. 다리를 좀 더 벌리면서 그가 안으로 깊숙이 들어오기를 기다리는 눈치였다.

"잠 다 깼지?"

"네."

그녀는 조그맣게 대답했다.

"아, 기분이 좋아."

그는 혼잣말처럼 중얼거렸다. 그는 박아주의 계곡과 사타구니께를 핥으면서 뿌듯함을 느꼈다. 여자의 몸에서 나는 내음을 맡고 있다는 것이 기분 좋게 느껴졌다. 혀끝에 살금살금 만져지는 감촉이 지극히 부드러웠다. 마치 가장 황홀한 곳을 더듬고 있다는 느낌이었다.

"아아……."

그녀는 깊은 한숨을 토해냈다. 간신히 목구멍을 새어나온 목소리처럼 들렸다. 그러면서 그녀의 반쯤 세워져 있는 무릎이 떨고 있었다.

"……."

종태는 그녀의 가늘고 쭉 뻗은 다리를 바라보면서 손으로 더듬었다. 그리고 그는 꽃잎이 흠뻑 젖도록 혀를 넓게 펴서 핥았다. 미끄러운 감촉이 혓바닥에 느껴졌다. 부드러운 물기로 인해 그녀의 꽃잎이 더욱 촉촉해지는 것이었다. 그는 밑뿌리께가 점점 부풀어 올라 뿌듯해지다 못해 탱탱해지는 걸 느꼈다.

남자는 그럴 때쯤이면 도저히 참을 수 없는 지경에 이르는 것이었다. 더 이상 참았다간 뿌리가 제풀에 죽어버릴 것만 같았다. 그리고 저절로 사정이 돼버릴 것만 같은 충동에 휩싸이는 것이었다.

그는 깊게 심호흡을 한 번 하고는 그녀의 계곡을 들여다보았다. 자잘한 주름살이 계곡 입구의 주변을 감싸고 있어 볼수록 쾌감을 자아내고 있었다. 그는 마치 탐험을 하듯, 주름살들을 혀끝으로 헤치며 계곡 주변을 서성거렸다. 그녀는 다시 쾌감에 젖어드는 듯, 온몸을 후두둑 떨어대며 몸을 비틀어댔다.

"……."

그녀의 작은 엉덩이가 움찔거리면서 들썩거렸다. 깊은 쾌감에 젖어든 것이 분명했다. 나중에는 박아주의 엉덩이가 이리저리 움직이면서 그녀는 그의 어깨를 잡아끌었다.

"어서 올라와요. 됐어요."

그녀의 목소리는 헐떡거리는 듯했다. 약간 목이 쉰 듯이 안타깝게 말을 했다. 그러나 그는 아직까지도 그녀의 아래쪽이 더 소중한 것처럼 일어나지 않고 있었다. 여자의 그곳은 그랬다. 보면 볼수록 더욱 아름답고, 더 많은 갈증을 일으켰다. 그는 혓바닥을 길게 뽑아서는 꽃잎과 그 주위를 샅샅이 핥아나갔다.

"아아!……."

그녀는 아까보다 좀 더 큰 소리를 내면서 몸을 떨어댔다. 그녀의 얼굴이 잔뜩 찡그려져 있었다. 종태의 어깨를 꽉 잡고서는 놓아주질 않았다.

"……."

246

종태는 잠시 하던 것을 멈추고는 그녀를 바라보았다. 혼자 얼굴을 찡그린 채, 숨을 헐떡이고 있는 모습이 애절하게만 느껴졌다. 그러면서 그녀는 자꾸만 몸뚱이를 뒤척거렸다. 그녀의 온몸은 완전히 달아 있는 듯했다. 알몸뚱이에서 뜨거운 김이 확확 솟아나오는 듯했다.

"……."

그는 몸을 일으켜 그녀의 몸 위로 올라가면서 그녀의 젖가슴에다 입술을 갖다 댔다. 작은 돌기가 입안으로 들어오고, 그는 그것을 혀끝과 윗입술을 이용해서 꽉 물었다가 놓으면서 혀끝으로 핥았다. 점점 힘이 솟는 것처럼 발끈 일어나는 돌기는 마치 남자의 그것과도 같았다. 그는 다시 그 주위를 핥으면서 가슴으로 내려갔다.

그녀는 이제 더 이상 참을 수 없는 듯했다. 종태의 등짝을 두 손으로 깍지껴서 거머쥐고는 힘껏 끌어당기는 것이었다. 그 바람에 종태는 할 수 없이 완전히 몸을 포갰다. 뿌리는 이미 축축이 젖어 있는 꽃잎을 벌리고 안으로 들어간 뒤였다. 뿌리의 표피에 부드러운 물기가 느껴졌다.

그는 엉덩이만을 이용해서 조금씩 움직였다. 그녀의 손은 더욱 거세게 그를 옭아쥐었다. 그는 상체보다는 하체를 주로 움직였다. 한 번씩 내려찧을 때마다 밑에서는 가녀린 물소리가 났다. 찰싹거리는 소리를 들으면서 그는 점점 빨라지고 있었다.

미끄러운 터널을 뚫고 들어갔다가 빠져나오는 쾌감이 남달랐다. 그는 그걸 느끼면서 더욱 혼곤한 상태로 빠져들었다. 쾌감은 남자의 움직이는 속도와 비례하는 듯했다. 그가 격렬하게 움직일수록 박아주는 더욱 몸을 떨어댔다. 가끔 그녀는 두 다리를 이용해서 종태의 하체를 붙잡았지만 격렬하게 움직이고 있는 종태를 꽉 붙잡을 순 없었다.

몸과 몸이 찰싹거렸다. 그의 몸이 부딪쳐올 때마다 그녀는 혼곤해졌다. 마치 꽃잎을 짓이겨버릴 듯이 달려드는 통에 미처 정신조차 차릴 수 없을 정도였다. 뭐가 뭔지 수습할 수 없는 그런 상태였다. 그녀는 그를 끌어안는 수밖에 없었다. 그러면 그는 더욱 격렬하게 움직여댔다. 마치 그녀의 품 안에서 붙잡히지 않으려고 몸부림을 치는 것처럼……

"아!……"

그녀는 외마디 소리를 내지르면서 입을 벌렸다. 그때, 종태의 입이 다가와 입을 막아버렸다. 그리곤 다시 혀와 혀끼리의 치열한 전쟁이 시작되었다. 그건 곧 전쟁이었다. 그의 혀를 깊숙이 빨아들여 삼켜버릴 것처럼 마구 핥아댔다. 그러자, 그도 가만있지 않았다. 그의 혀는 좀 더 힘이 셌다. 나중에는 그의 혀가 이끄는 대로 끌려가면서 그녀는 온몸을 부르르 떨었다.

그러는 동안에도 그는 움직임을 멈추지 않고 있었다. 더욱 거세진 그의 뿌리의 힘을 고스란히 받아들이면서 그녀는 점점 나락으로 떨어져 내리는 기분을 맛보았다. 그건 곧 신성한 쾌감이었다. 그녀는 온몸에서 일어나고 있는 쾌감의 덩어리를 어찌할 줄을 몰라 망설이고 있었다.

그가 두 다리를 번쩍 들어 가슴에 올려놓고서는 다시 공격을 해왔다. 박아주는 미칠 것만 같았다. 좁아터진 꽃잎을 어렵사리 뚫고서 밀고 들어오는 통에 그녀는 점점 다리가 저려왔다. 안 그래도 다리가 저려올 참에 그가 가슴에다 다리를 올려놓고선 거세게 공격해오는 통에 자신의 몸 깊숙한 곳에까지 와 닿는 뿌리의 감촉을 느끼며 쾌감의 바다 한가운데에 둥둥 떠 있는 듯한 기분이었다.

그는 더욱 거세게 마지막 피치를 올리는 듯했다. 침대가 마구 흔들리며 출렁거렸다. 그는 반동을 이용해서 최대한 거세게 방아를 찧어댔다. 그 바람에 박아주는 엉덩이께가 으스러지는 듯한 깊은 쾌감을 맛보았다.

"아!…… 으!……."

그는 곧 사정을 하는 듯했다. 갑자기 속도가 떨어지면서 그녀의 상체를 꼬옥 죄어왔다. 그는 곧 입술을 포개면서 단김을 내뿜어댔다.

"하!……."

그녀는 비로소 격정의 수렁에 빠져나올 수 없는 지경에 이르는 듯했다. 그의 뿌리에서 뿜어져 나오는 뜨거운 열기를 다시 한 번 느끼면서 그녀는 온몸을 부르르 떨었다. 그리고 그를 최대한 끌어안았다. 그건 일종의 사랑의 표현이었고, 만족감의 표시였다.

"……."

종태는 가만히 엎드려 있었다. 아직도 그의 가슴에선 뜨거운 열기가 뿜어져 나오고 있었다.

박아주는 여전히 행위가 끝난 뒤의 여운에 휩싸여 있었다. 그의 뿌리가 아직도 자신의 몸속에 박혀 있었으므로 다 끝난 건 아니었다. 그녀는 그의 등짝을 쓰다듬어 보았다. 그곳은 그가 흘린 물기로 축축해져 있었다.

"……."

그녀는 다시 손을 내려 그의 엉덩이께를 쓰다듬었다. 단단하고 맷집이 좋은 그곳은 그녀의 손이 닿자, 살갗이 파르르 떨리는 듯했다. 그리고 그의 엉덩이가 조금 움찔거렸다.

"만족해요. 어떠세요?"

그녀가 물어왔다. 그녀의 목소리는 아침 이슬을 머금은 것같이 촉촉하게 들렸다. 이미 흥건한 홍수를 맛본 뒤의 나른한 듯한 목소리였다. 그 목소리에는 종태에 대한 지극한 신뢰감이 들어 있는 것이었다.

"응, 좋았어. 너도 그래?"

"네."

그녀는 웃어 보였다. 그녀의 웃는 모습을 보며 종태는 기분이 좋았다. 여자를 만족시켰다는 일종의 도취였다. 그리고 실제로 그 자신도 그러했다. 모처럼만에 느껴본 색다른 감정에서 아직 헤어나지 못하고 있었다. 좁고 가는 통로에 자신의 뿌리를 박아두고 있다는 뿌듯한 느낌이 몸속에서부터 느껴지고 있었다.

"강릉엔 자주 오세요?"

그녀가 물었다.

"가끔……."

"우리 집엔 첨이죠?"

"응."

"어디 사세요? 서울? 여기 사람은 아닌 것 같은데……?"

그녀는 그 말을 하면서 다시 한 번 그를 끌어안았다.

"요 위쪽에 살지. 몇 년 됐어. 서울서 살다가……."

종태는 그 말을 하다가 말을 끊었다. 더 구체적으로 말하는 것이 그랬다. 그건 희자에 대한 미안함이었고, 지예에 대한 송구스러움이었다. 가는 곳마다 자신이 거처하는 곳과 지나간 과거사를 다 이야기한다는 것이 조금 마음에 걸리는 부분이었다.

"어디요? 위쪽이라면…… 속초?"

그녀가 물었다. 바로 눈앞에 있는 그녀의 얼굴이 더 가깝게 느껴지는 건 무엇 때문일까. 불과 한 뼘도 되지 않은 거리였다.

잘 빚은 듯한 반듯한 얼굴의 이목구비가 뚜렷했다. 커다란 눈과, 작은 입술, 그리고 오뚝 솟은 콧날이 마치 인형을 눕혀놓은 것 같았다.

"으응……."

종태는 대충 고개를 끄덕여주었다.

"그럼 자주 놀러오세요. 가깝네 뭐. 가끔 오시면 좋겠어요."

"……."

종태는 대답하지 않았다. 여자한테 자꾸 묶인다는 것이 마음 내키지 않았다. 지금 별장에는 지예가 있지 않은가. 그런데다 또 이 여자를 안다는 것은 짐스러울 것만 같았다.

"놀러오세요. 가끔 봤으면 해요. 난 오늘 너무너무 좋은 거 있죠? 언제나 그래요?"

"뭐가?"

"그거요. 알면서 왜 그러세요? 호호. 딴 생각하는 사람 같아."

박아주는 종태의 등 위에 있는 손바닥으로 살짝 때리듯이 꼬집는 시늉을 해보였다. 그러면서 그녀는 종태의 엉덩이께를 한참 동안 어루만졌다. 그녀의 손은 부드러웠다. 아래쪽 등과 엉덩이께가 시원스러움과 함께 색다른 느낌이 일어나고 있었다.

종태는 입을 떼지 않았다. 그저 그녀의 얼굴을 들여다보며 웃어줬을 뿐이었다.

"나, 너무 좋았어요. 온몸의 진기가 다 빠져버렸을 정도로요. 아깐 다리가 뻐근할 정도로 아팠어요. 아……."

그녀는 한숨이 섞인 탄성을 가벼이 내질렀다.

"……."

종태는 그러는 그녀의 알몸을 껴안고 있으면서 무한한 만족감에 빠져들고 있었다. 이미 뿌리는 죽었지만 아직까지도 새콤달콤함이 그대로 간직되어 있는 것 같았다. 그녀의 꽃잎 속에 박혀 있는 자신의 뿌리가 뿌듯함을 느끼는 듯했다.

"……."

그녀도 더 이상 말이 없었다. 눈을 감은 채로 무언가를 생각하는 듯했다. 종태는 그녀가 눈을 뜨기를 기다렸다가 한참 만에 눈을 뜬 그녀에게서 몸을 떼냈다. 아랫도리는 온통 물기로 젖어 있었다.

그는 일어나서 창문으로 다가갔다. 커튼을 젖혀 바다가 훤히 보이도록 해놓고는 소파로 가서 앉았다. 담배를 꺼내 피우는 동안, 박아주는 욕실로 들어가 샤워를 하는 것이었다. 그녀가 내리는 물소리는 들으면서 그는 상쾌한 아침이 열렸다는 사실을 새삼 느낄 수 있었다.

"……."

그는 탁자 위의 전화기를 내려다보고 있다가 수화기를 집어들었다. 그리고는 다이얼을 눌렀다. 저쪽에서는 지예가 금방 전화를 받았다.

"응, 나야."

종태의 말에 지예는 아직 잠이 덜 깬 목소리로 말을 해왔다.

"거기 어디야?"

"응, 황 영감하고 호텔에 와 있어. 그 사람은 아직 자. 어젯밤엔 너무 술을 마셔서 올라갈 수가 없더라고. 잘 잤어?"

종태는 최대한 부드러운 목소리로 말했다.

"피이, 둘이서만 잤어?"

"응."

"거짓말. 아니지?"

그녀는 확인하는 투로 말했다.

"아냐. 정말이야. 아직 자고 있어. 전화 바꿔줄까?"

"……."

종태의 그 말에 지예는 할 말이 없는 듯했다.

"자고 있다며?"

"그래."

종태는 당당하게 대답했다. 이미 지예는 바꿔달라는 말을 꺼낼 수 없다는 것을 그는 알아차렸다.

"정말이지?"

"응, 맞다니까. 일어나면 해장이나 같이 하고 곧 올라갈 거야. 잘 잤어?"

종태는 다시 그녀의 외로운 마음을 안아주는 것처럼 말을 했다.

"응, 잘 잤어. 술 많이 마셨구나?"

이제는 그녀도 은근히 걱정하는 투로 나왔다.

"좀 많이 마셨지. 양주 여섯 병 정도."

"그렇게 많이?"

지예는 놀라는 투로 말했다.

"그래도 일어나니깐 개운해. 걱정마."

"그래도…… 너무 마시면…… 이따 오면 빌빌거릴 거 아닌지 모르겠네?"

그녀는 그러면서 웃는 것이었다.

"……."

종태는 잠시 담배에 불을 붙이느라 말이 없었다.

"너무 마셔서 힘 못 쓰는 거 아냐?"

그녀는 다시 확인이라도 하듯이 물어왔다.

"야, 그런다고 빌빌대냐? 그건 걱정마. 알았지? 이제 끊자."

"나, 잠 다 깼어. 지금 또 자란 말야?"

"끊어야지. 자꾸 붙들고 있으면 뭣하냐?"

"그래도……."

"……?"

그때, 마침 박아주가 욕실에서 나왔다. 전화를 걸고 있는 종

255

태를 쳐다보고는 전화기에 여자가 있다는 것을 들키지 않으려고 살금살금 조심스럽게 곁으로 다가오는 것이었다. 순간, 종태는 약간 당황스러웠지만 태연하게 말했다.

"좀 더 자라. 난 해장이라도 하고 올라갈 테니깐. 알았지?"

"모르겠어. 잠이 올 지…… 빨리 와"

"알았어. 이만 끊어."

"응."

종태는 얼른 수화기를 내려놓았다.

"어디예요? 집?"

박아주가 곁으로 다가와서 머리를 털며 물었다. 그녀의 알몸에서 싱그런 비누 내음이 흘러나왔다. 바로 눈앞에 그녀의 알몸이 서 있었다. 그는 눈앞에 바라보이는 그녀의 검은 숲을 보았다. 박아주는 전혀 부끄러운 기색이 없었다.

"응."

"……."

그녀는 더 이상 캐묻지 않았다. 하룻밤의 긴긴 시간을 같이 지새운 남자에 대한 믿음이랄까. 그녀는 알몸뚱이를 내보이면서도 전혀 거리낌이 없는 듯했다. 미끈하게 빠진 다리와 그 사이에 붙어 있는 검은 숲이 성욕을 자극시키기에 알맞았다. 앙증맞은 숲이었다. 그리고 그 숲 속에 숨어 있는 듯이 보여지는 계곡의 좁은 주름살이 어렴풋이 보여지고 있었다. 계곡은 아래

256

위로 길게 이어져 있었다. 당장 손이라도 갖다 대고 싶은 마음이 들었다.

그녀는 다시 머리를 털면서 앞쪽 소파에 앉았다. 다리를 들어 한쪽 무릎 위로 올려놓으면서 숲은 감춰졌지만 밋밋한 절벽의 아랫배가 더욱 도드라져 보였다. 허벅지 위로 털끝들이 약간 보였다. 그리고 허벅지 밑으로는 회음부 부분의 검은 부분이 다 드러났다.

그는 담배를 피우면서 물끄러미 바라보고 있었다. 그녀는 한참 머리를 털다 말고 종태를 쳐다보았다.

"뭘 그렇게 봐요? 어젯밤 실컷 보구선……."

그러면서 그녀는 애써 감추려고 들지 않았다. 그건 남자에 대한 신뢰였고, 사람이었다. 자신의 늘씬한 알몸을 내보임으로써 조금이라도 더 관심의 눈길을 붙잡아두고 싶은 심정이었는지도 몰랐다.

"아, 그래. 그래도 자꾸 보니깐 좋아. 다리를 내려봐."

종태가 장난스럽게 웃으면서 그런 말을 하자, 박아주는 한쪽 눈을 흘기고는 그가 하라는 대로 다리를 내려놓았다.

"편안하게 앉아봐. 다리를 그렇게 오므리지 말고. 그게 보기가 좋은걸."

종태의 말에 그녀는 입술을 삐죽 내밀었다.

"피이, 이거 보려고 그러지? 다 알아. 남자는 왜 그런지 몰

라. 자, 됐어요?"

그녀는 다리를 자연스럽게 벌렸다. 그리고는 타월로 머리카락을 터느라 머리를 숙였다. 그녀의 납작한 배가 꺾이면서 더욱 가냘파 보였다. 그 바람에 젖가슴이 출렁거렸다. 단단하게 생긴 탱탱한 젖가슴이 몸을 움직일 때마다 상하좌우로 움직이는 것이었다.

"예뻐."

그는 자신도 모르게 감탄을 자아냈다.

"뭐가요?"

그녀는 머리를 털다 말고 빤히 쳐다보았다.

"네 몸이. 잘 빠졌어. 어디에 내놔도 안 빠질 거 같군."

그는 마치 신음처럼 뱉어냈다.

"저, 수영해요. 그거 안 하면 근방 살이 붙는 것 같아서요. 그리고 다이어트도 하고 있구요. 어때요? 괜찮죠?"

박아주는 자신을 칭찬해주는 종태에게 으스대듯이 말했다.

"그럼. 그만하면 완벽하지. 이런 데 있기가 아깝군."

"그럼 놀러 자주 오세요. 내가 잘 해줄게요. 외박 나가자고 하면 언제든지 따라 나갈게요. 그럼 되잖아요."

"……."

종태는 말을 하지 못했다. 그렇게까지 나오는 그녀에게 다음을 기약하게 할 수는 없었다.

"왜 대답을 안 하죠?"

"그건…… 난 바빠. 가끔 들릴게. 너보고 싶으면……."

"애개, 겨우 그런 말뿐예요? 그럼, 나 싫어."

그녀는 애처로운 눈빛을 띠었다. 그러면서 종태의 옆으로 와서 앉았다. 박아주는 종태의 목덜미를 껴안으면서 매달렸다. 그의 얼굴에 입술을 갖다 대면서 키스를 했다. 그러면서 그녀는 말했다.

"싫어. 난 자주 만나고 싶어. 그래서 이런 거 찐하게 하고 싶은 걸. 자주 올 수 있다고 말해봐요. 내가 부담주지 않을게. 응?"

박아주는 진심으로 한 말이었다. 어젯밤 그와의 섹스에서 깊은 쾌감을 느껴보긴 처음이었다. 자꾸만 하고 싶을 정도로 그와는 같이 있고 싶었다.

"그래. 자주 올게. 그런데 너무 기다리지 마. 나도 바빠요. 할일이 많아……."

"……?"

그녀는 실망한 듯한 눈빛이었다. 그녀는 다시 매달렸다. 종태의 어깨 위에 얼굴을 올려놓고는 그의 사타구니 속으로 손을 집어넣었다. 이미 종태의 뿌리는 단단히 서 있었다. 그녀가 잡자, 뿌리는 걷잡을 수 없이 팽팽하게 치솟아 올랐다.

"히이, 내가 꺼내 볼게. 가만있어요."

그러면서 그녀는 종태의 바지 지퍼를 끌러 내렸다. 그 속에 있는 팬티를 들춰 손을 쑥 집어넣고서는 단단한 뿌리를 찾아내서 힘껏 쥐었다. 팬티 밖으로 빠져나온 뿌리는 검붉은 색깔이었다. 단단히 충혈된 그것은 그녀의 손아귀에서 금방 박아주의 입 속으로 들어갔다.

굵고 튼튼한 것이었다. 박아주는 마치 솜사탕을 핥는 것처럼 그것을 골고루 핥아나갔다. 남자의 귀두는 마치 왕사탕처럼 생겨서 한 입 가득 문 것처럼 입안이 꽉 찼다. 그녀는 그것을 목 안 깊숙한 데까지 집어넣어 목젖에 닿게 했다. 그리고는 다시 꺼내기를 반복하면서 혀를 이용해서 그 주위를 샅샅이 핥았다.

그녀가 해줄 수 있는 최고의 애무였다.

그녀는 점점 딱딱해지는 그것을 자랑스럽게 여기면서 남자의 털 내음도 맡아보았다. 비릿한 정액 냄새가 나는 듯했다. 그러나 그 내음이 전혀 싫지 않았다. 오히려 그녀는 털 속에다 혀를 밀어넣은 채로 핥아나갔다.

종태는 말할 수 없는 진한 쾌감을 느꼈다. 살갗에 닿는 그녀의 혀가 주는 느낌이 간질거렸다. 그리고 그녀는 다시 밑으로 내려가 부랄 쪽을 핥기 시작했다. 그녀는 제법 그런 쪽으로는 상당한 경력이 있는 여자처럼 보였다. 입 속에 잔뜩 물었다간 혀끝으로 어루만지면서 토해내곤 했다. 그리고 다시 입 속으로 집어넣어 혀끝으로 살살 간지럽혔다.

"아……."

종태의 두 다리는 지금 흔들리고 있었다. 서 있느라 그런지 다리가 후들거렸고, 박아주는 그 밑에 무릎을 꿇고서 열심히 애무하는 데에만 온통 신경을 쓰는 듯했다. 처음에 그는 앉아 있다가 참을 수 없는 상태에서 일어났던 것이었다. 그런데 서 있는 동안에도 그는 다시 주저앉고만 싶은 충동을 느꼈다.

"……."

박아주는 종태의 다리가 심하게 떠는 것을 보고는 잠깐 하던 것을 멈췄다. 그리고는 그를 올려다보았다. 종태의 얼굴이 이상야릇한 표정으로 자신을 내려다보고 있는 것이었다. 그건 희열에 들뜬 남자의 표정이었다.

"어때요? 좋죠?"

"……응, 좋아."

그는 그녀의 머리를 붙잡았다. 머리카락이 축축했다. 그녀의 어깨를 더듬으면서 젖가슴으로 내려왔다. 차가운 젖가슴이 만져졌다. 샤워를 해서인지 그녀의 젖가슴은 아직도 시원한 느낌을 주었다.

그는 그녀가 다시 입을 움직이면서 애무하는 동안에 젖가슴에서 손을 떼지 않았다. 만져도 만져도 끝이 없을 것처럼 보드라운 곳이었다. 그는 다리를 떨면서 가까스로 서 있으면서 그녀의 젖가슴을 놓지 않았다.

그녀가 허리를 구부리느라 동그란 엉덩이가 바로 눈앞에 보였다. 다소 야윈 듯했지만 탐스런 엉덩이였다. 그는 몸을 앞으로 숙이면서 입술이 닿는 데까지 허리를 구부렸다. 그녀의 등이 입술에 닿았다. 그는 혀끝으로 그녀의 등을 핥기 시작했다. 이번엔 그녀 쪽에서 가느다란 신음소리를 냈다.

"아아……."

그녀는 한동안 종태의 뿌리를 애무하던 동작을 멈추고는 가만히 있었다. 그녀의 입 속에 물려진 뿌리는 그냥 그대로 있는 채였다. 그는 그녀의 등을 샅샅이 핥아주었다. 깊은 애무였는지 그녀는 등을 꿈틀거리면서 종태의 혀가 움직이는 대로 몸을 비틀곤 했다.

"아, 됐어요……."

그녀는 한숨소리를 뱉어냈다.

"그럼, 누워봐. 못 참겠어."

이미 종태의 목소리도 한껏 젖어 있었다. 그녀가 소파에 눕자, 그는 그녀의 몸 위로 올라갔다. 순식간에 결합이 된 그의 뿌리는 들어가기가 무섭게 격렬하게 움직이기 시작했다.

종태는 있는 힘을 다해 부딪쳤다. 하체의 힘을 한데 끌어모아 힘차게 들이박자, 그녀는 입을 조금씩 벌리면서 위쪽으로 올라갔다. 종태의 치받는 힘에 못 이겨 자꾸만 그녀는 위쪽으로 슬금슬금 올라가는 것이었다.

종태는 처음부터 빨리 끝낼 생각이었는지 잠시도 멈추질 않았다. 그는 처음부터 있는 힘을 다해 공격했다. 이미 그녀의 계곡은 물소리를 내고 있었다. 그가 거세게 들이박을 때마다 밑에서는 깊은 동굴 속을 흐르는 물소리 같은 것이 새어나오곤 했다.

"아아……."

박아주는 참을 수 없이 깊은 쾌감의 강에 내던져진 기분을 느꼈다. 한없이 표류하고 싶은 충동으로 눈을 감았다가도 그의 부딪침에 놀라 눈을 뜨곤 했다. 그때까지도 그는 처음과 같은 공격을 잠시도 늦추지 않고 있었다.

그는 기분이 좋았다.

한 번씩 몸을 부딪칠 때마다 그녀가 출렁거리는 모습을 내려다보며 스스로 만족하는 얼굴이었다. 두 손으로는 그녀의 젖가슴을 움켜쥐고는 놓아주질 않았다. 어느 한 순간에 그는 속에서부터 울컥거리는 충동을 느끼면서 그나마 남아 있던 정액들을 다 토해냈다.

"으……."

그는 그녀의 몸 위로 엎드려지면서 풀썩 쓰러졌다.

"하……."

그녀 역시 단김이 나는 소리를 내고는 스르르 눈을 감아버렸다. 그가 사정을 했다는 것을 느낀 그녀도 그 순간에 곧바로 절

263

정감을 느끼면서 끝없는 나락으로 떨어지는 기분을 느꼈다.

그들은 다시 얼마간 포옹을 풀지 않고 있다가 서서히 몸을 풀어냈다. 그리고서 종태가 먼저 샤워를 끝내고 밖으로 나오자, 이번엔 그녀가 욕실로 들어갔다. 그동안 종태는 옷을 다 입고는 소파에 앉아 기다렸다.

박아주는 간단히 샤워를 끝내고는 밖으로 나왔다. 미리 샤워를 끝낸 종태가 방에서 기다릴 거라는 생각에 대충 물을 끼얹고는 몸을 닦아냈다. 그들은 서로 얼굴을 쳐다보며 웃었다.

"좋았어요, 너무⋯⋯."

박아주는 쑥스럽게 웃었고,

"그거 힘드네. 벌써 몇 번이야?"

종태 역시 웃음으로 답했다.

"세 번. 후후. 너무 재미있어."

그녀는 소리 내지 않고 활짝 웃어댔다.

"이제 나가지. 황 노인도 혹시 밖에서 기다리고 있을지 몰라."

"아, 그러네요. 나가요."

종태와 그녀는 밖으로 나왔다. 일층 로비로 나와서 두리번거렸지만, 아직 황 노인은 내려오지 않은 듯했다. 박아주는 남의 시선을 의식해서인지 로비 한쪽 구석의 소파로 가서 앉았고, 종태는 창문 쪽으로 가서 담배를 꺼내 피웠다. 황 노인이 내려올 때까지 기다릴 참이었다.

조금 있으려니까 황 노인이 모습을 드러냈다. 황 노인은 이층 계단을 내려오면서 종태를 알아보고는 황급히 손을 들어 아는 척을 해왔다.

"여어, 잘 잤는가? 박 양도?"

황 노인은 종태와 박아주를 보고선 동시에 인사를 해왔다. 황 노인의 얼굴엔 웃음기가 가득했다. 그 뒤로 주희가 발그스름하게 웃으며 내려오는 게 보였다.

"네, 잘 주무셨습니까? 손 양도?"

종태는 그렇게 말하고는 황 노인을 쳐다봤다.

"아암, 잘 잤지. 몸이 뻐근하던 게 다 나은 기분이야. 모처럼만에 회포를 풀었더니만 뼈마디가 뿌드득거리네. 핫핫."

황 노인은 그러면서 옆에 서 있는 주희를 쳐다봤다. 주희는 약간 무안했던지 얼굴을 붉혔다.

"이 아가씨가 참 잘해줬어요. 어찌나 재밌게 굴던지 다음에도 꼭 와야 되겠어. 응, 꼭 올게. 알았지?"

황 노인은 옆에 서 있는 주희에게 눈을 찡긋거리고는 종태 쪽으로 시선을 돌렸다.

"하하, 그럼 됐습니다. 담에 또 오죠 뭐. 담엔 제가 술을 사죠. 그러면 되겠습니까?"

이번엔 종태가 주희를 쳐다보며 말했다.

"네, 그러세요. 황 선생님께서 너무 재밌는 분이셔요. 잘 웃기기도 하고요, 밤잠이 없으세요. 혼자 그냥…… 전 잠을 하나도 못 잤는걸요."

주희는 다소 부끄러운 목소리로 말했다. 그 말에 옆에 서 있던 황 노인이 헛헛 웃으며 턱을 쓰다듬었다.

"그럼. 이런 데 와서 잠을 잘 수야 없지. 잠이야 집에 가서 자면 되고. 안 그러냐?"

황 노인은 주희에게 묻는 것이었다.

"네에."

주희는 황 노인의 말에 고분고분했다. 마치 하룻밤 사이에 만리장성을 쌓은 것처럼 굴었다.

"자, 이제 나가지. 해장술이나 마시고 갈까?"

"네, 그러시죠 뭐."

종태의 대꾸에 황 노인은 주희의 팔을 끼고는 밖으로 걸어나갔다. 그 뒤를 따라 종태와 박아주가 뒤따라 나가면서 서로 웃고 말았다. 노인네가 노익장을 과시하는 것이 웃음이 터져 나오는 것이었다. 박아주는 주희와 황 노인이 죽이 맞는 걸 보고선 자꾸만 웃어댔다.

"쉿."

종태는 박아주가 자꾸만 웃는 걸 보고선 손가락을 세워 말렸다. 박아주가 웃음을 뚝 그치고는 억지로 참는 모습이 더 우습

게 보여졌다.

그들은 호텔을 나와 근처에 있는 해장국집으로 들어갔다. 간밤에 마신 술독을 풀기 위해서였다. 얼큰한 해장국을 시켜놓고선 그들은 밥을 먹으면서 간단한 반주를 곁들였다.

"자, 니들 팁이다. 받아."

황 노인이 냉큼 뽑아서 건네주는 수표였다. 그걸 본 주희와 박아주의 눈이 크게 떠졌다. 결코 적은 액수가 아닌 것에 다소 놀란 눈들이었다.

"자, 받으라니까. 이건 화대가 아니야. 어젯밤에 재밌었던 데에 대한 보답이야. 다음에도 오면 너희들이 방으로 들어와라. 알겠냐?"

황 노인의 그 말에 주희와 박아주는 주춤거리며 그 수표를 받아들었다.

"고맙습니다. 담엔 안 주셔도 되요."

주희의 말에 황 노인은 다시 핫핫 웃으며 말했다.

"야, 니들도 다 돈 때문에 이런 데 나와 있는 것 아니겠냐? 그런 말 하지마라. 돈이 곧 인격인기라. 니들도 돈 빨리 벌어야 신랑감 하나 얻어서 시집이나 가지. 안 그러냐? 핫핫."

황 노인은 통이 컸다. 그런 식으로 아가씨들을 주눅이 들게 했다. 수표를 집어넣은 그녀들은 서로 얼굴을 쳐다보며 웃다가 밥을 먹기 시작했다. 그들은 곧 술잔을 돌리면서 다소 서먹했던 어젯밤의 분위기를 몰아내고는 아침 식사를 하기 시작했다.

그리고 나서 황 노인과 종태가 양양으로 올라온 것은 점심때쯤이었다. 황 노인은 종태가 운전하는 동안, 내내 별로 말이 없었다. 눈을 지그시 감은 채로 의자 등받이에 머리를 기대고 앉아 있었을 따름이었다.

양양에 거의 다 왔을 때쯤, 그는 무거운 입을 열었다.

"이제 양양에 다 왔는가?"

"예."

종태는 그가 눈을 감고 있으면서 대충 시간상으로 계산해서 양양에 거의 가까웠을 거라고 생각하는가 싶었다.

"우리, 필요할 때, 자주 만나세. 나한테 어려워하지 말고."

"……."

종태는 그저 황 노인을 쳐다만 볼 뿐이었다. 그 어떤 약속도 할 수 없다는 것이 자신의 솔직한 마음이었다.

"처음부터 난 그랬네. 자네한테 부담을 주고 싶진 않다고. 그리고 자네도 전혀 부담 같은 건 가지지 말게. 형님하고 나하고 하는 사업이니까……."

"……?"

종태는 황 노인에게 묻고 싶었다. 그러면 왜 자신이 필요한지를. 그리고 자신이 할 수 있는 일이라곤 하나도 없을 것만 같았다.

황 노인은 마치 종태의 심경을 꿰뚫어보기라도 하듯이 무겁게 다음 말을 열었다.

"차차 알게 될 걸세. 자네라면 충분히 할 수 있을 걸세. 그러니까 형님이 나한테 특별히 부탁을 하더군. 자네한테 신세를 진 일도 있고 해서…… 우리 사이는 어디까지나 끊을래야 끊을 수 없는 동업자들이지. 자네, 이제는 홀가분한 신세 아닌가. 마음을 크게 가지게. 사나이가 한 번 태어나서 두 번 죽는 경우는 없다네. 내 말 알겠나? 자네, 요즘 눈빛에 살기가 돌아. 내가 잘못 봤나?"

"……?"

종태는 가슴이 뜨끔했다. 눈을 감고 있는 황 노인에게 자신의 비밀이 탄로 난 것만 같았다.

"마음의 결정은 행동의 결정이네. 다시 한 번 천천히 생각해 주게."

황 노인은 다시 부드러운 목소리로 말을 덧붙였다.

"아직은 모르겠습니다. 저도 좀 더 생각할 시간이 필요할 거 같고…… 전 아직 어떤 길로 가야 하는가를 결정하지 못한 상탭니다. 어른께서 말씀하시는 건 대충 짐작이 가지만……."

"알았네. 그럼 기다림세. 형님도 국내 조직을 키우려는 것이니까……."

"……."

종태는 양양 읍내로 들어서면서 속도를 줄였다. 그 바람에 황 노인은 눈을 떴다. 양로원 앞길에 이르러서 황 노인은 차를 세우라는 듯이 손을 저었다.

"난 여기서 내리겠네. 잘 가게. 다음에 또 한 번 가지."

종태는 길가에 차를 세우고 황 노인이 내리는 걸 도와주고는 공손히 머리를 숙였다.

"안녕히 가십시오."

종태는 황 노인이 걸어가는 것을 보고는 차에 올랐다. 황 노인이 양로원 정문으로 들어서는 걸 보고 나서 액셀러레이터를 밟았다. 차는 곧 양양 시내를 빠져나와 수산포를 향해 달렸다. 종태의 덮개 없는 짚차 뒤로 뽀얀 먼지들이 달려들었다.

14

또 다른 복수

"이제 오는 거예요? 술 많이 마셨어?"

지예는 종태를 보자, 더없이 반가웠다. 거실에서 종태의 옷을 받아들며 묻는 말이었다.

그녀는 옷을 안방에다 걸어두고는 얼른 밖으로 나왔다. 종태는 그녀가 떠다준 생수를 다 마셔버리고는 길게 두 다리를 내뻗으며 기지개를 켰다.

"얼마나 마셨는데? 노인이란 분도 많이 마셨나 보지?"

지예는 종태가 간밤에 집에 들어오지 않았다는 것에 약간의 불안감을 느끼는 듯했다.

"양주 여섯 병 정도. 그리고 아침에 해장술로 청하 두 병을 비웠지. 좀 많이 마셨어."

그는 그 말을 하고는 곧 눈을 감아버렸다. 이제서야 피곤이 몰려오는 듯했다. 그는 그대로 곧장 잠이 들었으면 싶었다. 그래서 어젯밤에 자지 못한 잠을 채우고 싶었다.

"여자는 없었어? 여자 있는 술집에 안 갔어?"

그녀는 종태가 싫어할까봐 조심스럽게 물었다.

"왜 있었지. 술 따라주는 아가씨 있었어. 팁만 주고 보냈어. 중요한 이야기가 있어서."

"……."

지예는 종태가 싫어한다는 걸 알고는 입을 다물어버렸다. 그녀는 종태의 뒤로 가서 어깨를 주물러주기 시작했다.

"나, 어젯밤에 혼났단 말야. 혼자 여기서 자려니까 무서운 거 있지? 더운 데도 이불을 푹 뒤집어쓰고 자느라고 혼났어. 파도소리는 왜 그렇게 센지…… 자다가 문득 깨고 나면 누가 옆방에 와 있는 것 같은 거 있지? 마치 옆방에서 누가 소곤거리는 것도 같고…… 거실에서 발자국 소리가 나는 것도 같아서 혼났어."

"……?"

종태는 지예의 말을 들으면서 어렴풋이 잠이 들려다가 확 달아나는 것 같았다.

"무서워서 혼났어. 나도 졸리운 걸. 옆에서 잘래."

그러면서 지예는 종태의 옆으로 와서 기댔다. 종태는 눈을 감고 있었다. 지예는 종태의 어깨를 붙잡고는 눈을 감았다.

"……."

종태는 아직 잠이 오질 않았다. 아까 지예가 말한 것이 자꾸만 생각의 그물을 물 밖으로 건져내는 것이었다. 그러면 생각은 환한 물 밖으로 나와서 맑개지는 것이었다.

"나, 껴안아 줘."

지예가 그 말을 하면서 더욱 바싹 다가들었다. 그러면서 그녀는 종태를 껴안았던 손을 풀어서 바지 밑으로 가져갔다. 그녀는 종태의 혁대를 끌러내고는 그 속으로 손을 집어넣었다.

"……."

종태는 가만히 있었다. 그녀가 그러는 것보다는 아까 그녀가 말한 것에 더 신경이 쓰여졌다. 그동안 잊고 있었던 한영일의 일이 문득 생각에 떠오르면서 잠이 달아나버리는 것이었다. 그는 지금 환한 의식의 바깥으로 내동댕이쳐진 듯한 그런 기분이었다.

잊고 있었던 악몽이었다.

그런데 지예가 어젯밤 무서움에 잠을 못 이뤘다는 말이 실감 있게 들렸다. 그는 가만히 눈을 떠서 옆방 쪽을 바라보았다. 굳게 자물쇠가 채워져 있는 게 보였다. 한 번 열어보고 싶은 충동이 일어났다. 하지만 굳이 그럴 필요까진 없을 거라는 생각이 그의 행동을 저지하고 말았다.

273

그는 한영일의 일을 생각하다가 절로 눈살을 찌푸리고는 꾸욱 눈을 감아버렸다. 그러면서 떠오른 게 바로 고아원의 소희 얼굴이었다. 작고 귀여운 얼굴의 가냘픈 소희가 자꾸만 울고 있을지도 모른다는 생각이 드는 건 또 무엇 때문일까. 그는 이번엔 소희 일 때문에 생각이 온통 그쪽으로 치닫고 있었다.

"······?"

그는 자기도 모르게 원장에 대한 불만과 소희를 데려갔다는 남자에 대한 의구심으로 가득 차올랐다. 왠지 모르게 불안해지는 그였다. 그건 일종의 예감과도 같은 것이었다. 그런 생각을 하자, 종태는 자꾸만 불안한 마음을 금할 수가 없었다.

'내일은 고아원에 들러 알아볼까? 원장이 모른다고 하겠지?'

그는 소희에 대해서 알고 싶었다. 희자가 죽기 전에 그토록이나 소희에 대해서 애착심을 가졌던 것이 자꾸만 기억에 떠올랐다. 그리고 희자 대신 자신이 소희를 돌봐야한다는 강박관념 같은 것이 슬금슬금 치올라오고 있었다.

"······?"

지예는 잠이 든 것 같았다. 그녀의 손은 종태의 뿌리를 잡고 있었다. 빳빳이 서지 못한 부드러운 그것을 붙잡고서 그녀는 어느새 잠이 든 것이었다.

"······."

종태는 그녀의 손을 빼내려하지 않았다. 지예의 하얀 얼굴이 잠들어 있는 모습을 내려다보면서 다시 소희 생각으로 골몰해졌다. 소희의 새카만 눈동자가 자꾸만 어른거렸다. 눈이 커서 더욱 검어 보이고, 그래선지 항상 눈물이 마를 날이 없었던 조그만 애였다. 유난히도 자기보다 더 큰 남자애들 뒤에 숨길 좋아하면서 아이들과 잘 어울리지 않던 애였다.

그러면서 울기도 잘하는 편이었다. 누군가가 와서 툭 건드리기만 해도 주르륵 눈물이 흘러내리던 소희였다. 그런 애가 남의 집으로 팔려갔다는 것이 못내 가슴에 걸렸다.

"으흠⋯⋯."

종태는 자꾸만 옥죄어오는 가슴을 넓게 펴며 크게 심호흡을 한 번 했다. 가슴이 뿌드득하고 열려지는 듯한 소리가 났다. 소희를 생각하면 안타깝기만 했다. 그렇다고 혼자 살고 있는 자신이 그 애를 데려다가 키운다는 건 엄두도 못 낼 일이었다. 만일 희자가 살아 있었다면 어쩌면 그들은 소희를 데려다 키웠을지도 모른다.

그런 소희가 어떤 낯선 남자가 혼자 와서 데려갔다는 것과, 원장한테 뒷돈을 줬다는 것이 못내 가슴이 걸려왔다. 그건 분명히 어떤 내막이 있는 거래일 것 같다는 생각이 들었다.

"⋯⋯?"

종태는 생각은 그랬다. 자꾸만 확신으로 치닫는 것이었다. 어떤 땐 예감이 실제보다 더 정확히 들어맞는 경우가 종종 있었다. 그는 오랜 조직생활에서의 직감으로 그걸 알아챌 수 있었다. 어디에서든지 돈거래가 있다는 것은 곧 어떠한 내막이 있다는 것이 그의 생각이었다.

'내일은 고아원엘 다시 한 번 갔다 와야겠어'

그는 그런 생각을 하면서 잠이 들었다. 피곤이 한꺼번에 몰려와서는 삽시간에 잠을 쏟아놓고는 달아나는 듯했다. 그는 편안한 잠 속으로 빠져들었다. 꿈속에 잠깐 어젯밤의 일들이 떠올랐다간 이내 사라지고 말았다. 달콤한 여행 중에 일어났던 일 같기도 하고, 우연히 만난 여자와의 깊은 섹스를 나눈 것 같다는 생각이 들기도 했다.

종태는 어느새 지예의 몸을 끌어안고 있었다. 지예 역시 종태의 품으로 파고들며 잠꼬대를 해댔다. 그녀는 모처럼만에 그를 껴안아보는 것처럼 자꾸만 그의 품속으로 파고들었다.

얼마나 잤을까. 오후의 뜨거운 햇볕이 거실에까지 기어들고 있었다. 거실에 켜놓은 에어컨은 소리 없이 돌아가고 있었다. 에어컨 바람에 추웠는지, 지예는 후두둑 한기를 느끼면서 눈을 떴다.

"……?"

그녀는 자신을 끌어안고 잠든 종태를 바라보았다. 곤한 잠에 빠져있는 그를 물끄러미 들여다보며 얕은 한숨을 내쉬었다. 이상하다. 이 남자는 분명히 내 품 안에 있는 데도 자꾸만 멀리 있는 남자처럼 느껴졌다.

　그녀는 그런 생각이 들자, 스스로 서글퍼지는 것이었다. 아마 죽은 희자에 대한 생각 때문에 그럴 거라며 스스로를 위로했지만 아무 소용없는 일이었다. 기다리다가 보면 나아지겠지. 좀 더 기다리면 종태는 자신의 품 안으로 돌아오겠지 하고 마음을 달랬지만 역시 허전한 마음은 지울 수가 없었다.

　그녀는 살그머니 일어나 냉장고문을 열어 시원한 물을 꺼내 마셨다.

　"……?"

　그리고는 다시 소파로 와서 앉으면서 그를 바라보았다. 그에게서는 언제나 믿음직스러움이 흘러나오고 있었지만, 그 믿음직스러움이 때로는 그녀를 불안하게 했다. 자신과 같은 여자를 종태는 어떻게 생각하고 있을까. 그냥 그저 몸과 몸을 섞는 그런 섹스 파트너로만 생각하고 있지 않을까 하는 생각이었다.

　그녀는 사실 종태에게서 모든 걸 얻고 싶었는지 모른다. 같이 있는 동안, 살을 맞대면서 그동안 느낀 것이라는 것은 그에게서 진한 사랑이 무엇이라는 것을 느꼈다는 것이었다. 그녀가 이때까지 느껴보지 못했던 사랑의 실체를 어렴풋이 느낀 탓인지도 몰랐다.

　지예는 이때까지 커피숍을 전전하면서 자신의 미모만을 믿고서 살아왔었지만 이제는 그러한 생활에도 진절머리가 났다.

277

이렇게 눌러앉아 사랑하는 남자의 품에서만 기대어 살고 싶었다. 그래서 그녀는 더욱 종태에게로 마음이 가는지도 몰랐다.

그럴수록 그녀는 더 깊은 갈증이 일어났다. 그에게서 어떠한 확신 같은 걸 듣고 싶은 심정이었다. 비록 자신의 과거가 흠이 될 수 있겠지만 그가 받아주기만 한다면 새 생활을 엮어나가고 싶었다.

"……."

그녀는 남은 생수를 다 마시고는 잔을 내려놓았다. 창밖에는 마른 햇볕이 땅을 달굴 것처럼 화사하게 내리비치고 있었다. 그리고 그 빛의 일부가 거실 안쪽까지 기어들고 있었다.

그녀는 종태의 옆으로 가서 앉았다. 그리고는 그를 껴안았다. 그의 옆얼굴에 입술을 갖다 댔다가 어깨 위에 얼굴을 묻었다. 그때까지도 종태는 곤한 잠에 빠져 있었다. 그녀는 그의 두툼한 가슴과 허벅지를 어루만졌다.

"……."

지예는 그의 바지 앞섶의 지퍼를 살그머니 끌러 내리고는 그 속으로 손을 집어넣었다.

"응, 으응?……."

그제야 종태가 눈을 떴다. 그러나 그뿐이었다. 지예가 바지 속으로 손을 집어넣었다는 것만 보고는 다시 눈을 감는 것이었다. 지예는 조금 안타까웠다. 그가 눈을 떠서 자신을 안아주기를 바랐던 것이었다.

지예는 그의 팬티 속으로 손을 집어넣어 잠든 뿌리를 거머쥐었다. 말랑말랑한 것이 손바닥 안으로 들어왔다. 그녀는 그것을 거머쥐고는 이리저리 움직여대면서 일어서기를 기다렸다.

조금 있으려니까 종태의 뿌리가 점점 일어서는 것이었다. 그녀는 순식간에 빳빳이 일어선 그것을 좀 더 힘있게 거머쥐고는 조금씩 움직여댔다. 마치 남자가 섹스를 할 때처럼. 지예의 손바닥은 뿌리를 거머쥔 채로 들쑥날쑥 움직였다.

"아……."

종태는 기지개를 켜며 눈을 떴다. 그리고는 지예를 쳐다봤다.

"깼어?"

지예가 웃으면서 물었다.

"언제 깼어?"

종태가 묻자, 지예는 섭섭한 듯이 눈을 흘겼다.

"아까 깼단 말야. 심심해서 혼났어."

"그래? 난 피곤해서…… 아 함, 잘 잤다."

종태는 다시 기지개를 켜다가 와락 그녀를 끌어안았다. 지예는 순식간에 그의 품 안으로 들어갔다.

"내가 애무해줄까?"

지예가 물었다.

"응, 그래."

종태도 싫지 않았다. 한 숨 푹 자고 난 뒤라 몸이 개운해진 느낌이었다. 그는 다리를 벌렸다. 그리고는 그녀가 애무하기 좋도록 편안한 자세를 취했다.

"이거 내려. 걸리적거려."

그녀의 말에 종태는 다리를 오므렸다. 지예가 달려들어 바지와 팬티를 벗겨 내렸다. 하체만 드러난 종태의 몸은 탄탄해 보였다. 시커먼 것이 우뚝 솟아 있었다. 그녀는 그의 앞으로 가서 무릎을 꿇고는 입술을 갖다 댔다.

"……."

그녀는 서둘지 않았다. 천천히 귀두 부분부터 핥으면서 뿌리에까지 갔다가 다시 올라오곤 했다. 그러면서 다시 밑으로 내려갔다가 부랄과 회음부 부분에까지 혀를 갖다 댔다.

"아, 좋아……."

종태는 기분이 좋은지 더욱 다리를 활짝 벌린 채로 눈을 감았다.

"좋아?"

"응."

"……."

지예는 다시 애무하기 시작했다. 그의 뿌리는 더욱 단단해지는 것이었다. 검붉은 채로 흔들거리고 서 있었다. 지예는 그걸 볼 때마다 기분이 짜릿해졌다. 자신의 입 속에 집어넣었다가 마구 핥아대는 것도 재밌었지만, 가끔씩은 그걸 쳐다보는 것만으로도 기분이 야릇해졌다.

그녀는 얼른 스커트를 내리고는 팬티를 끌어내렸다. 그리고는 그의 앞쪽에 주저앉았다. 그의 손이 젖가슴을 어루만졌고, 다른 손은 그녀의 숲을 어루만져 주었다.

그녀는 엉덩방아를 찧듯이 서서히 움직이고 있었다. 소파에 비스듬히 앉은 그의 뿌리를 향해 그녀는 점점 거세게 움직였다. 그가 움직이고 있는 그녀를 도와 엉덩이께를 붙잡고선 들었다가 내려주곤 했다.

지예는 깊은 쾌감을 맛보았다. 자신의 꽃잎이 한껏 벌려진 채로 그의 뿌리가 힘있게 박혀 있는 것이 다 보였다. 지예는 그걸 보면서 움직였다. 자신의 계곡에서 나온 물이 그의 뿌리를 적시고 있는 것이 다 보였다. 그건 보는 것만으로도 충분히 흥분되는 것이었다.

"아아……."

지예는 낮은 신음소리를 냈다. 그러면서 더욱 격렬하게 움직여댔다. 흥건한 물이 고여 나와서 아랫도리를 적시고 있었다. 그녀가 몸을 들었다가 내려놓을 때마다 그도 밑에서 치받으면서 공격을 해오고 있었다. 두 사람의 뿌리와 계곡이 서로 맞부딪치면서 이상한 소릴 냈다.

"하아, 됐어. 곧 사정이 될 거 같아. 바꿔봐."

종태는 곧 사정이 되려는지 얼른 자세를 바꿨다. 이번엔 지예가 소파에 몸을 기댔다. 이번에는 그가 반대로 공격을 하기 시작했다. 그의 두 발은 거실 바닥을 지지대 삼아 버티고 있었고, 두 손은 소파의 끝 부분을 붙잡고선 지예의 꽃잎을 공격해 들어오고 있었다. 아주 깊은 데까지 그의 뿌리가 들어오는 듯한 느낌이었다.

그는 더욱 격렬하게 공격해오고 있었다. 허리의 힘을 이용해서 최대한 세게 내려치는 바람에 지예는 몸이 소파 깊숙이 파묻히는 듯한 기분을 느꼈다. 단지 그의 뿌리와 꽃잎만의 마찰이었다. 그건 어느 체위보다도 더 큰 울림을 던져주는 듯했다.

"하아!"

종태는 어느 순간, 입을 벌리면서 공격을 뚝 멈추었다. 그리곤 곧 그의 몸에서 뜨거운 것이 흘러나왔다. 지예는 두 다리를 활짝 벌리면서 그의 정액을 다 받아들이려고 애를 썼다.

"……."

지예는 그의 뜨거운 것을 고스란히 받아들이면서 그를 끌어안고 있었다. 그의 뿌리가 줄어들면서 밑으로 정액들이 흘러내리는 게 느껴졌다. 그녀는 그게 좋았다. 격렬한 정사 뒤의 남자의 정액이 자신의 몸속으로 들어오는 것과, 그것이 회음부를 타고 흘러내리는 것이 기분 좋게 느껴졌다.

"아, 나른해."

종태가 중얼거렸다.

"왜요? 술을 많이 마셔서?"

"응……."

"그럼 좀 덜 마시지 그랬어. 밤새도록 마셨어?"

그녀는 위로하듯이 말했다.

"……응. 그래서 피곤한가봐."

종태는 그러면서 자신의 뿌리를 빼냈다. 이미 그의 뿌리는 완전히 죽어 있었다. 그녀의 꽃잎은 전보다 더 많은 양의 분비물로 인해 흥건히 젖어 있었다.

"……?"

종태는 그녀의 벌려진 꽃잎을 볼 수 있었다. 좀 전까지 자신의 뿌리가 요동쳤던 곳은 아직도 벌려진 채였다. 그곳으로 자신이 내뱉은 정액들이 아래쪽으로 흘러내리고 있었다.

"티슈 좀 줘요."

종태는 탁자 위의 티슈를 그녀에게로 갖다 주었다. 그리고는 자신의 것을 닦으면서 그녀가 닦는 것을 바라보았다. 둘만의 그런 행위가 어쩌면 더욱 신뢰감을 주는 건지도 몰랐다. 종태는 지금 그랬다. 그녀가 부끄러움도 없이 자신의 앞에서 다리를 벌린 채로 닦는 것을 바라보고 서 있었다.

"이제 가서 씻어요."

그녀가 말했다.

"먼저 가서 씻어. 난 나중에 씻을게."

종태의 말에 지예가 먼저 일어나서 욕실로 들어갔다. 종태는 소파에 앉아 담배를 꺼냈다. 불을 붙이고는 길게 한 모금 내뿜었다. 이젠 피로가 싹 가신 것처럼 몸이 개운해지는 것이었다. 그는 아직 옷을 입지 않은 채로 시원하게 아랫도리를 말리고 있었다.

지예는 곧 밖으로 나왔다. 그곳만을 씻어낸 모양이었다.

"들어가요. 물이 시원해요."

이번엔 종태가 욕실로 들어갔다. 종태 역시 아랫도리만 씻어냈다. 시원한 물을 그곳에 대는 기분이 상쾌하기만 했다. 그는 아직까지도 미끌거리는 그곳을 비누칠을 해서 깨끗이 씻어내렸다. 그러고 나니 한결 개운한 느낌이었다.

그들은 소파에 앉아 시원한 맥주를 마셨다. 지예는 한결 기분이 좋아 보이는 듯했다.

"이거 마시고 바닷가 나가요. 모처럼만에 나가는 거 같네. 훗."

"그러지. 바닷바람이라도 쐬고 들어오면 더 기분이 좋아질 거야."

종태는 들었던 잔을 지예의 잔에다 갖다 대었다. 지예 역시 잔을 부딪쳐왔다. 진한 섹스 뒤의 한 잔의 시원한 맥주맛은 온몸의 잃어버렸던 정기를 되찾아주는 듯했다. 더웠던 목 안이

다 시원해지는 듯한 느낌이었다.

지예도 그랬다.

간밤에 혼자 잠을 자야 했던 그녀로서는 종태가 미심쩍긴 했지만 좀 전의 섹스로 인해 그동안의 불안감이 다 없어지는 것이었다. 자신의 몸속으로 정액을 쏟아넣은 것만으로도 만족할 수 있었다. 종태가 자신을 좋아하고 있을 거라는 막연한 믿음이 다시 일어나는 것이었다.

그들은 맥주를 마시고 나서 백사장으로 걸어 나왔다. 정오의 현란한 햇볕이 백사장을 반짝거리게 하고 있었다. 바다는 마치 유리알처럼 빛나면서 무수한 빛을 반사시키고 있었다. 한가로운 바다였다. 그들은 손을 잡고 걸어가면서 바다에서부터 불어오는 바람을 맞았다.

"이제 곧 해수욕장이 개장될 테죠?"

지예가 말했다.

"그럼, 이제부터 바닷가도 시끄러워질 때가 됐지. 여기도 발 디딜 틈이 없을 정도로 꽉 찰 거야. 오늘 바닷물에나 들어가 볼까? 시원할 거 같은데?"

종태의 말에 지예는 쿡쿡 웃었다.

"왜? 아직 차가울 거 같아서?"

종태가 다시 물었다.

"그럼요. 아직은 차가워요. 한여름에도 구름만 끼면 바닷물이 차가운데. 혼자 들어가 봐요, 그럼."

"같이 들어가지. 어때? 차가우면 금방 나오면 되지 뭘 그래?"

"그런데 옷이 없잖아요?"

지예는 마음은 있는 것 같았다. 그러나 수영복이 없다는 것을 핑계 삼았다.

"괜찮아. 다 벗고 들어가지 뭐. 누가 보는 사람도 없는데 뭘. 하하."

종태가 크게 소리 내 웃자,

"그럴까? 그럼? 괜히 흉보려고?"

"아냐. 괜찮아. 내가 보는 게 뭐 어때서? 알았지?"

"네. 추우면 금방 나와요."

그들은 곧 바닷가로 가서 바다를 보고 앉았다가 누가 먼저랄 것도 없이 못을 벗었다. 마치 커다란 바윗돌이 백사장에 박혀 있어 그 뒤쪽에서 지예는 옷을 벗었다.

지예는 팬티만을 걸친 채로 알몸을 다 드러냈다. 가슴을 가린 채였다. 종태는 지예를 쳐다보며 말했다.

"뭘 그렇게 숨겨. 나밖에 보는 사람도 없는데. 근데 왜 팬티는 안 벗어?"

종태는 완전한 알몸이었다. 햇빛에 드러난 그의 몸집은 구릿빛이었다. 울퉁불퉁한 알통이 몸 구석구석에서 튀어나와 있었다.

"전 안 벗을래요. 그러다가 혹시 누가 오면 어떡해요. 그냥 들어가요."

지예의 말에 종태는 할 수 없었다. 장난기로 옷을 다 벗게 하고선 바닷물 속으로 들어가고 싶었지만 굳이 그러고 싶진 않았다.

종태가 먼저 바닷물 속으로 몸을 집어넣었다. 허리에서 가슴께까지 들어갔지만 그리 차가운 건 아니었다. 지예는 아직도 바깥에서 망설이고 있었다.

"빨리 들어와. 안 차가와."

종태의 재촉에 그제야 지예는 조금씩 안으로 들어왔다. 처음엔 그녀는 발만 물에 담궜다가 차가운지 도로 나갔다가 종태의 눈총을 받고서는 다시 물속으로 조금씩 몸을 들이밀었다.

"그렇게 안 차가워. 일단 들어오면 견딜 만해."

"네, 알았어."

그러면서도 지예는 한참 망설이면서 겨우 물속으로 들어왔다. 일단 물속으로 들어가고 나면 그렇게 차가운 줄 몰랐다. 지예는 종태가 저만치 안쪽으로 들어가 있는 곳을 향해 손으로 물을 휘저으며 들어왔다.

"봐. 안 춥지?"

종태는 그녀의 알몸을 껴안으면서 말했다.

"응, 근데 누가 안 올까?"

지예는 염려되는 듯했다.

"이런 데 누가 오냐? 오면 어때? 그냥 수영하는 줄 알지. 물속에 목만 내놓고 있으면 돼. 자, 이리 와봐."

그러면서 종태는 그녀를 끌어안았다. 부력으로 인해 그녀의 몸은 더욱 가벼웠다. 종태는 그녀의 매끄러운 알몸을 끌어안으면서 한 손으로 팬티를 거머쥐었다.

"이거 벗어."

"아잉, 싫어. 창피해. 이런 데서 어떻게?"

"괜찮다니까! 누가 보나? 나밖에 없어, 여긴."

"……?"

그녀는 마지못한 듯, 종태가 하는 대로 내버려두었다. 종태는 그녀의 몸을 부둥켜안은 채로 그녀의 팬티를 벗겨 내렸다. 물속에서 그녀의 팬티는 채 한 줌도 되지 않았다. 종태는 그녀의 팬티를 벗겨내서 팔목에 끼고서는 그녀를 끌어안았다. 자신의 뿌리와 그녀의 꽃잎이 맞닿는 감촉이 좋았다.

"아이, 좋아라."

지예는 마냥 좋아라 하는 것이었다. 종태의 몸에 찰싹 달라붙은 채로 목을 껴안았다. 종태는 부력을 이용해서 그녀를 바싹 끌어안았다. 물속에서는 그녀의 가녀린 몸이 더욱 가볍게 느껴졌다. 그는 지예를 들어 올려서는 자신의 뿌리에다 그녀를 맞추었다. 그녀가 약간 다리를 벌려주자, 뿌리는 곧 꽃잎 속으로 미끄러지듯이 들어갔다.

"히히, 됐네. 이런 데서도 되네?"

지예는 신기한 듯이 물었다.

"그럼. 물속이라고 해서 안 들어가겠어? 조금씩 움직여봐."

"이렇게? 이렇게?"

지예는 종태의 목을 껴안은 채, 두 팔을 이용해서 물속의 몸을 끌어올렸다가 내렸다 하면서 움직여댔다.

"그래. 그렇게 하는 거야."

종태도 역시 가만있지 않았다. 그녀가 움직이는 것에 맞추어서 허리를 움직였다. 물속이라 그리 빠르게 움직일 순 없었지만 어느 정도 움직일 수는 있었다. 두 사람은 선 자세로 물속에서 섹스를 하고 있었다. 지예는 낙지처럼 두 다리를 종태의 허벅지에다 꽈악 껴안았다.

"힘들지 않아?"

그녀가 물었다.

"아니. 그냥 해. 난 하나도 안 힘드니까."

종태의 말에 그녀는 웃었다. 그리고는 더욱 신나게 몸을 움직여대는 것이었다.

"아이, 재밌어. 힘들지?"

"아니."

종태는 정말 힘이 들지 않았다. 안 그래도 가벼운 지예의 몸

289

이 물속이라선지 종잇장처럼 가벼웠다.

"알았어. 그럼 내가 계속할게."

그녀는 마치 어린애가 말을 타듯, 출렁거렸다. 그러다가 그녀는 바닥에 발을 내리고는 마주보고 섰다. 두 사람은 서로를 끌어안은 채, 하체만 움직여서 섹스를 하고 있었다.

"아, 너무 좋아."

"……."

두 사람은 전혀 피곤하지 않았다. 천천히 한 탓도 있었지만, 물속이라 그리 힘들지 않았다. 그들은 서로의 신체를 내려다볼 수 있어서 좋았다. 물속으로 두 사람의 성기가 맞부딪치는 모습이 일렁거리며 비치는 것이었다.

"아!……."

종태의 신음이 터져 나왔다.

"왜? 나올려고 그래? 그럼 싸."

지예는 종태가 곧 사정할 거라는 것을 알고는 종태의 엉덩이를 잡고서는 더욱 거세게 움직여댔다.

"흐아!"

드디어 종태는 지예의 어깨를 붙잡으면서 온몸을 떨어댔다.

"……."

지예는 그의 뿌리를 내려다보았다. 환한 물속에 있는 그의 뿌리와 자신의 검은 숲이 다 보였다. 종태가 사정을 하면서 뿌리를 뽑아내자, 허연 액체가 두둥실 나오면서 떠올랐다.

"나오네. 참 신기해."

그녀는 물속을 내려다보며 감탄사를 토해냈다.

"으……"

종태의 뿌리에서는 아직도 정액이 뿜어져 나오고 있었다. 한꺼번에 다 나오는 것이 아니라, 조금씩 울컥거리며 쏟아져 나오고 있었다.

"히히, 재밌다."

지예는 물속을 이리저리 떠오르고 있는 허연 액체를 붙잡으려고 손을 뻗으며 휘저었다. 그녀는 그것을 막상 붙잡았다고 생각하면서 물 밖에서 손바닥을 폈을 때는 아무것도 없는 상태였다.

"왜 안 잡히지?"

그녀는 깔깔거리며 웃었다.

"……"

종태는 나른했다. 비로소 나른해지는 기분이었다. 어제부터 계속 섹스를 멈추지 않았고, 그때마다 사정을 했으므로 현기증이 이는 듯했다. 얼마나 많은 정액들이 자신의 몸속을 빠져나갔는지 몰랐다.

더 이상 물속에 있기가 부담스러웠다.

"이제 나가자. 피곤해."

“피곤해?”

지예는 종태가 피곤하다는 말에 놀라 쳐다보는 것이었다.

“응. 나가자. 집에 가서 쉬자. 오늘 벌써 두 번 아니니?”

“으응, 그러네. 나가.”

그들은 곧 밖으로 나왔다. 물속보다 바깥이 더 추운 듯했다. 지예는 얼른 바위돌 뒤로 가서 옷을 입기 시작했다. 젖은 팬티는 그냥 손바닥 속에 꼬옥 말아쥔 채로 종태의 한 손을 붙잡았다.

그들은 백사장을 걸어 집 쪽을 향해 걷기 시작했다. 지예는 걸으면서 재잘거렸다.

“멋있었어. 너무…….”

“그래?”

종태는 그저 웃어주었다.

“그럼. 얼마나 멋있었는데. 마치 영화의 한 장면 같았어. 그렇게 해도 되는구나. 난 안 될 줄 알았는데.”

지예는 마치 신기한 경험이라도 한 것처럼 들뜬 목소리였다.

“…….”

종태는 웃고 말았다. 그녀의 그런 모습이 싱그럽기까지 했다. 지예는 걸으면서 계속 아까 물속에서 있었던 섹스에 대한 이야기를 꺼냈다. 재밌었다는 둥, 다음에 또 한 번 해봤으면 좋겠다는 둥, 종태더러 그때의 기분이 어땠느냐는 등을 재잘거렸

292

지만 그때마다 종태는 그녀를 쳐다보며 웃기만 했을 뿐이었다.

그들은 집으로 돌아와서 점심을 먹었다.

그녀가 차린 식탁에 앉아 종태는 모처럼만에 오붓한 식사를 하는 듯한 기분을 느꼈다. 식사가 끝나고 나서 나른한 식곤증이 왔으므로 종태는 안방으로 가서 누웠다.

"좀 자요. 난 빨래 좀 할게요."

그러면서 그녀는 종태의 얼굴에다 키스를 해주고는 거실로 나갔다. 그녀가 나가면서 스위치를 내렸고, 커튼을 쳐주고 나갔으므로 방 안은 제법 어두웠다.

"……."

종태는 침대에 편안하게 누운 채로 생각에 잠겼다. 다시 소희에 대한 생각이 머리를 꽉 채우면서 다가들었다. 소희의 우는 모습이 자꾸만 눈앞에서 어른거렸다. 그는 머리를 흔들면서 돌아누웠지만 역시 마찬가지였다.

'왜 자꾸 이러지?'

그는 알 수 없는 소희의 일에 대해서 자꾸만 불길한 궁금증이 일어났다. 자꾸만 불길해지는 것이 그 또한 이상한 일이었다. 종태는 혹시나 자신이 요즘 너무 술과 여자에 빠진 나머지 그런 생각이 드는 건 아닌지 하는 생각까지 들곤 했다. 그건 곧 희자에 대한 미안함이 소희에 대한 생각으로 떠오르는 건 아닌가 하는 의구심이었다.

소희에 대한 생각과 희자에 대한 생각이 겹쳐져서 떠오르곤 했다. 마치 소희가 희자의 분신이었던 것처럼 생각되어지기도 했다. 그래서일까. 종태는 그동안 지예와 강릉의 박아주하고 나눴던 진한 정사가 자꾸만 마음에 걸렸다. 그런 생각을 하자, 종태는 머리가 복잡해졌다.

그러나 희자가 그토록 아끼고 사랑했던 소희에 대한 생각만은 잊어버릴 수가 없었다. 그것은 희자가 유언 같은 건 남기지는 않았지만, 마치 자신에게 유언이라도 남겨놓은 것처럼 뼈저리게 느껴지는 것이었다.

'그래. 내일은 가서 원장과 담판을 지어야지. 분명히 연락처는 알고 있어'

그는 그런 생각을 했다가도 원장이 가르쳐줄 수 없다라는 말을 할 것만 같은 기분이 들었다. 일단 고아원에서 입양되어 나간 아이에 대해서는 친부모라도 가르쳐줄 수가 없다는 건 종태도 알고 있었다.

'만일 안 가르쳐 준다면?'

그는 그런 경우까지 생각해봤다. 그럴 경우에는 어떻게 할 것인가 하는 문제에서 그는 다시 난관에 부닥쳤다.

"······?"

그는 여러 가지 상상력을 펴보았지만 딱히 해결의 실마리가 풀리지 않았다. 그걸 알고 있는 사람은 원장과 여직원밖에는 없었다. 입양이 돼 나가는 아이에 대한 신상에 대한 기록이 사무실에 비치되어 있기 때문이었다.

그는 내일 고아원으로 가려던 생각을 우뚝 멈추고는 한 가지 일을 생각해냈다. 만일 원장에게 소희의 연락처를 알려달라고 그랬다가 나중에 무슨 일이 일어났을 때엔 자신이 곧바로 의심을 받게 마련이었다. 그는 그런 데까지 신경이 쓰여졌다.

그는 만약의 경우를 생각해서 원장에게 소희의 집 주소를 물어보는 일만은 절대 피해야 한다고 생각했다.

'그럼, 어떻게 하지?'

그는 다시 머리가 복잡해졌다. 이미 그의 머릿속엔 어떤 불길한 피 냄새가 나는 것처럼 복잡해지면서 한 발자국, 한 발자국 어딘가로 다가가고 있는 걸 느꼈다. 만약에 소희에게 무슨 일이 일어났을 때엔 가만있지 않을 거라는 굳은 결의가 그의 마음속으로 스며들고 있었다.

'좋아. 오늘밤에 사무실을 터는 거야. 그 수밖에 없어'

그는 한 가지 묘안을 찾아내고는 두 주먹을 불끈 쥐었다. 그런 생각을 하자, 그것만큼 편한 것은 없을 거라는 생각이 들었다. 대개 고아원에는 밤이 되면 사무실의 불을 끄고서 그 옆에 있는 방으로 들어가서 자는 것이 통례였다.

아이들만 있는 그곳에서는 혹시 밤중에 아이가 아플까봐 숙직한 직원은 있게 마련이었다. 그러나 순전히 형식적인 숙직에 불과했다. 단 한 사람만이 남아서 아이들을 잠재우고, 소등시키고, 잠을 자고 있는가를 살피고는 일찌감치 잠자리에 드는 것이 숙직자의 임무라는 걸 알고 있었다.

그는 오늘밤에 결행하리라고 마음먹었다.

그렇게 생각하니 조금은 마음이 편했다. 그는 곧 잠이 들 수 있었다. 어제와 오늘의 여러 번의 섹스에서 지칠 대로 지친 그로선 금방 깊은 수면으로 들어갈 수 있었다. 그는 모처럼만에 깊은 잠을 잤다.

종태가 깨어났을 땐, 벌써 저녁나절이었다. 해가 뉘엿뉘엿 서산으로 넘어가려는 그런 시간이었다. 그는 일어나 거실로 나왔다. 목이 말랐다.

"물 좀 줘. 아, 갈증 나."

그는 지예가 갖다 준 생수를 단숨에 다 들이키고는 소파로 가서 앉았다. 그리고는 리모컨으로 TV를 켰다. 지예가 저녁 준비를 하는 동안, 종태는 TV를 보면서 오늘날의 한국이 왜 이 모양인가 하는 생각이 들었다. 너도나도 과소비에다, 정치권들은 전부 다 제각각 따로 놀고 있었다. 경제 성장이 멈춘 지 오래고, 오히려 무역적자로 돌아선 지가 오래 되었다는 뉴스가 나오고 있었다.

정치권에서는 요즘 불거져 나온 비자금 파문 사건과, 정치권의 몇몇 의원의 연루설을 아나운서가 차분하게 보도하고 있었다. 굵직한 사건이 터질 때마다 경제가 위축되고, 정계 재계의 몇몇 인사들이 감방으로 들어가는 장면이 카메라에 비춰지곤 했다.

'썩었군'

종태는 저절로 그런 말이 튀어나왔다. 우리나라는 제아무리 똑똑한 대통령이 나와도 할 수 없을 거라는 생각이 들었다. 짧은 임기 동안, 무엇 하나 제대로 해보지도 못하고 물러나는 대통령을 보면서 종태는 가소로운 생각마저 들었다. 차라리 자신이 대통령을 해도 그만큼은 할 수 있을 거라는 생각이 들었다. 대통령이라고 뭐 어려운가? 밑에 있는 똑똑한 장관이나 비서실의 직원들을 통해서 모든 업무를 보고받고, 그에 알맞게 결단만 내리면 될 일이 아닌가. 특히 우리나라는 누가 대통령이 되든, 패배한 사람이 깨끗하게 물러서는 게 아니라 오히려 대통령이 된 사람을 흠집 내는 통에 국정이 제대로 굴러갈 리가 없었다.

차라리 폭력배의 보스를 앉혀놔도 나라는 망하지 않을 것만 같았다. 폭력배의 보스라고 해서 나라를 말아먹거나, 전 국민을 폭력배화시키거나, 조직배들에게 전 국민을 굴복하게 하지는 않을 것이었다.

종태는 TV를 보면서 한심하다는 생각이 들었다. 깨끗한 놈도 없고, 정직한 놈도 없고, 오리발의 명수들만 득시글거린다는 생각밖엔 들지 않았다. 그만큼 깨끗한 야당도 없고, 정직한 여당도 없는 듯했다. 그리고 무슨 단체니 하면서 선명성을 내세우는 작자들도 결국은 자신의 입지와 출세를 위해서 뛸 뿐이고, 어느 단계에 가서 발탁될 기회만을 노리고 있는 것처럼 보여졌다.

'에이, 씨팔놈들. 다 썩은 놈들이 득실거리니까 우리나라가 이러지. 저런 놈들을 다 싸그리 쓸어서 바다에나 처넣어버렸으면 좋겠어, 씨팔'

종태는 괜히 울화통이 치밀었다. 차라리 자신이 서울에라도 있었으면 그런 걸 보고 들으면서 한몫 잡기라도 했을 텐데 하는 생각밖엔 들지 않았다.

이렇게 나라가 혼란할 때일수록 조직의 세계는 부흥할 수 있었다. 치안력이 채 못 미치고, 허술한 공직 사회의 느슨한 곳만 잘 골라 디디면 어디에라도 손을 뻗쳐 이권에 개입할 수도 있을 그런 시기라고 생각되었다.

나라가 허술할수록 조직에게는 한참 유리한 것이다.

그리고 커다란 문제가 터질수록 언론이고, 정치권이고, 국민들의 모든 관심들이 그쪽으로만 쏠리기 때문에 그만큼 활동하기에 좋은 것이었다. 그리고 그만큼 불신 풍조가 만연할수록 조직의 힘을 빌리고자 하는 돈줄들이 늘어나게 마련이었다. 법질서가 무너지고, 조직이 힘에 더욱 신뢰감을 갖는 그런 사람들이 늘어난다는 것은 당연한 일이었다.

종태는 TV를 보면서 어수선한 서울 쪽에 더욱 관심이 커지는 것이었다. 그리고 상호가 어떻게 잘 해나갈 것인가가 궁금해졌다. 이런 시국에선 상호가 잘 나가리라는 생각이 들면서도 한편으론 염려가 되기도 했다. 상호가 너무 조급하게 서두르지나 않을까 하는 생각, 이런 때에 조직과 조직 간의 싸움이 잘 일어나는 것도 결국은 사업이 잘 되기 때문에 세력 확장 문제로 자주 싸움이 일어나는 것이기도 했다.

종태는 상호가 보고 싶었다. 언제라도 종태가 서울에 나타나서 연락하기만 하면 상호는 어디라도 숨 가쁘게 달려올 터이지만, 굳이 그렇게 하고 싶지는 않았다. 이미 자신은 죽은 목숨이라고 생각하고 있었다. 그래서 그의 곁에 나타난다는 것은 남자가 한번 내뱉은 약속에 대해 배신하는 짓이라고 생각되어졌다.

이때까지 종태는 단 한 번도 상호에게 연락하지 않았었다.

죽었는지, 살았는지조차 모르게 숨어 산 까닭도 자신이 넘겨준 조직을 상호가 끝까지 책임지고 잘 보살펴 주기만을 바란 까닭인지도 몰랐다. 상호가 완전히 조직을 장악하고, 종태라는 인간이 완전히 잊혀져야만 다른 조직에서도 상호를 넘보지 않을 것이라는 나름대로의 생각에서였다.

"저녁 먹을래요?"

"응? 으응······."

종태는 생각에서 깨어나면서 대답했다.

"뭘 그렇게 생각해요?"

지예는 식탁 위를 닦으면서 물었다.

"아냐. 아무것도. 그냥 TV를 보고 있었어."

"아닌데 뭘. 아까부터 무슨 생각을 하고 있는 거 같아. 무슨 일 있어요?"

지예는 아까부터 종태가 다소 심각한 얼굴이 돼서 멍하니 TV를 쳐다보고 있는 것을 보고선 묻는 말이었다.

"무슨 일은······ 그저 서울에서 일어나고 있는 쓰레기 같은 놈들을 보고 있었지 뭐."

"왜요?"

그녀는 궁금한 얼굴로 TV를 쳐다봤다.

"그냥 속대로 하면 싸그리 붙잡아다가······ 바닷물에 처넣어 버렸으면 좋겠어. 다들 말야. 마치 시궁창을 들여다보는 것 같아."

"······."

지예는 좀 전에 TV에서 들었던 뉴스를 생각하고는 종태가 그것 때문에 열을 받았을 거라는 생각이 들었다.

"다들 미쳐서 돌아가고 있는 거 같아. 돈 있는 놈들은 외제다 하면서 실컷 사다 쓰고 있는데 말야. 근데 석유 한 방울 나

300

지 않는 나라에서 안 망하고 견디겠어? 저러면서 대통령을 욕하고, 경제가 엉망이라고 해봐야 무슨 소용이 있어? 안 그래? 결국은 도둑놈 같은 놈들이 돈을 펑펑 써대는데 어떻게 적자가 안 나겠어? 한 번 생각해봐. 안 그래? 난 무식한 놈이지만, 그런 것쯤은 안다. 하여튼 간에 우리나라 국민들이 문제라니까."

종태는 그 말을 하면서 혀를 끌끌 찼다. 자신도 조직폭력배에 몸을 담았었지만 이렇게까지 무식하게 돌아가는 나라꼴은 차마 견딜 수 없었다. 종태는 TV를 보면서 괜히 울분 같은 게 솟아나왔다.

"난 잘 몰라요. 왜 그러는지. 호호. 난 무식한가봐. 그렇죠?"

지예는 그런 쪽으로는 전혀 관심조차 없는 듯했다. 그저 종태에게만 관심이 있는 그런 표정을 짓고 서 있었다.

"넌 그래도 좋아. 차라리 무식하면 더 좋지. 나도 무식해. 그렇지만 했던 말도 손바닥 뒤집듯이 뒤집어엎는 놈들이 무슨 정치를 하겠다고 그러는지 몰라. 저런 놈들은 언제든지 배신할 수 있는 놈들이야. 배신하는 놈은 여자고 남자고 간에 쓸개보다 더 못한 놈들이야."

종태는 이야기에 열을 올렸다.

"아, 알았어요. 이제 밥 먹어요. 괜히 TV 때문에 열 올리고 그래요. 그런 거 보지 말고 드라마나 봐요. 드라마가 더 재밌어요."

지예의 말이 차라리 더 옳은 것인지도 몰랐다. 그러나 종태는 지예가 그렇게 나오는 것이 더 화가 났다.

"너나 드라마 실컷 봐. 드라마도 요즘 여자들의 불륜이나 꼬드기면서 시청률을 올리려고 그러는지 몰라? 말도 안 되는 소리를 지껄이면서 호화사치나, 여자들이 바람 피우는 것을 떠억 내보내고 있는 게 그렇게 좋냐? 다 미친놈들이야. 야, 밥이나 먹자."

"네, 그래요. 히히. 난 종태씨가 하는 말 하나도 못 알아듣겠어."

그러면서 지예는 밥공기와 반찬들을 꺼내왔다. 그들은 밥을 먹으면서 TV에 시선을 주고 있었다. 뉴스가 끝나고, 드라마가 시작되고 있었다. 지예는 밥을 먹으면서도 TV에서 눈을 떼지 않고 있었다.

종태는 저녁을 먹고 나서 잠깐 양양엘 다녀오겠다면서 집을 나섰다. 지예가 따라나서려는 걸 억지로 말리고는 혼자 차를 몰고 나왔다. 아까부터 비가 조금씩 내렸는지 길은 질퍽거렸다.

그는 양양 읍내에 나와 길가에 차를 세워놓고는 걸어서 고아원이 있는 데로 갔다. 고아원에는 대문이 잠겨져 있었다. 아직 취침시간이 안 됐는지 방마다 불이 켜져 있었다.

"……."

그는 철조망이 쳐져 있는 담 주위를 돌면서 사무실이 있는 곳을 바라보았다. 사무실은 불이 꺼져 있었다. 그는 곧 허술한 철조망을 들추고는 밑으로 들어갔다. 사무실까지는 불과 100미터 거리밖에 되지 않았다.

그는 주위를 살피면서 신속하게 몸을 날려 사무실의 벽으로 바싹 붙었다. 그리고는 사무실 옆의 방을 살폈다. 그 방에도 아직 불이 켜지지 않고 있었다.

"……?"

종태는 아직 방에 불이 켜지지 않은 것이 이상해서 아이들이 있는 방 쪽으로 귀를 모았다. 아이들이 있는 방에서 커다란 웃음소리와 함께 예, 하는 소리가 들려나왔다. 아마 오늘 숙직인 직원이 방마다 돌면서 훈시를 하는 것 같았다.

'됐어'

종태는 얼른 몸을 날려 사무실 문으로 다가갔다. 그는 문을 잡아 당겼으나 잠겨 있는 걸 알았다. 종태는 옆으로 돌아 창문이 있는 쪽으로 갔다. 마침 창문이 조금 열려져 있었다. 아마 날씨가 더웠으므로 여직원이 낮에 열어둔 창문을 그대로 둔 채 퇴근한 모양이었다.

그도 그럴 것이 이런 고아원에 물건을 훔치러 들어오는 도둑은 없을 거라는 방심인지도 몰랐다. 그는 곧장 창문을 타넘고는 안으로 들어갔다. 아직까지도 사무실 안은 온기가 그대로 남아 있었다.

그는 곧 차에서 꺼내온 플래시 앞에다 손으로 빛을 모으고는 캐비닛을 살폈다. 캐비닛 부분만 겨우 불빛이 비쳤다. 캐비닛은 두 개였다. 그는 곧 드라이버를 꺼내 캐비닛의 잠금 막대기가 있는 곳을 비틀었다. 불과 쇠막대기의 길이는 2센티 정도밖에 되지 않았다. 드라이버로 비틀자, 단단히 입을 다물고 있던 문짝이 벌어지고 쇠지름 막대기가 벌어지면서 문짝이 열려졌다.

"……."

그는 순식간에 서류철을 살폈다. 황호일의 겉표지에 제목이 씌어져 있었으므로 표지만 보면 되었다. 그는 서류철을 뒤적이다가 입양아 서류철이라는 제목을 보고는 얼른 꺼냈다.

"흠……."

그는 책상 위에다 서류철을 올려놓고는 재빨리 안을 살폈다. 그동안 천사 고아원에서 입양이 되어 나간 애들의 사진과 이력서가 써진 종이들이 차곡차곡 묶여져 있었다.

'이거군!'

그는 곧 소희의 사진이 붙은 서류를 찾아냈다.

"……?"

그는 소희의 사진 밑에 씌어져 있는 글들을 읽어 내려갔다.

강소희.

모 : 천애숙 (21세)

주소 : 서울 강남구 개포동 ＊＊주공아파트 12동 1327호

입소 경위 : 모 천애숙은 미혼모로써, 아버지인 강길남(54세)
　　의 정부로써 소희는 1997년 1월 14일에 태어났음. 소희가
　　태어난 곳은 속초 도립병원 산부인과. 모 천애숙이 자살을
　　결심하고 이곳 속초로 내려왔다가 바닷가에서 실신했다가
　　도립병원에서 의식을 회복하고, 소희를 분만했음.

입양처 : 서울 강동구 암사동 ＊＊번지＊호. 세대주 백민호
　　(45세) 처 황숙자 (34세) 자녀 없음.

직업 : 사업

연락처 전화 : 443-498＊

이라고 적혀 있었다.

　종태는 얼른 책상 위의 볼펜으로 자신의 팔뚝에다 주소와 전
호번호를 적었다. 그리고 남자의 이름과 여자의 이름까지도 적
어두었다. 그리고선 다시 서류철을 캐비닛 속에 감쪽같이 집어
넣었다.

　그는 곧 그곳을 빠져나왔다. 길가에 세워둔 차로 와서야 그
는 안도의 숨을 내쉴 수 있었다. 그는 팔뚝에 써둔 메모를 다시
종이에 적어서는 윗주머니 속에 집어넣어 두었다.

"강동구 암사동?"

그는 중얼거렸다. 남자와 여자의 나이 차이가 많이 나는 걸 얼핏 본 기억이 났다. 그리고 직업이 사업이라고 적혀 있는 것도 보았다. 종태는 이곳까지 와서 소희를 입양해간 데에 대해 아직도 의문이 풀리지 않고 있었다. 굳이 이곳이 아니더라도 서울에도 고아원이 많은데 이곳을 택했다는 것이 미심쩍었다.

"……?"

종태는 소희의 얼굴이 떠올랐다. 큰 눈에다 뽀얀 얼굴이 더욱 슬픈 듯이 보이는 소희였다. 소희가 입양되어 갈 줄은 미처 생각지도 못한 일이었다. 만일 그런 일이 있을 거라고 생각했다면 자신이 어떻게 해서라도 소희의 입양을 막을 수는 있는 일이었다.

그는 지금 소희를 보는 것이 마치 희자를 보는 것만큼이나 소중하고도 급한 일처럼 느껴지고 있었다. 그런 생각을 하자, 그는 마음부터 급해졌다. 지금이라도 당장 서울로 전화해서 소희가 있는 집을 알아보고 싶은 생각뿐이었다.

"……."

그는 망설였다. 만일 소희가 입양된 집으로 전화를 한다고 해도 자신을 누구라고 말할 수 있을 것인가. 고아원이라고 둘러댈 수도 없는 일이었다. 그렇다면?…… 그는 한참 동안이나 고민했다. 마음 같아서는 지금이라도 당장 소희네 집으로 전화

306

를 넣어보고 싶었다.

그는 마음이 답답해졌다. 더 이상 그 자리에 앉아 있을 수가 없었다. 그는 곧 차에서 내려 근처 술집을 찾아 들어갔다. 정원이 있는 꽤나 고급스런 집이었다. 그는 곧 안방으로 들어갔고, 곧 이어서 영계인 듯한 아가씨가 방으로 들어왔다.

"인사드리겠어요. 미옥이라고 합니다."

미옥은 종태를 한 번 쳐다보고는 옆으로 와서 앉았다. 기본인 듯한 술상이 차려져 나오는 동안, 종태는 미옥에게 환심을 사둘 필요가 있다고 생각했다. 그는 담배를 꺼내 피울 생각으로 안주머니에서 담배를 꺼냈다. 미옥이 옆에서 불을 켜서 붙여주었다.

"미옥이라고 했냐?"

"네."

미옥은 다시 머리를 숙여보였다. 한 스물을 갓 넘었을 듯한 나이였다. 한복을 입고 있어서 제법 나이가 든 티가 났지만 종태의 눈을 속일 수는 없었다.

"나, 술 조금만 마시고 가야 돼. 목이 말라서 들어왔거든."

"아유, 알았어요. 그런 말 안 하셔도 됩니다아."

미옥인 종태가 미리 그런 말을 하는 것이 술값 때문에 그러는 줄로 아는 모양이었다.

"여기 전화 있냐? 무선 전화."

"네. 왜요? 어디 전화거실 데 있으세요?"

미옥이 종태를 쳐다보았다. 그러면서 그녀는 잽싸게 일어나 밖으로 나갔다가 무선전화기를 들고 들어왔다. 그녀가 전화기를 내밀었다. 종태는 전화기를 받아들었지만 전화할 분위기가 아니었다. 그때 마침 술상이 들어오고 있는 중이었다.

종태는 전화기를 방바닥에 내려두고는 미옥을 쳐다보았다. 미옥이 왜 그러느냐는 듯이 그를 쳐다보았다.

"좀 있다 하지. 아직 시간이 안 됐어."

미옥은 술상이 차려지는 걸 보고 나서 사람들이 다 나가고 나자, 종태 옆으로 다가앉으며 콧소리를 냈다.

"술 한 잔 드세요."

미옥이 양주병을 들었고, 종태는 앞에 놓인 잔을 들었다. 미옥이 한잔 가득 부어주고는 말했다.

"저도 한 잔 주세요."

미옥의 잔에도 술이 부어졌고, 종태는 술잔을 들었다. 미옥이 잔을 부딪쳐왔다. 종태는 양주를 단숨에 들이키고는 쓴 입맛을 다셨다. 목 안이 칼칼해왔다. 톡 쏘는 듯한 양주가 목 안을 단숨에 달궈내는 것 같았다.

그는 다시 미옥이 내미는 잔을 받아 두 번째의 잔을 마셨다. 미옥이 옆에 있다가 종태가 술잔을 비울 때마다 과일이며 마른 안주를 번갈아가며 입에 넣어주었다. 종태는 거푸 몇 잔을 들이켰다. 잔을 비울 때마다 미옥은 웃음을 지으면서 안주를 들이밀었다.

나이는 어린 것 같았지만 말이 없는 애였다. 종태 역시 말이 없이 술잔만 비워내자, 미옥이 먼저 입을 열었다.

"어쩐 일로 술만 계속 마셔요? 이런 데 오셨으면…… 저라도 좀 쳐다보고 그래야 되는 거 아녜요?"

미옥은 종태가 기분 나쁘지 않게 웃으면서 말했다.

"응? 그런가? 그래…… 미옥이라고 그랬지?"

"네."

미옥이 빈 잔을 들어 종태 앞으로 내밀었다. 자신의 잔에 술을 따라 달라는 뜻이었다. 종태는 양주병을 들어 그녀의 잔에 술을 따라주었다. 그녀는 홀짝 술을 마시고는 다시 종태에게 잔을 내밀었다.

"이런 데 처음이세요?"

그녀가 물었다.

"왜?"

"아뇨, 그냥요. 말이 너무 없으시니까…… 사업 때문에 그러시는가 보죠? 누구랑 약속이 돼 있는 거예요? 예약된 건 아니시죠?"

그녀는 종태가 누구에게 전화를 하려다가 만 것을 기억하고는 묻는 말이었다. 분명히 종태는 예약된 손님이 아닌 걸로 알

앉으므로 그녀가 물어보는 말이었다.

"혼자야."

그는 건조하게 말했다. 미옥이 종태를 쳐다보았다.

"······?"

미옥은 아직도 종태가 무얼 하는 사람인지 파악조차 되지 않았다. 사업을 하는 사람치곤 다소 어색한 점이 보였고, 건달 같이 보기에는 좀 점잖은 편이어서 종잡을 수가 없었다.

그렇다고 혼자 술을 마시면서 그녀를 건드리는 것도 아니었다. 대개 혼자 오는 손님은 여자 생각이 나서 오는 경우가 많았다. 그래서 팁을 두둑이 주기도 하면서 하룻밤 외박할 것을 요구하기도 했다. 그런 날이면 대개 술집 아가씨들은 남자의 신분을 골라서 따라 나가는 경우도 있었다.

"전화 좀 줘."

종태는 약간 술이 올랐다고 생각되었을 때, 그 말을 했다. 미옥이 전화기를 집어 종태에게 건넸다. 종태는 윗주머니에서 메모지를 꺼내고선 전화번호를 보았다. 443-498 * 였다.

그는 다이얼을 누르려다 말고 미옥을 쳐다보며 말했다.

"내가 다이얼을 누를 테니깐 네가 받아서 말해줘라. 알았지?"

"무슨 전화이신데······."

미옥이 조신하게 물어왔다.

"그냥 소희 있느냐고 물어봐. 누구냐고 물으면…… 뭐라고 대답할까…… 응…… 뭐라고 하지?"

종태는 멍청한 사람처럼 미옥을 쳐다보았다. 미옥이 그런 종태를 보고선 쿡, 웃었다.

"아마 애인인 모양이죠? 왜요? 남편이 집에 있어서요? 제가 적당히 둘러댈게요. 이리 주세요."

미옥이 전화기를 뺏을 것처럼 그랬다.

"아냐. 그게 아니고……."

종태는 전화기를 감추듯이 내리고는 머뭇거렸다.

"……?"

미옥은 이상하다는 듯이 그저 웃고만 있었다. 종태가 그러는 걸 보고서 미옥은 꽤나 사연이 있는 남녀 사인인 것 같은 표정을 지으면서 웃고 있었다.

"그래. 그냥 소희 있느냐고만 물어봐. 그래서 저쪽에서 누구냐고 물으면 나한테 얼른 바꿔줘. 아무 말 하지 말고. 알았지?"

종태는 단단히 일러두는 말인 것처럼 진지하게 말을 했다.

"네, 알았어요. 염려마세요."

미옥의 대답이 있자, 종태는 메모지에 쓰인 전화번호로 다이얼을 눌렀다. 신호가 가는 것을 보고선 얼른 미옥에게 넘겨주었다. 미옥이 수화기를 받아 귀에 대고는 기다리는 듯했다. 그러한 시간이 종태로서는 초조한 순간이었다. 앞에 놓인 양주잔을 들어 톡 털어 넣었다. 미옥이 종태의 입에 안주를 집어넣어 주고는 얼른 대답하는 것이었다.

"거기 소희 있어요?"

미옥은 그 말을 해놓고선 종태를 쳐다보았다. 저쪽에서 전화를 받았다는 뜻으로 눈을 찡긋거렸다.

"......?"

종태는 다시 양주를 부어 마시려고 그랬다. 미옥이 난처한 표정을 지으며 얼른 수화기를 종태에게 내밀었다. 종태는 수화기를 받아서는 귀에다 갖다 댔다. 저쪽에서는 남자의 굵은 목소리가 들려나왔다.

"없다니까요. 그런 사람 없어요. 여보세요!"

저쪽에서는 이쪽에서 말이 없자, 몇 번 반복해서 말하는 것 같았다. 그러다가 이쪽이 궁금했는지 여보세요! 하고 되묻는 소리가 들려나왔다.

"......"

종태는 가만히 듣고 있었다. 저쪽에선 이쪽이 수상했는지 수화기를 내려놓지 않고 있었다. 굵은 남자의 목소리가 신경질적으로 들려나왔다.

"여보세요! 어디로 전화를 걸었어요! 그런 사람 있다는 거 알고 했어요? 아, 여보세요!"

남자는 꽤나 다급한 목소리였다. 이쪽에서 말이 없자, 좀 당황하는 듯한 목소리였다.

종태는 더 이상 수화기를 들고 있을 수가 없었다. 수화기의 스위치를 꺼버렸다. 그리고는 미옥한테 전화기를 넘겨주었다.

"왜 그러세요? 말씀도 안 하시고."

미옥이 이상하다는 듯이 물었다.

"뭐라고 그랬어? 처음에?"

이번엔 종태가 되물었다.

"첨에 제가 거기 소희 있느냐고 물었더니, 대뜸 없다고만 그랬어요. 그러더니 다음엔 누구냐고 물어서 얼른 사장님한테 전화기를 넘겨줬어요. 막 화를 내는 것 같아서 혼났어요."

미옥은 그 말을 하면서 종태를 쳐다보는 것이었다.

"됐어, 그럼. 다른 건 묻지마."

종태는 그녀가 수고했다는 표시로 웃어주었다.

"아유, 사장님도. 남의 유부녀를 애인으로 갖고 계시구나아. 아까 그 사람이 남편인 것 같던데요?"

미옥은 다시 종태를 쳐다보면서 웃었다. 그리고는 자신의 앞에 놓여 있는 술잔을 들어 입가로 가져가는 것이었다.

"애인? 하하하. 그런가?"

종태는 크게 웃어댔다. 그러나 곧 웃음을 멈추었다. 소희가 없다는 말이 자꾸만 윙윙거리며 귓전을 맴돌았다. 그리고 그쪽 남자는 다급한 목소리로 여보세요! 하고 부르던 목소리가 귀에

익은 것처럼 들리는 건 또 무엇 때문일까. 종태는 굵은 남자의 목소리를 기억 속에 집어넣느라 잠시 생각을 집중시켰다.

"드세요."

미옥이 권하는 술잔을 받으면서 그는 제정신으로 돌아왔다. 술잔을 목 안으로 털어 넣으면서 그는 자꾸만 소희의 큰 눈망울이 눈앞에서 어른거렸다.

종태는 십만 원권 수표를 뽑아 미옥이 젖가슴에다 찔러 넣어주었다. 말하자면 팁이라는 명목이었다. 팁치고는 큰 액수였는지 미옥은 젖가슴의 수표를 꺼내며 말했다.

"이렇게 큰 걸로 주세요? 외박?"

"아냐. 받아둬. 좋은 일 해줬으니까 주는 거야. 하하하."

종태는 크게 웃었지만 마음 한구석이 무너지는 듯했다. 왜 그런지 모를 일이다. 그는 미옥이 송구해하는 것도 모른 체, 웃다가 술잔을 집어 목 안으로 털어넣기만 할 뿐이었다.

종태는 미옥이 따라주는 술잔을 받으면서 소희 생각에 정신이 더 맑아지는 듯했다. 그럴수록 그는 더 술을 마셨다. 술이 취하지 않고서는 수산포로 들어갈 것 같지 않았다. 그는 밤늦도록 술을 마셨다. 거의 취했을 때쯤, 그는 자리에서 일어났다. 다리에서 힘이 빠져나간 듯, 바깥으로 나왔을 때는 걸음이 흔들거렸다. 뒤에까지 따라 나오며 미옥이 무슨 인사를 했었지만 그는 기억에도 없었다.

"하하하. 그래. 내가 올라가지."

그는 걸으면서 혼잣말을 했다. 걸음이 비틀거렸다. 짚차가 있는 곳까지 다다랐을 땐, 그는 더욱 술이 올라와 있었다.

"……."

그는 핸들을 붙잡은 채로 잠깐 잠이 들었다. 혼자 술을 마셔서일까. 아니면 갑자기 많은 양의 술을 마셔서 그래서일까. 그는 갑자기 오른 술에 정신이 멍멍해졌다. 그는 핸들을 붙잡은 채로 코를 박았다.

"소희야. 소희야……."

그는 수도 없이 소희의 이름을 불렀다. 그러면서 점점 깊은 잠 속으로 빠져들었다.

"가야 되는데…… 가야 되는데…… 소희야…… 가야 돼…… 소희야……."

그는 잠꼬대처럼 말을 끊었다가 다시 이으면서 점점 잦아들었다. 잠깐 눈을 붙인다는 게 그대로 꼴딱 잠이 들어버린 것이었다. 그의 귓가로 시원한 바닷바람이 불어왔다. 그는 몇 번인가 몸을 뒤척이다간 다시 조용해졌다. 그리고 그의 입 속에선 웅얼거리는 소리가 계속 흘러나오다가 마는 것이었다.